書下ろし

死者の復活

傭兵代理店・改

渡辺裕之

祥伝社文庫

目次

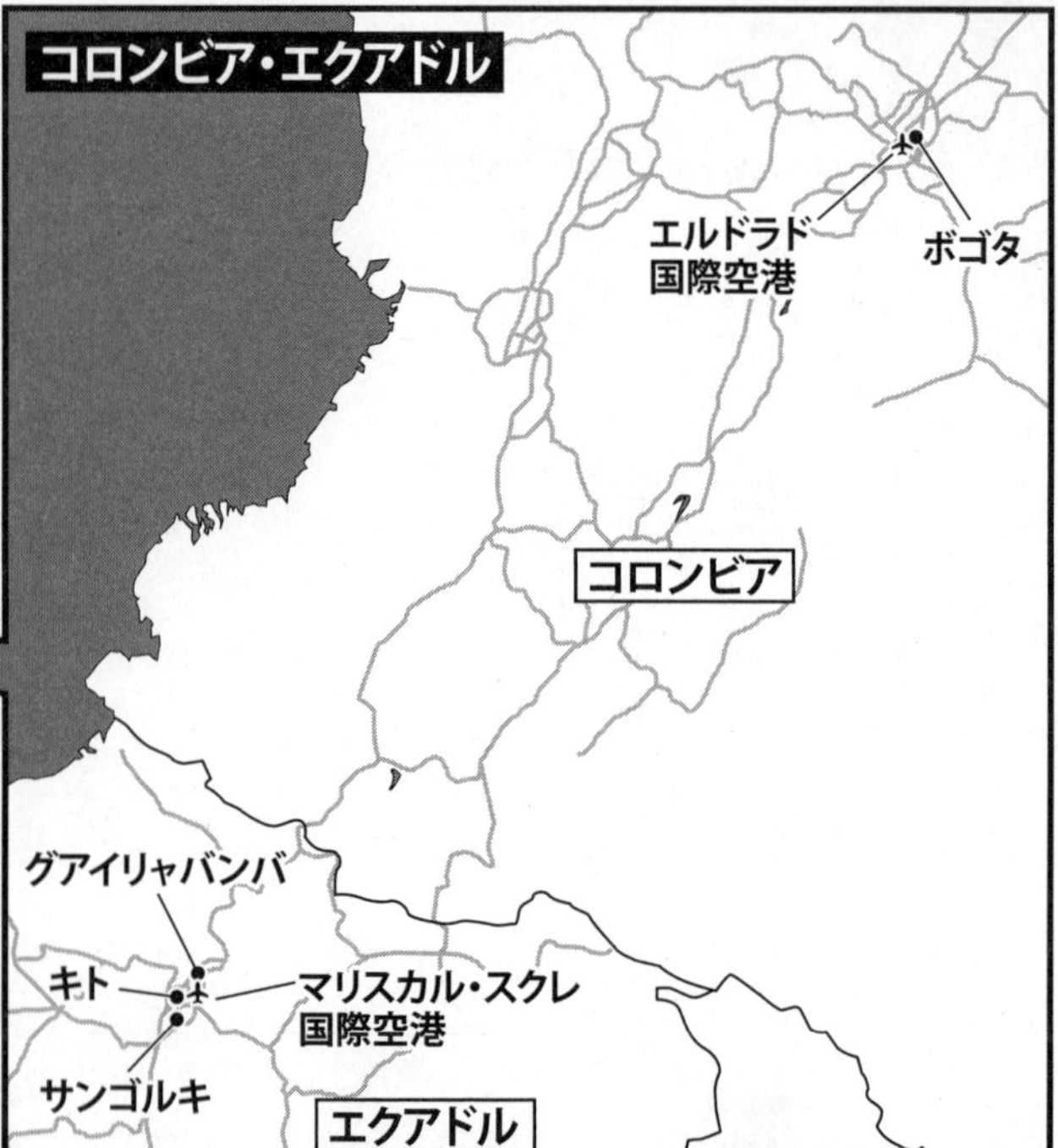

コロンビア・エクアドル

エルドラド
国際空港

ボゴタ

コロンビア

グアイリャバンバ

キト

マリスカル・スクレ
国際空港

サンゴルキ

エクアドル

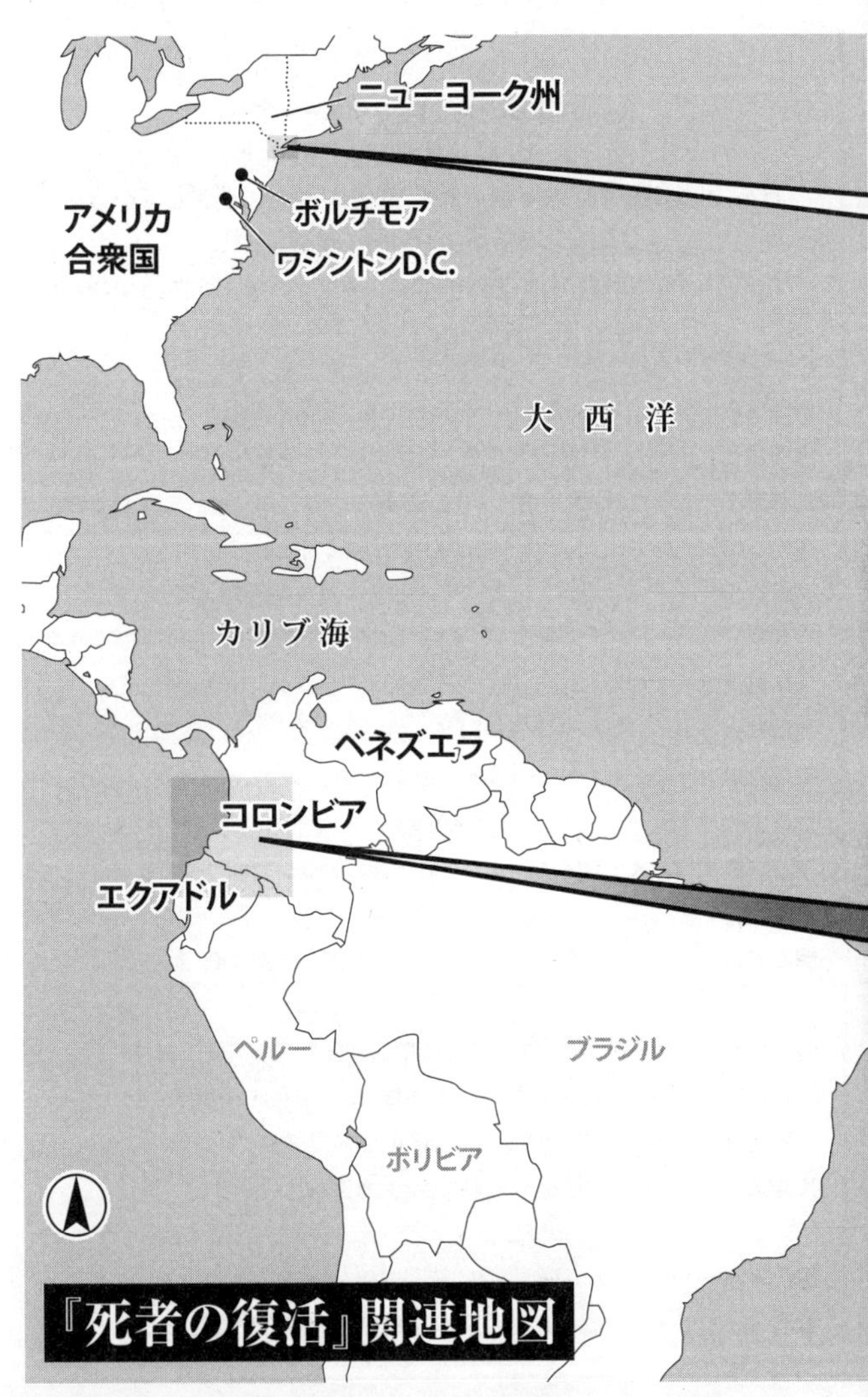
ニューヨーク州
ボルチモア
アメリカ
合衆国
ワシントンD.C.
大西洋
カリブ海
ベネズエラ
コロンビア
エクアドル
ペルー
ブラジル
ボリビア
『死者の復活』関連地図

各国の傭兵たちを陰でサポートする。
それが「傭兵代理店」である。
日本では防衛省情報本部の特務機関が密かに運営している。
そこに所属する、弱者の代弁者となり、
自分の信じる正義のために動く部隊こそが、“リベンジャーズ”である。

【リベンジャーズ】

藤堂浩志 ……………… 「復讐者(リベンジャー)」。元刑事の傭兵。
浅岡辰也 ……………… 「爆弾グマ」。浩志にサブリーダーを任されている。
加藤豪二 ……………… 「トレーサーマン」。追跡を得意とする。
田中俊信 ……………… 「ヘリボーイ」。乗り物ならば何でも乗りこなす。
宮坂大伍 ……………… 「針の穴」。針の穴を通すかのような正確な射撃能力を持つ。
寺脇京介 ……………… 「クレイジーモンキー」。Aランクに昇級した向上心旺盛な傭兵。
瀬川里見 ……………… 「コマンド1」。元代理店コマンドスタッフ。元空挺団所属。
村瀬政人 ……………… 「ハリケーン」。元特別警備隊隊員。
鮫沼雅雄 ……………… 「サメ雄」。元特別警備隊隊員。
ヘンリー・ワット …… 「ピッカリ」。元米陸軍デルタフォース上級士官(中佐)。
マリアノ・ウイリアムス … 「ヤンキース」。ワットの元部下。黒人。医師免許を持つ。

明石柊真 ……………… 「バルムンク」。フランス外人部隊訓練教官。

森　美香 ……………… 元内閣情報調査室情報員。藤堂の妻。
池谷悟郎 ……………… 「ダークホース」。日本傭兵代理店社長。防衛庁出身。
土屋友恵 ……………… 「モッキンバード」。傭兵代理店の凄腕プログラマー。
片倉誠治 ……………… CIA職員で、森美香と片倉啓吾の父。

影山夏樹 ……………… フリーの諜報員。元公安調査庁特別調査官。
梁羽 …………………… 諜報員。中央軍事委員会連合参謀部の幹部。

プロローグ

二〇一八年十二月二十七日、午後六時二十五分、コロンビア、ボゴタ。

ウサケン地区のカジェ125通り沿いに、廃墟を中心とした、有刺鉄線の柵で囲まれたエリアがある。

建設中のマンションがあった場所で、十二日前に空軍のジェット戦闘機ミラージュ5が四発のミサイルを発射し、建物を破壊し尽くした。

爆撃直後に陸軍が出動し、廃墟を中心に半径二百メートルのエリアを有刺鉄線の柵で囲み、一個小隊に二十四時間体制で監視させている。

政府は爆発の原因は爆弾テロと発表し、爆心地から放射性物質が検出されたという理由でエリア内の住民を退去させ、マスコミも近付かせないようにエリアに通じる道路を封鎖し、厳重な警備体制を維持していた。

二時間ほど前、陸軍の憲兵隊が現場を調査するという理由で重機を持ち込んだ。十名の憲兵が防護服に身を包み、ショベルカーで投光器に照らし出された瓦礫(がれき)をどかしながら作業をしている。また、彼らの作業を六人の憲兵がIMI・タボールAR21、アサルトライフルを構えて見守っていた。

「連中の作業は、本当に大丈夫なのか?」

見張りに立っている若い兵士が、重機の作業を見ながら隣りに立っている年配の兵士に尋ねた。歳の差はあるものの、軍服の階級章を見る限り同じ一等兵のようだ。

二人ともH&K(ヘッケラーコッホ) G3で武装していた。ドイツ連邦軍が一九九六年まで制式採用していた旧式のアサルトライフルである。

有刺鉄線の柵の北側は表通りであるカジェ127通りに面しており、そこにゲートがあった。二人の兵士はゲートの警備に就いているが、127通りも含め周辺道路は封鎖されているため辺りは閑散としており、暇(ひま)を持て余しているのだ。重機を使っている憲兵たちの近くでも、六人の警備兵が作業を退屈そうに見守っている。

「ロペス坊や。別にどうってことないだろう。放射性物質はごく微量だから、直接触らなければ大丈夫だと聞いている。瓦礫から死体を掘り起こしているだけだ。それより、冷えてきたな」

年配の兵士は、欠伸(あくび)をするとぶるっと体を震わせた。日中、気温は二十一度まで上がったが、日が暮れてから十三度まで下がっている。

「作業している連中だけじゃなく、他の兵士も防護服を着ているんだぞ。大袈裟過ぎないか。それから、どうでもいいけど、ロペス坊やっていうのは、やめてくれないか」

ロペスは声を荒らげた。

「声が大きい。バスケス大尉に聞こえたらどうするんだ」

年配の兵士が、ショベルカーの後方に立つ防護服の兵士を見てロペスを咎めた。

「なんで死体を掘り起こしては、回収しているんだ？」

ロペスは肩を竦めて声を潜めた。

「死体を回収するのは、当たり前だろう。それが、人の形をしているのか、肉片なのかの違いだけだ。おまえだって素手で腐った肉片を触りたいか？　俺たちはとにかく、マゼータ曹長の命令に従っていればいいんだ」

「俺たちの上官は、バスケス大尉の命令に従っているだけじゃないか。放置してあった死体は、腐っているだけじゃなくて、細菌に汚染されている可能性もあるんだぞ。回収する前に消毒液を散布した方が、絶対いいに決まっているんだ」

「さすがに、高校を出たやつは難しいことを言うな。だが、俺たちは、憲兵隊のやり方に口出しはできない。所詮、上官のマゼータは、ただの曹長、そして俺たちはぺいぺいの一等兵なんだ。仕方がないだろう」

　年配の男は、首を振ってみせた。

「俺たちが一等兵だということを忘れていたよ」

　ロペスは皮肉っぽく答えると、大きな溜息（ためいき）を発した。

「おい、何か見つけたようだぞ」

　年配の兵士が小声で言った。

　作業している兵士たちが一箇所に集まったかと思うと、瓦礫の下に消えたのだ。

「地下駐車場に通じる入口を見つけたようだ」

　ロペスも声を潜めた。

「地下の死体なら、人間の形をしているかもしれないな」

　年配の兵士が笑ってみせた。

「七時になった。俺の交代の時間だ」

　しばらく作業を見ていたロペスは、ゲートの近くにある小屋に入った。小隊が宿舎としている木造の組み立て式の小屋である。入れ違いに別の若い兵士が、年配の兵士の隣りに立った。

　ロペスはG3を空いているベッドの脇に立てかけると、窓の外を見た。交代だからといって寝るには早い。それに憲兵隊の作業が気になっていたのだ。

地下に潜っていた憲兵が穴から這い出し、最後に銀色の死体袋を載せた担架を担いで二人の憲兵が姿を現した。

「えっ！」

慌ててロペスが窓から離れると、窓ガラスが砕け散った。

憲兵が封鎖エリアの警備にあたっている兵士をＩＭＩ・タボールＡＲ21で、次々と銃撃してきたのだ。

「なっ、なんだ！」

眠っていた非番の兵士が、銃声に驚いて飛び起きた。

銃弾の嵐が小屋も襲い、兵士らはベッドから転げ落ちる。

ロペスは自分の銃を摑んで、ベッドの下に隠れようとした。

瞬間、ドアが蹴破られ、雪崩れ込んできた憲兵が乱射する。

ロペスは反撃するまもなく、腹に銃弾を受けて昏倒した。

消えた死体

1

十二月二十八日、午前九時、米国ノースカロライナ州、フォートブラッグ基地。

藤堂浩志（とうどうこうじ）は、基地の北東にある二つ星ホテル、ランドマーク・インの一階にあるレストランで食後のコーヒーを飲みながら新聞を読んでいた。

ホテルは基地関係者と駐屯している兵士の家族、それに軍のゲストのみ使用できるという条件ではあるが、ランドマーク・イングループ内の他のホテルと変わらないサービスを提供している。

約二週間前、浩志が率いる傭兵特殊部隊リベンジャーズと明石柊真（あかししゅうま）が率いる元外人部隊のチームは、国際的な犯罪組織である〝クロノス〟が雇い入れたコロンビアの空軍特殊部隊と激突した。

　浩志らは〝クロノス〟のヒットマンであるマニュエル・ギャラガーを拘束し、ウサケン地区にある建設中のマンションの地下室で尋問していた。敵の特殊部隊の攻撃は、ギャラガーの奪回、あるいは口封じが目的だったのだろう。

　マンションは事前に監視カメラを設置し、土嚢を積み上げて防弾壁を作るなど、襲撃に備えて防御を固めていた。だが、浩志は柊真のチームを残し、仲間をマンションから退去させた。というのも、浩志と柊真らは、新型エボラ出血熱に感染したギャラガーに触れて二次感染したためで、仲間への感染を防ぐ必要があったからだ。

　ギャラガーの体内にインプラントされたGPSチップの信号が三時間以上検知できなくなった際、同じく体内に埋め込まれたエボラウィルスのパンデミックカプセルが爆発し、体内に放出されるようになっていたのだ。

　エボラ出血熱を発症し、マンションの最上階まで追い詰められた浩志らは、銃弾が尽き、死をも覚悟した。だが、危機一髪で仲間のヘンリー・ワットらが乗り込んだブラックホークに助けられた。彼らは敵のアジトである空軍基地から、攻撃ヘリとともにエボラ出血熱の血清を盗み出していたのだ。

　ヘリに乗った浩志らは国境を越えて隣国パナマに脱出した。チームは現地でCDC（米国疾病予防管理センター）に足止めをされたが、四日後に解放されている。

浩志はチームをパナマで解散させており、仲間は数日でパナマを離れたが、浩志はCDCの検疫期間も含めて十二日間も過ごした。というのも、思いもかけずに妻である森美香が会いに来たため、療養と休養を兼ねて過ごしたのだ。気を利かせたワットが、たまたま米国で仕事をしていた彼女に連絡したらしい。

昨日、美香は日本に帰国したが、浩志はワットから彼の自宅があるフォートブラッグ基地に来ないかと誘われていたため、別行動を取った。ワットは米軍最強の特殊部隊であるデルタフォースで指揮官を務め、除隊後も教官として働いていた。フォートブラッグ基地は、非公式ではあるがデルタフォースの訓練基地なのだ。

訓練に付き合えということなのだが、彼の妻であるエレーナ・ペダノワや子供たちに会うのも久しぶりなので快諾したのだ。

スキンヘッドの軍服姿の男が、鼻歌まじりにコーヒーカップとパンを載せたトレーを手に向かいの席に座った。ワットである。浩志を迎えに来たのだ。これから射撃訓練に行くことになっている。

「なかなかいいホテルだろう？　ここのシナモンロールはうまいんだ」

ワットは席に座ると、さっそくシナモンロールを頬張った。彼は宿泊客ではないが、朝食はバイキング形式なのでちゃっかり客になりすましたらしい。彼は除隊したが、教官になるにあたって予備役の中佐として復帰しており、現役の軍人と同じ扱いになっていた。そのため、基地では顔が利くのだろう。

「田舎くさいところが気に入った」

浩志は新聞を畳み、コーヒーを啜った。木製の丸テーブルにクッションの利いていない椅子、客室も落ちついたベージュと茶を基調にされており気取りはない。それに建物は三階建てでこぢんまりとしており、よく言えばアットホームな感じがある。華美に飾られた五つ星ホテルとは違ってリラックスできるのだ。

「だろう。俺も一度だけ泊まったことがあるが、ネバダの実家を思い出したよ。基地内にアーミーホテルもあるが、こっちの方が断然いい」

ワットは、口の中のシナモンロールをコーヒーで流し込み、二つ目を手に取った。

「呆れたやつだ。朝飯食っていないのか？」

浩志はワットの食べっぷりを見て苦笑した。彼が大食漢であることは知っているが、砂糖でコーティングされているパンをムシャムシャ食べるのを見ると、さすがに唖然とする。

「もちろん食べてきたさ。だが、ペダノワはベジタリアンなんだ。彼女の作る食事だけじや、飢え死にしてしまうから栄養補給しているんだよ」

ワットはシナモンロールを食べながら答えた。

「それは、初耳だな」

浩志は首を傾げた。

ペダノワはＦＳＢ（ロシア連邦保安庁）で女性だけの特殊部隊の隊長を務めていたが、ある事件がきっかけで政府から命を狙われて亡命した。常に命の危険を感じていた彼女は動物性タンパク質を摂り、体を鍛えていると聞いていたのだ。少なくとも数年前までは肉食だった。

「スプリング・レイクにメキシコ料理の店があるんだが、俺の行きつけでね。それで、彼女をよく連れて行っていたんだ。そしたら、少々、彼女の体型が変わったというか、崩れてしまってね。それを気にして、ベジタリアンになったんだ。思想的な問題じゃなく、動物性タンパク質を摂らないことで、体調を管理する方法を得たと言うんだ。それを俺にも強要するんだよな」

ワットは指についた砂糖を舐めながら首を振った。彼は無類のメキシコ料理好きである。

「体型が崩れたのは、彼女じゃなく、おまえだろう？」

浩志は鼻先で笑った。ペダノワは完璧主義者である。体型が崩れるほどメキシコ料理にはまるとは思えない。

「まあ、そうとも言えるな」

ワットは頭を右手で触って頷（うなず）いた。ペダノワはワットの体調を考えて、食事を出しているということなのだろう。

「子供たちも同じ食事か？」

大人はベジタリアンでも構わない。だが、成長期の子供に菜食主義の食事でいいのかという疑問がある。

「子供は基本的に、これまでと変わらない。なるべくファーストフードは控えているが、KFCのチキンやシーシーズのピザも食べている。だけど、俺は食べちゃいけないことになっているんだ」

ワットは不満げに言った。

「おまえのメキシコ料理愛は、普通じゃない。ペダノワは、おまえの健康を心配しているんだ」

「まあな、もし、彼女が普通の主婦ならそうだろう。だが、彼女は違う。現役復帰を目指し、体を鍛え直しているんだ。だから、俺が好きなものを勝手に食うことで、誘惑されないようにしているのさ」

「現役復帰？」

浩志は上げかけたコーヒーカップの手を止めた。

「ここだけの話だが、政府は彼女をクリーンだと判断した。二ヶ月ほど前から、様々な機関からオファーが来ているんだ」

ワットは声を潜めた。

米国政府は、ペダノワがロシアの諜報機関であるFSB出身だったことから、巧妙な潜入スパイと疑っていたのかもしれない。だが、彼女がロシアと何の接触もないことが分かったということだ。嫌な話だが、彼女を密かに監視していたに違いない。そこで、諜報員としても軍人としても優秀な彼女を使いたいと思っても不思議ではない。浩志もペダノワと一緒に闘った経験があり、彼女の優秀さはよく知っている。

「彼女が望むのなら、それもいいだろう。だが、二人の娘はどうするんだ。おまえが主夫になるつもりか？　それとも、ベビーシッターに預けるのか？」

浩志は首を左右に振った。

ワットとペダノワの間には二人の娘がいる。上の子はクロエ、五歳。下の子はハンナ、三歳になったが、まだまだ手が掛かる年齢だ。昨夜は、ワットの自宅に招かれて晩ご飯をご馳走になっている。娘たちはよく躾けられ、二人とも九時過ぎには寝かしつけられていた。

「俺も彼女も、子供を犠牲にするつもりはない。だから、彼女は諜報機関からのオファーは断っている。だが、任務が短期の傭兵ならできそうだと言っているんだ」

ワットは肩を竦めてみせた。

「まさか……」

浩志は眉を吊り上げた。昨夜会った時には、何も聞かされていない。

「そうなんだ。リベンジャーズに加えて欲しいというんだ。任務によっては、受けられる可能性があると彼女は思っているらしい。昨日言わなかったのは、今の実力を見ないで判断しないで欲しいと、彼女から言われていたからだ。今日の訓練で腕を見せると息巻いている」

「なるほど」

浩志は頷いた。彼女の射撃の腕は知っている。数年前の話だが、かなりの腕前だった。あれからさらに鍛えたのだろう。

「ということで、行こうか」

シナモンロールを平らげたワットが腰を上げた。

「いいだろう」

大きく頷いた浩志も立ち上がった。

2

浩志はワットがハンドルを握るフォードのピックアップトラック、F150スーパークルーの助手席に座っている。

スーパークルーの走行距離は八十万キロを超している。ワットは銃を携帯して移動することが多いために、よほどの遠距離でない限り飛行機に乗ることはないからだ。エンジンの調子はいいようなので、まだまだ買い換えるつもりはないらしい。

ランドマーク・インホテル前のグレイダー・ストリートから、基地の中心部のショッピングセンターなどがあるウッドラフ・ストリートを通り、ロングストリート・ロードに入る。

四キロほど過ぎると建物はなくなり、緑豊かな森を抜ける道となる。

「まだ先か？」

浩志は森を突っ切る道路の先を見て言った。

基地の東の端にあったホテルから西に六キロ進んでいる。この基地に来るのは初めてだが、米軍基地としても広い方だろう。

「もうすぐだ。この先にラモント・ロードとの交差点があるが、それより西側のエリアは演習場で射撃レンジはこの通り沿いに集中しているんだ」

ワットは、ラジオから流れるカントリーミュージックに合わせて体を揺すりながら答えた。

「ロングストリートか」

浩志はふんっと鼻息を漏らした。基地内に「長い道路」と名付けることができる道があるということに、今さらながら妙に感心したのだ。

ワットは四つの射撃レンジを通り越したところで、スーパークルーを訓練場の駐車場に入れた。駐車場にはハンヴィーとオレンジ色のフォード・フォーカスが並んで停められている。

スーパークルーが二台の車の後ろに置かれると、フォーカスの横でプレートキャリアを身に着けた戦闘服姿のペダノワが手を振ってみせた。浩志とバックパックを担いだワットが車を後にすると、ハンヴィーから二人の兵士が降りてきてワットに敬礼した。

ちなみにプレートキャリアとは、防弾のセラミックプレートを内蔵でき、様々なポーチを付けることができる兵士の必需品である。ペダノワは実戦を意識してプレートキャリアを着込んできたのだろう。

「おはよう、浩志。遅いわよ、二人とも。あなたは、どうせ、ホテルのレストランでドーナッツでも食べていたんでしょう？」

ペダノワは浩志ににこりと笑うと、腰に手を当ててワットを睨みつけた。

「馬鹿を言うな」

ワットは大袈裟に両手を振ってみせた。

「それなら、口の周りに付いた砂糖は何？」

ペダノワの右眉が吊り上がった。美しい顔をしているだけに凄みがある。

「なっ、何！」

ワットが慌てて掌で口の周りを拭った。

「図星ね」

ペダノワは鼻先で笑った。砂糖は嘘で引っ掛けたのだ。

「たまにはいいだろう。ニック」

きまり悪そうな顔をしたワットは、苦笑している兵士の名を呼び、ハンヴィーを指差した。すると、ニックと呼ばれた兵士は、バックドアを開けライフル銃を取り出した。ワットといえども、軍の武器を勝手に持ち出すことはできない。彼らは射撃の訓練をするワットらの銃を移送する下士官である。

「ほお」

銃を見た浩志は、にやりとした。M14狙撃銃だったからである。

兵士が取り出した銃は、M14狙撃銃だったからである。

ペダノワは、兵士からM14を受け取ると軽々と肩に担いで、射撃場に向かう。M14は裸の状態で四・五キロある。彼女の銃にはまだマガジンは込めていないが、リューポルド社製のMARK4/TM3スコープも取り付けてあった。MARK4/TM3は五百五十三グラムあるので、五キロを超す重量の銃をものともせず持ち歩いているということになる。相当鍛えているのだろう。

駐車場の前には〝Range 30〟と記された看板が掲げられた小さな管理棟があり、その左手にはマンターゲットが並べられた射撃場があり、ペダノワは右手の奥へと進んで行く。何度も来たことがあるようだ。

彼女は付き添っていたニックからマガジンを受け取るとM14に装塡し、二脚のスタンドを立てて地面に設置した。

「ここは長射程のレンジで、最大八百メートルの標的があるんだ」

ワットはペダノワから数メートル離れた場所に立つと、バックパックから双眼鏡を二つ出し、一つを渡してきた。

「M14とは渋いな。スナイパー希望なのか？」

浩志は双眼鏡を受け取ると尋ねた。M14は現役ではあるが、ベトナム戦争にも使われたボルトアクションの年季が入った銃である。古参のスナイパーに好まれる銃なのだ。

「FSB時代は、SV-98やドラグノフで訓練していたが、別にスナイパーというわけじゃなく、彼女から言わせれば、どんな距離からも狙撃できて当たり前だったらしい。だが、浩志に長射程の腕を見せたことがないからという理由だ。M14を使用するのは、ボルトアクションは彼女の好みだからだ」

SV-98やドラグノフは、ロシアで現役の狙撃銃である。

「なるほど」

浩志は頷いた。ハンドガンに関しては、ペダノワは抜群の腕を持っている。長射程の狙撃も一流なら、兵士として申し分ない。

ペダノワは腹這いになると、MARK4／TM3の前後のレンズカバーを外し、M14を構えた。気負った様子はないが、スナイパー独特の緊張感がこちらまで伝わってくる。

「正面のターゲットが、八百メートルだ」

ワットが右手を伸ばしたその先に米粒ほどの的がある。気温は四度、風速は三メートルほどか。気象状況は問題ない。

ＭＡＲＫ４／ＴＭ３を覗くペダノワの指が、トリガーに掛かった。

浩志は双眼鏡で的を見た。

銃声。

ターゲットの中心から六センチ右に外れた。

一瞬だが、ターゲットの近くの雑草が揺れた。八百メートル先で風が吹いたらしい。そのために照準が微妙にずれているのだろう。

ペダノワはＭＡＲＫ４／ＴＭ３のウィンテージ・ノブを調整して照準を合わせ、ボルトを引いて装弾すると、間髪を容れずにトリガーを引いた。

今度はほぼ中心に当たった。人間なら最初の一撃で、死んでいる。だが、数センチずれたことでターゲットが致命傷を免れた場合は、自力で移動するかもしれない。そのため、二発目をすばやく撃てるかが問題になる。ペダノワは数秒後に修正してヒットさせた。狙撃手として超一流と言っても過言ではない。

「ブラボー！」

ワットが歓声を上げた。

「グッジョブ!」

銃を手に振り返ったペダノワに浩志は、親指を立てた。

3

午前十時五分、〝Range 30〟。

浩志はグロック17Cに十九発入りのマガジンを装填すると、腰のヒップホルスターに差し込んだ。

五ヤード(約四・五メートル)先に二・一ヤード(約二メートル)間隔でマンターゲットが五つ立っており、その右隣りに十ヤード(約九・一メートル)が二つ、続いて十五ヤード(約十三・七メートル)が二つ、さらに一番右端には二十五ヤード(約二十二・八メートル)と次第に距離が離れるように並んでいる。

民間の射撃場では、ハンドガンの訓練を二十五ヤードからはじめるところもあるが、実戦では数メートル先の敵を咄嗟に片手で撃つ場合もあるので、十ヤード前後のターゲットがより現実的である。

ちなみにFBIのハンドガンの試験は、三ヤード(約二・七メートル)から二十五ヤードの距離で片手撃ち、両手撃ちとグリップの条件を変えながら計八セット、制限時間以内に定められた弾数を発射しなければならない。弾数は八セット全体で六十発、うち四十八発命中で合格となる。

浩志は一番左のマンターゲットの前に立つと同時にグロックを抜いて、右手で胸と頭に命中させてホルスターに戻した。

ターゲットの心臓と頭部の中心に当たっている。確認することもなく、浩志は右に移動し、今度は両手で構えて胸と頭に当てると、数歩移動して隣りのターゲットの胸と頭に左手に持ち替えて速射する。この繰り返しで九つのターゲットを終え、移動する間にベルトのホルダーから予備のマガジンを抜いて交換し、十番目のターゲットの胸と頭にそれぞれ五発ずつ命中させると、ホルスターに銃を戻した。

「ブラボー。すべて真ん中に当たっている」

背後で観戦していたワットが手を叩いた。

先にワットが浩志と同じルールで射撃したが、彼は二箇所のターゲットで、中心を僅(わず)かに外している。

「さすがね」

彼の傍に立っていたペダノワも渋い表情で頷いた。彼女が一番目に射撃しており、すべて真ん中に命中させている。ワットよりも成績が良かったために気を良くしていたが、浩志が難なく満点を取ったので少々不満なのだろう。しかも浩志は、あえて銃をホルスターに戻す早撃ち射撃なので、難易度がより高い。

「今度は負けないわよ」

ペダノワが右手を上げ、浩志に近づいてきた。

「別に競っているわけじゃない」

苦笑を浮かべた浩志は後ろに下がり、ワットの隣りに立った。

ペダノワは右腿（もも）のサイホルスターにグロックを差し込んだ。サイホルスターは、ヒップホルスターより低い位置にある。ヒップホルスターではプレートキャリアに引っかかることもあるため、彼女はサイホルスターにしたのだろう。

先ほどよりも低く身構えたペダノワは、グロックを抜くとマンターゲットの胸と頭を続けて撃ち、ホルスターに銃を戻した。ターゲットの中心に命中している。ペダノワは小走りに左に進み、今度は片手でターゲットを撃った。

「中佐」

ニックがワットに近寄り、何か耳打ちをした。彼は無線連絡に備えてハンヴィーに戻っていたのだ。この基地ではテロ攻撃に備えて、兵士は常に連絡が取れる状態であることが義務付けられている。

「分かった」

頷いたワットがハンヴィーに駆け寄り、助手席の窓から無線機のマイクを引っ張り出した。本部からの連絡かもしれない。だが、火急の連絡ではないはずだ。彼は教官として働いているために、軍事作戦に駆り出されることはないからだ。

米軍も彼がリベンジャーズの一員として働いていることは黙認している。リベンジャーズは時に米国政府の依頼を引き受けることもあり、有益な存在だと認められているからだろう。そのため、あえてワットの自由意志に任せているらしい。

無線連絡を終えたワットは浩志の隣りに再び立ち、ペダノワの射撃を見ている。単純な連絡だったのか、特に変わった様子はない。

ペダノワの射撃が終わった。結果は一発外したものの、他はすべてターゲットの真ん中を撃ち抜いている。

「訓練不足のようね」

舌打ちをしたペダノワは、首を左右に振った。ここまでくると完璧主義というより、負けず嫌いである。

「充分だ」

浩志は大きく頷いてみせた。労うわけではないが、実戦でも問題ない。ターゲットにはそれぞれ二発の銃弾を撃ち込んでおり、どちらかがターゲットに正確に当たっていれば即死だからである。そもそも、訓練で優秀な成績を収めても実戦では役に立たない者もいるが、彼女は銃撃戦で恐れることなく実力を発揮する。

「それじゃあ、何か任務があったら、私を雇ってくれる？」

ペダノワは疑しげな顔で尋ねてきた。

「任務にもよるが、二人の娘の承諾が得られればだな」

浩志はニヤリと笑った。以前は守るべき家庭がある者は、死を覚悟するような任務に向かないと思っていたが、その逆の場合があることを今は知っている。家庭を持つ者でも、家族が納得すれば問題ないのだ。とはいえ、彼女の子供はまだ幼い。

「家族を悲しませるようなことはしたくはない。だけど、正義のために闘えるような任務に就きたいの。娘たちも分かってくれるはずよ」

ペダノワは神妙な面持ちで答えると、ワットの顔を窺うように見た。恐妻家と思われがちの意志の強い女性だが、心根は優しいのだ。

ワットは満足げに笑ってみせた。

「いいだろう」

浩志は頷き、右手を出し、ペダノワと握手を交わした。

「よし、決まったな。悪いが俺たちに呼び出しが掛かった。とりあえず、訓練はお仕舞いだ」

ワットはペダノワに言った。さきほどの無線でどこからか連絡を受けたのだろう。

「俺たちって？　俺にも関係があるのか？」

浩志は首を捻った。

「浩志も連れてくるように、本部から連絡が入ったのだ」

ワットもよく知らないらしい。

「分かった」

浩志はペダノワに軽く手を振ると、ワットの車に向かった。

4

午前十時三十分、フォートブラッグ司令部。

射撃場からフォートブラッグの中心部にある司令部に来た浩志とワットは、五階建てビルの最上階にある会議室に案内された。ワットは、デルタフォースの副司令官から浩志を伴って顔を出すように命じられたそうだ。ただし、理由は聞かされていないらしい。

四十平米ほどの広さの部屋で、テーブルと椅子が整然と並べられている。作戦のブリーフィングルームとしても使われるのだろう。だが、眺めのいい五階にあることから、将校用の会議室かもしれない。

建物は南北に弓のような形をしており、北側は東に延びる建物と繋がっている。上空から見ると、yあるいはrのようにも見える構造をしていた。

「やってるな」

窓の外を眺めていたワットは、笑みを浮かべた。

司令部の前にはノックス・ストリートを挟んで、東西に三百五十メートル、南北に百九十メートルのグランドがあった。グランドの周りはランニングコースになっており、二十数名の兵士が走っている。

「新兵か？」

浩志も窓の外を見ていた。

フォートブラッグには司令部より高い建物はない。そのため、基地の様子がよく見える。

「この基地には、デルタフォースとその支援部隊が駐屯している。グランドを走っている連中は、所属する隊から、この基地の支援部隊で特別な訓練を受けて来いと命令を受けただけだが、実際はデルタフォースの入隊試験を受けているんだ。もっとも、本人たちもそれが入隊試験だと分かっているがな。俺が入隊のためにあそこで走ったのは、ずいぶん昔のことだ」

ワットがにやけているのは、昔を懐かしんでのことのようだ。

「なるほどな……」

頷いた浩志は、振り返った。ドアがノックされたのだ。

背の高い口髭を生やした白人男性が入ってきた。スーツが馴染んでいる。軍人ではなさそうだ。

「はじめまして、CDC感染対策室のマイク・ドナヒューです。もう一人来るはずですが、生憎まだ到着していませんので、とりあえず私の方からご説明します」

ドナヒューはワットに握手を求め、浩志とも握手をした。

「CDCねえ。また、俺たちを検査するのか？」

ワットは腕組みをしてドナヒューを睨んだ。

パナマで、リベンジャーズのメンバーはCDCの職員に全身を徹底的に洗浄された上でヤビサ郊外の小さな宿に隔離され、何度も検査を受けた。ワットは彼らに恨みこそないが、任務完了後の自由を奪われたことでよくは思っていないらしい。

浩志は無言で立っていた。初対面の人間はよく観察することである。ドナヒューは五十歳前後、身長は一八五センチほどで瘦せ型、指も細い。銃はあまり扱わないのだろう。鍛えてもいないらしい。CDCでもデスクワークが多い仕事をしているに違いない。

「あなた方は、新型エボラ出血熱の奇跡の生還者ですから、機会があれば再度検査をお願いしたいところですね。座ってお話をしませんか？」

ドナヒューは浩志とワットに名刺を渡し、会議室の窓際の席を勧めた。

「とりあえず、聞くだけ聞こうか」

名刺を手にしたワットは肩を竦めると、ドナヒューの前の席に座った。

浩志は小さく頷き、ワットの左隣りに座った。

「まず、仕事の話をする前にお二人から採取した血液の検査結果を改めてお知らせします」

ドナヒューは両肘を机に突いて話し始めた。

「おいおい、パナマでは俺たちの体からウィルスは死滅したと聞いたぞ。今さらなんだよ」

ワットは険しい表情になった。彼はウィルスに感染した浩志らに直接触れることなく、血清を注射した。だが、念のために自分にも血清を打っている。当然の処置であるが、彼は目に見えない生物兵器を嫌っている。というか恐れているのだ。

「もちろんです。ミスター・ワットは、もともと感染していませんでした。ご心配はありません。それは検査結果からも明らかです。ただし、ミスター・藤堂は違います。あなたは、ＮＺ型エボラウィルスに対して、免疫ができたようです」

ドナヒューは嬉しそうに言った。

「ＮＺ型エボラウィルス？」

浩志は、ピクリと右眉を上げて尋ねた。

「ザイール型エボラウィルスの新型という意味です。遺伝子操作で作り出された毒性の強いウィルスです。ミスター・藤堂には抗体があるのです」

「エボラ感染者は、俺以外にもいたはずだ。他の連中も免疫ができたのか？」

浩志は質問を続けた。

「感染者は、あなたを含めて五人で、全員血清で完治しています。ただし、完全な免疫ができたのは、あなたとミスター・明石だけです。たまたまかもしれませんが、ＢＣＧワクチンなど日本特有の予防種による免疫体質に関係があるのかもしれませんね」

ドナヒューは指を二本立ててみせた。

「それで？」

浩志は彼の話の続きを促した。ドナヒューは浩志らに仕事の依頼に来たに違いない。彼にとって免疫の話など世間話に等しいはずだ。

「実は、昨日コロンビア政府から、例の現場の調査を直に依頼されました。簡単に言えば、まだ汚染されているのか調べて欲しいということです」

ドナヒューは神妙な顔になった。

「都合のいい話だな。一度は断ってきたんだろう？　受けるつもりか？」

ワットが苦笑した。

浩志はギャラガーの尋問中に自分たちがエボラウィルスに感染したことを知り、ＣＩＡの高官である片倉誠治に状況を伝えて救援を要請した。誠治はすぐさまＣＤＣと共にコロンビアに向かった。だが、コロンビア政府は誠治の救援要請を拒絶し、汚染された建物をミサイルで破壊したのだ。

「もちろんです。ただし、コロンビア政府からは調査は目立たぬように、しかも護衛は最小限で米軍の帯同は許さないという条件が付けられました」

ドナヒューの声が小さくなった。

「そういうことか」

浩志は鼻先で笑った。

5

浩志は席を立ち、ドナヒューに背を向けて窓の外を見た。

若い兵士の一団が、まだ走っている。

ワットの話では、とりあえず一周一キロあるコースを決められた時間内に十周させて基礎体力を測るそうだ。様々な部隊から送られてくるだけあって、高い身体能力を持っている兵士ばかりなので、最初のテストで落ちる者はこれまであまりいなかったらしい。だが、先ほど見た時より、人数が減っている。脱落者はその場で所属部隊に帰るように命じられるそうだ。

「今年は脱落者が多いようだな」

隣りに立ったワットがボソリと言った。浩志と同じく、浩志らを軽んじるドナヒューが気に入らないのだろう。

「コロンビアで傭兵が必要なら、地元でいくらでも調達できる」

浩志は外の景色を見ながら言った。CDCの職員を護衛するような仕事なら、誰でもできるはずだ。

「コロンビアの治安は昔よりは良くなりました。だが、現地で見知らぬ傭兵を雇うことはできないでしょう。そもそも、爆弾テロではなく、ミサイルの攻撃で建物が破壊されたことは現場を見れば、軍人なら誰でも分かります。だが、それはコロンビア政府にとってトップシークレットであり、素性の分からない者を雇うことはできないのです」

ドナヒューは首を振った。

「コロンビア政府は、軍隊を連れて来るなと言っただけなんだろう。CDCには生化学者や細菌学者だけじゃなく、軍人もいる。彼らを使えばいいだろう。大勢連れて行かなければ大丈夫だ。ウィルスに汚染されているかどうかを調べに行くのに、なんで俺たちが行かなきゃいけないんだ」

ワットは眉を吊り上げて捲し立てた。

「今お話ししたことは、コロンビア政府の依頼を受けたCDCからの仕事で、表向きの任務です」

ドナヒューは意味ありげに言った。

「表向き？　裏もあるということか？」

浩志は振り返って尋ねた。

ドアがノックされた。

「どうやら、裏向きの話を聞けそうですね」

表情もなく立ち上がったドナヒューは、出入口のドアを開けた。

ブリーフケースを手にしたスーツ姿の男が、ドナヒューに会釈をして入って来た。白髪混じりの髪をオールバックにし、鷲のように鋭い顔付きをしている。

「なっ！」

浩志とワットが同時に声を上げた。ＣＩＡの誠治である。入れ違いにドナヒューは部屋を出て行った。

「彼はＣＤＣの職員で、今回の任務の責任者だが、彼にも言えないことがあるんだ。もっとも、彼も我々の仕事のことを知りたがらない。下手に知れば命取りになることを知っているからだ」

ドアを閉めた誠治はさきほどまでドナヒューが座っていた椅子に腰を下ろし、浩志らに座るように前の椅子を勧めた。

「裏向きね」

浩志は鼻先で笑うと、椅子に座った。

「まさかとは思うが、新たな任務の依頼というのは、表向きはＣＤＣで、本当はＣＩＡの仕事なのか?」

浩志の右隣りに座ったワットは、眉間に皺を寄せた。

「そのまさかだ」

誠治は浩志とワットの顔を交互に見た。

「俺たちはハードな任務をこなしたばかりだ。ドナヒューにも言ったが、腕利きの傭兵はごまんといる。そもそもCIAには特別行動部があるじゃないか」

ワットは首を振った。

特別行動部とはCIAの準軍事部門のことで、米軍の特殊部隊出身者で形成されるSOG(特殊作戦グループ)と心理戦や経済戦争を担当するPAG(政策行動グループ)の二部門がある。

さらにSOGは、陸軍出身者で構成される地上班、海軍出身者で構成される海上班、それに航空機を使用する航空班の三つの組織に分かれている。

「君の疑問はもっともだ。だが、SOGを使えない理由は、三つある。一つ目は、コロンビアの事件は、クロノスが関係している。クロノスは今やCIAでは米国の敵の一つとして認識されているが、同時に組織のモグラがCIA内部にいる可能性があるため、裏切りを防ぐには、現段階ではCIAの職員が使えない状態にあるのだ」

誠治は人差し指を立てて答えた。

「今はいなくても、この先、新たに裏切り者が出ないとは言えないからな」

浩志は相槌(あいづち)を打った。

二年ほど前に、CIAの職員でクロノスの下部組織であったAL（アメリカン・リバティ）に通じる者が、多数逮捕された。それがきっかけでCIAでは健康診断と同じようなペースで、ポリグラフ（嘘発見器）による精神鑑定を全職員に義務付けるようになったらしい。だが、クロノスは豊富な資金で、人の弱みに付け込み金で寝返らせる。そのため将来も新たなモグラが誕生する可能性があり、発見は困難であった。

「二つ目には、コロンビアの現場は未(いま)だにウィルスに汚染されている可能性がある。そのため、免疫がある兵士が最適なんだ。残念なことに、NZ型エボラウィルスの血清はあるが、ワクチンは当局ではまだ開発されていない。君らも知っての通り、血清の投与はタイミングもあるが、保管が難しいからな」

誠治は首を左右に振ると、浩志に頷いてみせた。

NZ型エボラウィルスは、感染してから一時間ほどで発症する。血清は発症して一時間以内に使用しないと効果は期待できない。また、血清の成分は低温では安定しているが、常温で三十分以上放置すれば壊れてしまう。

「俺と柊真以外に、任務に適合する兵士はいるのか？」

浩志は訝しげに誠治を見た。調査活動に防護服は確かに邪魔だが、それで動けないわけではないはずだ。

「私の知りうる限りはいない。ミスター・明石は、今フランスだ。信頼できる人物に彼と接触するように頼んである。だが、協力してくれたとしても、少し時差が生じるだろう」

誠治はゆっくりと首を振った。

「最悪、俺一人ということか？」

過大評価するつもりはないが、浩志と柊真の二人だけでもかなりの任務はこなせる自信はある。だが、浩志一人となると、活動範囲も限られる。

「コロンビアの現場を調べるのは、ミスター・明石がいなくても、君とCDCだけでも充分だろう。だが、それは任務の第一歩に過ぎない」

誠治はブリーフケースからタブレットPCを出して電源を入れ、机の上に載せると映像を表示させた。

「これは、軍事衛星の映像か？」

ワットはタブレットPCの映像を見ながら尋ねた。

「コロンビアの現場を継続的に監視していたんだな」

浩志は大きく頷いた。

「ウィルスに汚染された死体をコロンビア政府は、ミサイルで建物ごと吹き飛ばした。どうせならナパーム弾を使えば完璧だったが、彼らは科学的知識に欠けていたようだ。そのため、我々はウィルスが拡散するような事態にならないように、軍事衛星で監視していたのだ。この映像は昨日の午後四時三十分からの映像だ。見ていれば、私が何を望んでいるのか分かるはずだ」

誠治は再生ボタンをタップし、映像を進めた。

廃墟と化したエリアに三台の軍用トラックが入ってきた。そのうちの一台には小型のショベルカーが積載されている。二台のトラックから十数人の防護服を着た兵士が降りてくると、ショベルカーを使って廃墟の瓦礫の撤去作業をはじめた。

「少し、早回しにする」

そう言うと、誠治はムービーを二時間ほど進めた。

ショベルカーがコンクリートの大きな塊を除去すると、その下に穴が見つかり、防護服の兵士が次々と穴に入っていく。

「地下駐車場を見つけたのか？」

ワットが映像を見て、鼻に皺を寄せた。建物はほぼ崩れ落ちているが、地下駐車場ならミサイルの攻撃の影響を受けなかった可能性がある。当然のことながら、原形を留める死体もあるはずだ。

肉片となった死体もそうだが、時間が経過した死体を見るのも嫌なものである。戦場を経験した兵士の多くは悲惨な光景には慣れるものだが、鼻につく死臭は脳裏に焼きつく。戦場の映像を見ると、死臭はリアルに蘇るものだ。

誠治はムービーを十分ほど進めた。

防護服の兵士が穴から這い出してくると、最後に死体袋と思われる銀色の大きな袋を載せた担架を穴の中から引き摺り上げた。

「何！」

浩志が眉を吊り上げた。

防護服の兵士が担架をトラックの荷台に載せると、現場の警備兵たちをいきなり銃撃したのだ。

「こいつらは、コロンビア兵じゃないのか！」

ワットが声を上げた。

「この映像の件は、コロンビア政府はひた隠しにしている。だが、現地のＣＩＡ局員の調べでは、正体不明の武装集団が憲兵隊に化けていたそうだ。おそらくクロノスの一味だろう。口封じに警備兵を皆殺しにしたに違いない。問題は、武装集団が持ち去ったものは何かということだ。地下には生存できるような物資はあったのか？」

　誠治は浩志に尋ねた。

「俺たちは地下駐車場で敵を迎え撃つ準備をした。土嚢や監視カメラはもちろんだが、水や食料も用意してあった。それがどうした？」

　浩志は誠治の懸念を知りつつ、あえて聞き返した。

「爆撃があったのは十五日、それから約二週間経っているが、水と食糧があれば、生き延びる可能性はないか？」

　誠治は厳しい表情になった。

「まっ、まさか、ギャラガーが生きていたとでも言いたいのか？」

　ワットが眉間に皺を寄せた。ギャラガーはクロノスで暗殺部隊の指揮官を務め、彼自身も一流のヒットマンであり、仲間だった寺脇京介（てらわききょうすけ）を殺害している。リベンジャーズにとっては最強最悪の敵だったのだ。

「可能性の問題だ。武装集団が回収したのは重傷のギャラガーか、死体だったのか、定かではない。コロンビア政府は、殺された警備兵の死体は回収したが、地下駐車場までは調べていないそうだ。誰も、彼の死体を見たわけではないのだ」

誠治は淡々と答えた。彼はＣＩＡの中で、クロノス対策本部長という肩書きを持っていると聞く。武装集団がクロノスに関係していると判断したからこそ、彼が乗り出してきたのだろう。

「そりゃそうだが……」

ワットは腕を組んで口を閉ざした。

「現場を調べれば、何か分かるかもしれない。それができるのは、ミスター・藤堂、君しかいないのだ」

誠治は力を込めて言った。

「いつ行くんだ？」

浩志は即決した。ギャラガーの生死は爆撃のため確認できなかった。クロノスの武装兵の襲撃があった際、簡単に死なせるべきではないと、浩志は防毒マスクを装着させた。ミサイルの直撃がなかったのなら、生きていてもおかしくはないのだ。

「これからすぐだ」

誠治はタブレットＰＣを片付け、席を立った。

「ちょっと待ってくれ。ひとりで行くつもりか？」

ワットが肩を竦めてみせた。

「ウィルスが怖いんだろう?」

浩志が鼻先で笑うと、立ち上がった。

「馬鹿を言え。現場はともかく、コロンビアは治安が悪い。捜査の基本は、タンデムだろう?」

ワットは笑いながら右手を出した。

「それが、基本だ」

浩志はワットの右手を摑んで立たせた。

コロンビア

1

フランス、パリ郊外ヴィスー、午前八時二十分。

パリ＝オルリー空港の西側に位置する古い街である。

ホンダ・XR125Lに乗った柊真は、高速道路ラキテーヌを下りると、シャトー・ガイヤール公園の脇を抜けてヴィスーの中心に入った。

XR125Lは、柊真が先月パリで起きた爆弾テロ事件の犯人として警察から追われた際に差し押さえられていたが、嫌疑が晴れて取り戻していたのだ。

次の交差点で右折してジョルジュ・コラン通りに入り、住宅街を1ブロック過ぎて倉庫街になったところで速度を緩めた。

「ここだな」

ハンドルにホルダーで取り付けたスマートフォンの地図を確認した柊真は、白い倉庫の前の駐車場にバイクを停めた。フルフェイスのヘルメットをハンドルに掛けて、バイクを降りると、氷のように冷たくなったスマートフォンをポケットに仕舞う。雲が多いせいもあるが、夜が明けても気温は二度と真夜中とたいして変わらない。

「アキラ！　来たな」

倉庫の中から髭面のスペイン系の男が現れ、笑顔で柊真に手を振った。セルジオ・コルデロ、柊真とはフランス外人部隊の第三連隊以来の友人であり、柊真が立ち上げた傭兵チームの仲間である。

外人部隊では、アノニマ制度という偽名を使う。柊真は影山明（かげやまあきら）という日本人らしい名前を隊から与えられており、セルジオも偽名である。仲間同士では未（いま）だに本名を呼ぶことはない。

「思っていた以上に大きな倉庫だな」

バイクから降りた柊真は、倉庫を見て感心した。

「東西に三十六メートル、南北に六十四メートルある。だが、格安の物件なんだぞ。説明するから中に入ってくれ」

興奮した様子でセルジオは柊真の肩を叩き、倉庫に入って行く。

「驚いた。よくこんな物件を短期間で見つけられたな」

柊真は倉庫の天井を見て、目を丸くした。天井の高さは十五、六メートルあるだろう。

セルジオは同じく第三連隊からの友人であるフェルナンド・ベラルタ、マット・マギーらとともに柊真と行動を共にし、コロンビアではエボラウィルスに感染しながらも浩志と一緒にクロノスの武装集団と闘っている。

柊真とセルジオらはパナマでCDCの検査を受けた後、浩志らリベンジャーズとは別れてフランスに帰国した。だが、柊真は警察からバイクを取り戻すなどの雑用があったため、セルジオらとは別行動を取っていたのだ。

「実を言うと、一年前から〝七つの炎〟を介して探していたんだが、なかなか適合する物件が見つからなかった。だが、俺たちがコロンビアに行っている間に、たまたま見つかったらしい。ここは空港から近くて飛行機の騒音問題があるから、土地代は安い。それに、食品会社が作った倉庫だが、半年ほどで倒産している。だから新品同様なんだ」

セルジオは答えた。七つの炎とは外人部隊出身者だけで作られた組織で、互助会として半世紀ほど前に結成されたが、現在は部外秘という秘密結社のような存在になっている。

「なるほど。改修に資金がいるから助かるな」

大きく頷いた柊真も、七つの炎の社員になっている。形式的には秘密結社なので、会員ではなく社員ということになるらしいが、別に給料をもらっているわけではない。逆に入社時には入会金千ユーロ（約十二万円）を支払っている。だが、有益な情報や低金利の融資制度など様々な特典があるため、損をすることはないようだ。

倉庫の中には、建設資材が積み上げられている。改修して射撃場にし、柊真と仲間たち、四人の共同経営にする予定だ。フランスでは競技射撃という形で認可が下りる。ヨーロッパで相次ぐイスラム教徒によるテロ事件が社会不安を煽っており、銃の個人所有も増えた。もっとも、狩猟用以外の個人の所有は射撃場に限られているが、射撃訓練を受けたいという市民が激増している。

射撃場の経営は、インストラクターやアドバイザーとして働いて収入を得る傍ら、自らの射撃訓練もできるとあって一石二鳥なのだ。

柊真は傭兵チームを立ち上げるにあたって浩志が率いるリベンジャーズを規範とし、正しいと信じられる仕事のみ受けることを目標としている。だが、仕事を選べば傭兵だけでは食べてはいけないため、別の職業で収入を得なければならない。その点、柊真は外人部隊で格闘技の臨時教官をしており、なんとか暮らせる。だが、セルジオらは、あらたな収入源を得る方法を模索していたのだ。

もともと、セルジオらは構想を持っていたものの、資金がなかったらしい。だが、前回のコロンビアの戦闘でＣＩＡを通じて米国から報償金が出た。また、柊真も加わったことで自己資金も増え、七つの炎から融資も受けられたために計画を始動させることになったのだ。

「奥の突き当たりは冷凍室で、そこまで五十三メートルある。中央に廊下を作り、左側にライフル用の五十メートルのレンジを作る。右側には、受付と銃の保管庫、それにトレーニングジムとスタッフルームだ。冷凍室はハンドガンのレンジにする。冷凍装置はまだ使えたから、取り外して専門の業者に売ったよ。意外とこれがいい金になった。七つの炎から紹介を受けた内装業者が、設計図を作り、年明けには工事を始められるそうだ」

セルジオは歩きながら得意げに説明する。

「フェルナンドとマットは、どうしている？」

柊真はがらんとした室内を見渡した。

「やつらは、狩猟免許と競技射撃免許を取得するために今年最後の講習会に出ている。銃の腕だけじゃ、この国では銃を購入することも使うこともできないからな。俺は一年前に取得していたけどな」

セルジオは肩を竦めた。

「彼らは、持っていなかったのか。もっとも、傭兵には必要ないけどな」

柊真は苦笑した。傭兵は紛争地に駆り出されるため、銃の免許の有無など問われない。取得していなくてもまったく問題ないのだ。だが、柊真はフランス国内で合法的に使用できるように外人部隊を退役した際に、どちらの免許も取得していた。

「ちなみに、昨日射撃場として、公認されたんだ。やはり、七つの炎は組織力があるよ」

セルジオは突き当たりの冷凍室のドアを開けた。

「広いな」

柊真は何度も頷いてみせた。

奥の壁に、紙のターゲットが貼られており、それなりに射撃場らしく見える。天井が高いため、やたら広く感じる。

「幅は十二メートル、奥行きは三十五メートル、ハンドガンのレンジとしては、充分な広さがある。六レーンのマシン式ターゲットを設置する予定だ。改装費と設備費に、八十二万ユーロ掛かる見積もりだ。俺たちの自己資金は三十万ユーロ、残りは七つの炎だ」

セルジオは涼しい顔で言った。およそ一億円である。

「大丈夫なのか?」

柊真は息を呑んだ。

「七つの炎も、見込みがない者に金は出さない。パリ警察の訓練場所として契約がとれそうなんだ。それだけで、月々の返済はできる計算だ。もっとも、契約は七つの炎のバックアップがある。開業したら、忙しくて傭兵稼業は引退ということになりかねんぞ。冗談だがな」

セルジオは笑うと、壁際のロッカーを開けて射撃用のイヤーマフとアタッシェケースを出した。

「今さらながら、七つの炎は各方面に強力なパイプを持っているようだな」

柊真は口笛を吹いた。

「ここは冷凍庫だっただけに、壁が厚いから防音は優れているんだ。練習するか？」

セルジオは近くの折り畳みの机の上で、アタッシェケースを開いた。

「いいねえ」

柊真はにやりとした。

アタッシェケースには、ベレッタ92が三丁にH&K USPが三丁とそれぞれのマガジンが納められていた。どちらも外人部隊で制式採用されている銃である。

「中古を七つの炎から格安で買ったんだ。これは貸出用で、会員制にして客は基本的に自分の銃を購入して預けるシステムにするといいそうだ」

セルジオはUSPを手にした。

「ベレッタか。懐かしいな」

柊真はベレッタを握り、マガジンを装塡した。最近では樹脂素材を多用しているグロックを使うことが多いため、ベレッタはずっしりと重みを感じる。銃弾を込めた状態で、一キロ近くあり、グロックよりも二百グラムは重い。

「昼飯を賭けて、勝負するか。近くにうまいイタリア料理の店を見つけたんだ」

セルジオは早くもイヤーマフを装着し、ＵＳＰを構えている。

「乗った」

柊真もイヤーマフをし、腕組みをした。

2

パリ、18区、グット・ドール、午後二時。

ＸＲ１２５Ｌに乗る柊真はジャン・ロベール通りに入り、カフェバーの隣りにある六階建てのアパルトマンの前で停まった。

バイクに二重のチェーンロックを掛けると、赤い玄関ドア脇のボックスに暗証番号を打ち込んで鍵を開けた。二ヶ月前に京介殺害の犯人を探すために借りたアパルトマンである。家賃は安いが二ヶ月分を前払いしてあったので、そのまま住んでいるのだ。

グット・ドールはパリでも有数の治安が悪いエリアと思われがちだが、住み心地は悪くない。むしろ気取らない分、柊真は気に入っていた。

ヴィスーに居たのだが、アパルトマンのオーナーから水漏れの苦情があったと連絡を受け、急いで帰ってきた。柊真の部屋の水道管が破裂したのか、あるいはシャワーの出しっぱなしかもしれないから至急調べて欲しいというのだ。

四階まで階段を駆け上がり、廊下の突き当たりの部屋のドアに鍵を差した。

「……！」

柊真は右眉をぴくりと上げた。閉めたはずの鍵が開いているのだ。ポケットから直径十四ミリの鉄球を取り出し、右手に隠し持った。鉄球は古武道の印地に使う鉄礫で、印地は戦国時代に石を投擲して敵を倒すことで生まれた特殊な武術である。

古武道研究家である祖父の妙仁に幼少時から手ほどきを受け、中学生のころには免許皆伝の腕前に達していた。鉄礫は邪魔にならないため、常に持ち歩いている。

ドアを音もなく開けて中に入る。

十四畳ほどのリビングの奥にある小さな仕事机の前の椅子に、何者かが座っていた。照明を点けていないため、シルエットしか分からない。

男は椅子から立ち上がり、壁際に立った。身長は一七八センチほどで、武器は持っていない。だが、男は古武術でいう自然体で立っている。相当な腕と見た。

「おかえり」

男は日本語で言った。

「えっ！」

柊真は慌ててドア横の照明のスイッチを左手で押した。

「右手の武器を見せてくれるか？」

男は口角を僅かに上げて笑った。肌は浅黒く、黒い髪をオールバックにしたラテン系の顔をしている。ジーンズに革のジャケットを着こなし、見てくれはスペイン人のようだが、どこか見覚えがある顔だ。

「あっ！　夏樹さん」

目を丸くした柊真は、右手に握りしめていた鉄礫を男に渡した。

男は影山夏樹。公安調査庁の元特別調査官で、殺人や拷問も厭わない非情な手段で諜報活動をし、中国や北朝鮮の情報機関から〝冷たい狂犬〟と呼ばれ恐れられていた。十年近く前に公安調査庁を退職し、今はフリーの諜報員として活動している。

柊真とは昨年イラクの任務で会っており、たまたま偽名で使っている〝影山〟が同姓ということで意気投合した。彼は変装の名人であり、以前会った時も素顔ではなかったが、鋭い眼光で分かった。

「ひょっとして、これは鉄礫じゃないか?」

夏樹は鉄礫を天井のライトにかざすように見て言った。

「よくご存じですね」

柊真は笑みを浮かべた。印地は絶滅した武道と言われ、祖父の妙仁も古文書を解読して会得したのだ。

「学生時代に古武術の師範から手裏剣術を習った際に、飛礫術、あるいは印地と呼ばれる飛び道具が戦国時代にはあったと、歴史上の知識として聞かされたことがある。だが、現代でその使い手がいるとは驚きだ。使い方を教えてくれ」

夏樹は鉄礫を返してきた。

「分かりました。投げ方は色々ありますが、近くの敵には指で弾くだけで打撃を与えることができます」

柊真は隣りのベッドルームから枕を持ってきて仕事机の上に置くと、右手に握りしめた鉄礫を人差し指で弾いた。鉄礫はカバーを突き破って枕の中に一瞬で消えた。

「素晴らしい!」

夏樹は、枕にめり込んだ鉄礫を取り出し、大きく頷いた。

「ところで、どうしてパリに？　それにアパルトマンのオーナーから急いで帰るように連絡を受けましたが、ひょっとして夏樹さんが仕込んだのですか？」

柊真は首を傾げた。夏樹は超一流の諜報員でもあるが、中国や北朝鮮からは追われる身なのだ。観光でパリに来たとは思えない。

「そういうことだ。君に至急会う必要があり、連絡してもらったのだ。実は、たまたま仕事でイタリアに来ていたんだが、知人から君にある情報を伝えるように頼まれてね」

夏樹は革のジャケットの内ポケットから数枚の写真を取り出し、柊真に渡した。軍事衛星か無人偵察機の写真らしく、瓦礫の周囲に人が写っている。

「こっ、これは……」

一枚目の写真を見た柊真の顔が曇った。

「君らが闘ったボゴタの建設現場だよ」

夏樹は鉄礫を右手で握り、柊真の真似をして右指で弾いた。鉄礫は枕でなく、その下の机の手前の椅子に当たって足元に転がった。夏樹は鉄礫を拾ってもう一度弾く。今度は机に当たって床に落ちた。

「どういうことですか？」

五枚ある写真に目を通した柊真は、印地の練習をする夏樹に尋ねた。

「コロンビア陸軍の憲兵隊に化けた武装集団が、瓦礫を掘り返して地下駐車場から何かを運び出し、直後に現場を警備していた小隊の兵士を皆殺しにしたそうだ」

「いったい何を掘り出したんですか！　まさかギャラガーが生きていたんですか？」

柊真は夏樹に詰め寄った。

「それは、分からない。今から六時間前に、それを調べるためにミスター・藤堂が向かった。すでにボゴタに着いていると思うが、捜査は明日になるだろう」

鉄礫を拾った夏樹は、腕時計を見ながら答えた。米国とは四時間の時差があるため、計算したようだ。

「それを告げるため、わざわざ私に会いに来られたのですか？」

「まさか。知人の要請は、君がミスター・藤堂と合流し、捜査に加わることだ。そして、私も協力するように要請された。もっとも、私は後方支援に徹するつもりだ。君らと違って命が惜しいからな」

なぜか夏樹は鼻先で笑った。

「藤堂さんと二人で、ですか？」

柊真は夏樹の態度に首を傾げた。行きたいのは山々だが、何か訳がありそうだ。

「君らは、新型エボラウィルスの抗体があるらしい。汚染されている可能性がある現場に防護服を着用しないで入れる唯一の存在だそうだ。二〇一九年のカウントダウンをパリで聞くつもりか？」

夏樹はまた鉄礫を指で弾いた。威力はまだ弱いが枕に当たり、床に落ちた。

「むろん行きますよ。すぐに用意します」

柊真は鉄礫を拾い、指で弾いて枕を撃ち抜いた。

3

コロンビア、ボゴタ、午後五時半。

浩志とワットはコムナ・チャピネロ地区のヒルトン・ボゴタにチェックインしていた。

二人はフォートブラッグ基地の北に位置するポープ・アーミー飛行場からＣＩＡの専用機に乗り、エルドラド国際空港に一時間前に到着している。誠治も同乗していたが、空港に降りることはなく、そのまま専用機で米国に帰った。

浩志はいつものごとくバックパックをベッド脇に置いた。手荷物はこれだけである。専用機に乗って来たので関係ないが、空港で手荷物を預けることなく面倒な検閲も簡単に済ませるため荷物を最低限にする習慣が身についているからだ。

八階にある広々とした部屋の中央にはキングサイズのベッドが設置され、その脇にはワークデスクが置かれていた。いつも二つ星で満足している身にとっては贅沢である。

今回の任務は、表向きはCDCから受けており、予算もそこから出ている。だが、コーディネートはCIAがしており、ホテルの予約もそうらしい。任務の指揮権はCIAが握っているということだ。

シャワーを浴びるためにジャケットをデスクに載せ、その上に腰に差していたグロック17Cを置いた。これは、専用機を降りる際に、誠治から支給されたものである。任務はコロンビア政府からの依頼のため、入管審査官にパスポートの提示をしただけで、荷物の検査はもちろん身体検査もなかった。

シャワールームのドアに手を掛けると、ワークデスク脇のホテルの電話機が鳴った。くつろぐにはまだ早いらしい。

溜息を吐いた浩志は、受話器を取った。

「そうするか」

苦笑した浩志は、受話器を戻した。隣室のワットからの内線電話であった。腹が減ったから先に晩飯にしようというのだ。

グロックを腰に差してジャケットを着て隠すと、浩志は部屋を出た。

「おっ、奇遇だな」

ワットが廊下で待ち構えていた。

「何が奇遇だ」

鼻先で笑った浩志は、エレベーターホールに向かった。

「あなた方も食事に行かれるのですか？」

廊下の反対側からドナヒューが現れた。後ろに彼の部下である若い白人の男女を伴っている。専用機の中で紹介されたダスティン・ディークマンとサラ・ハンコックで、二人とも微生物学者である。若いと言っても、二人とも三十代半ばだろう。浩志らは彼らとは離れた席に座っていたので、機内で会話することもなかった。

「ホテル内外のパトロールだ」

舌打ちをしたワットが、淡白に答えた。よほどドナヒューを嫌っているようだ。

「それはご苦労様です。我々はホテルのレストランで食事を摂りますが、あなた方も一緒にいかがですか？」

ドナヒューが笑ってみせた。この男は笑うと目が細くなり、どこか狡そうに見える。

「早い時間帯に食事は摂らないようにしているんだ」

ワットは笑顔も見せずに答えたが、さきほど部屋に掛けてきた電話では、ホテルのレストランでいいから早く飯を食いたいと言っていた。

「そうですか。それは残念ですね」

ドナヒューはちらりと浩志を見た。無言で立っていることが、気になっているのだろう。浩志もワットほどではないが、どこかドナヒューを疎んじている。具体的には言えないが反りが合わないのだろう。

「非常階段から調べるぞ」

浩志はワットに目配せし、エレベーターホールの非常階段を下りた。

「おまえ、そうとうドナヒューを嫌っているな。大人気ない」

階段を下りながらワットが咎めるように言ってきた。

「それはおまえだろう」

浩志は首を左右に振りながら笑った。

「別に嫌っているわけじゃない。ただ、生理的に受け付けないだけだ」

ワットは真面目な顔で答えた。

「分かるけどな」

二人は階段を一階まで下りて、二階まで吹き抜けになっているロビーを抜けた。

「待ってください」

エントランスに出たところで、女に呼び止められた。

振り返ると、サラ・ハンコックである。

「外出されるんでしたら、一緒に行かせてください」

サラは大きな目で、浩志とワットを交互に見た。髪はブルネットだが、瞳はブルーだ。おそらく髪は染めたのだろう。どちらかというと美人であるが、学者らしく飾り気はない。

「俺たちは、パトロールなんだがな。というか、ドナヒューを放っておいていいのか？」

ワットは頭を掻きながら言った。

「分かるでしょう。彼って、変に完璧主義でパワハラ親父なの。一緒にいると、気分が悪くなるから、具合が悪いと言って、抜けてきちゃった。それに私は南米に来るのははじめてなの。ホテルのフレンチやイタリアンじゃない食事をしたいわ。あなたたちは、パトロールついでに食事をするんでしょう？」

サラは浩志とワットの腕を摑んで、急ぎ足でエントランスを出た。ドナヒューに見つからないようにホテルを出たいのだろう。

「おいおい、何を呑気なことを言っているんだ。夜のボゴタは危険だぞ。命の保証はできない」

ワットは後ろを気にしつつ言った。

「あなたたちは腕利きの傭兵なんでしょう。だったら、一緒にいる方が安全じゃないの？それに、私も危険には慣れているわ。エボラ出血熱の調査で、コンゴの奥地まで行ったことがあるのよ」

サラはワットの忠告を気に留める様子はない。

「負けだな。ワット、調べてきたんだろう？」

舌打ちした浩志は、ワットに尋ねた。彼はどんな時も食事にはうるさい。そのため、任務先の飲食店は常に調べているのだ。

「カジェ72通りの２ブロック北にペルー料理の店がある。それからコロンビア料理の店もその近くある」

ワットはそう言うと、サラを見て頷いた。どちらかに決めろと促しているのだ。

「それじゃ、今日はペルー料理ということで、いいでしょう？」

サラは嬉しそうに答えると、ワットと腕を組んだ。

「今日は？　まあいいだろう」

ワットはまんざらでもなさそうに笑ってみせた。こんなところをペダノワに見られたら、間違いなく鉄拳が飛んでくるだろう。

「仕方がない」

苦笑した浩志は、二人の前を歩いた。

4

ボゴタ、午後六時。

日が暮れて気温は十二度まで下がったが、寒いというほどではない。

コムナ・チャピネロ地区でもヒルトン周辺は、美しいビルが建ち並ぶビジネス街である。また、ヒルトン・ボゴタとカジェ72通りを隔てて西側の角に日本大使館が入っているビルもあり、治安はボゴタで一番いいと言っても過言ではない。

浩志とワット、それにサラの三人は、ヒルトン・ボゴタがある交差点から2ブロック北にある路地を右に曲がった。

通りの右手に開発から取り残された古い建物が残る一角がある。手前に赤いオーニングを出している店が、目的のペルー料理の〝インディオ・デ・マチュピチュ〟であった。その隣りにはブルーのオーニングを出している〝アリタス・コロンビア・カジェ72〟と、住所がそのまま店名になったコロンビア料理の店もある。

二つのレストランの前が近代的な高層ビルのため、古いビルの一角が過去からタイムスリップしてきたような異空間に思える。

「すてき！」

サラが声を上げると、オーニングの下にあるテラス席を抜けて先に店に入っていく。

店内はモザイク模様の石の壁に、白い天井、テーブル席には背もたれが高い高級感のある椅子が置かれ、奥には洒落(しゃれ)たバーカウンターがある。

「いらっしゃいませ」

年配のスキンヘッドのウェイターが出迎えてくれた。バーカウンターやその隣りにあるレジには、ウェイターと似た顔の若い男がにこやかに立っている。年配の男はこの店のオーナーで、家族経営なのだろう。レジの近くには階段があり、二階席もあるようだ。

浩志らは年配のウェイターに、カウンター近くの四人席に案内された。サラを奥の席に座らせ、ワットはその向かいに、浩志は出入口が見えるサラの隣りに座った。職業柄、店の外と内側を見張れる位置に座るのだ。

「注文は俺が適当にする。ペルー料理は得意なんだ。飲み物はもちろん、ペルーで一番人気のビール、クスケーニャを頼むけど、いいよな？」

ワットは浩志とサラが頷くよりも早く、テーブル脇に立っている年配のウェイターに、メニューも見ずにスペイン語で次々と注文した。ワットはメキシコ料理だけでなく、ペルー料理などラテンアメリカの料理をこよなく愛するのだ。

もっともペルー料理なら浩志もよく知っている。様々な民族の影響を受けて形成された美食であり、南米に来れば、一度は口にするものだ。

「驚いた。お客さん、まるでペルー人だね」

注文をメモした年配のウェイターが、嬉しそうに言った。

「米国人だが、ビジネスでペルーに住んでいたことがあるんだ」

ワットは人差し指で自分を差して笑った。

「嬉しいなあ。それじゃ、一品サービスしますよ」

ウェイターは笑顔でワットの肩を叩くと、カウンター越しにオーダーした。気兼ねのないアットホームな感じがする店である。

「本当にペルーに住んでいたことがあるんですか？」

サラが大きな目をワットに向けた。

「一ヶ月ほどな。もっとも、ビジネスじゃなく、ペルー陸軍の訓練に教官として出向いたことがあるんだ」

早い時間帯なのであまり客はいないが、ワットは声を潜めた。

ペルーのイキトス基地とナナイ基地は、米軍も使用しており、ペルー軍の訓練を目的として駐留している。だが、それは一つの口実であって、コロンビア、ペルー、パラグアイなどの南米諸国に米軍を展開することで、これらの国軍を掌握することが米国の目的なのだ。

「どうして、ペルー陸軍から教官として呼ばれるんですか?」

サラは首を傾げながらも質問を続けた。ドナヒューも浩志らの任務については聞かされていない。まして彼の部下なら浩志らの詳しい情報は与えられていないはずだ。

「俺がまだ米軍で現役だった時代のことだ。古い話だよ。まあ、どうでもいいことだが」

ワットは困惑した表情で答えた。彼が所属していたデルタフォースは、非公式の特殊部隊のため、情報は一切口外できない。また、退役後も予備役の中佐として働けるのは、まさにその部隊で功績を残したからである。ワットはペルーを懐かしんで、うっかり過去の経歴を話すところだった。

「ところで、お二人には新型エボラウィルスの抗体があると聞いたけど、どこで感染したの?」

サラの興味は尽きないようだ。ドナヒューを嫌って抜け出してきたと言っていたが、浩志らから話が聞きたくて付いて来たのかもしれない。

「俺たちのことはどうでもいい。CDCは、明日どんな調査をするんだ？」

浩志は冷たい表情で尋ねた。美人だからと言って気を許すつもりはない。傭兵に質問は禁物である。

「防護服を着て、土壌サンプルや死体の血液を採取する地味な仕事よ。あなたたちは、私たちの警護と聞いているけど、汚染エリアはコロンビア軍が警備しているんでしょう？私たちが現場で働いている間、何をしているの？」

サラは不満気に答えた。浩志らが特殊な任務を帯びていることを知っているようだ。ドナヒューが詳しく話さないため、訝っているのだろう。

「セビーチェとビール。それにロコト・レジェーノは、サービスね」

年配のウェイターが料理と瓶ビールを三本持ってきた。

魚介類のマリネと牛肉を詰めた焼き唐辛子で、どちらも代表的なペルー料理である。ワットは他にも牛肉を炒めたロモ・サルタードや牛の心臓を串焼きにしたアンティクーチョなどを注文した。

「仕事の話はお仕舞いだ」

料理を見て笑顔になったワットは、両手を擦り合わせた。

「うん？」

浩志は頬をぴくりとさせた。出入口からちらりと見知らぬ男の顔が覗いたのだが、浩志と目が合うと顔を背けて立ち去った。

「どうした？」

ワットが怪訝な表情をした。

「なんでもない。クスケーニャは赤がよかったな」

浩志は、クスケーニャの金色ラベルのボトルからビールを一口飲むと答えた。頼んだクスケーニャはプレミアムで、他にも黒ラベルのマルタ、赤ラベルのレッドラガー、緑ラベルのデ・トリゴの四種類がある。「なんでもない」と言った後で、飲んでいるビールを否定したのは、緊急を要しないが異常があるというサインだ。リベンジャーズでは、様々な場面を想定し、簡単な身振りや言葉のサインを決めている。

「……そうか」

ワットは小さく頷くと、ボトルのビールを一気に飲んだ。

5

インディオ・デ・マチュピチュ、午後七時。

食事を済ませた浩志らは、店を出た。

「うまかったなあ、満足したよ」

店を出るなり、ワットが大きな声で言った。

「本当に、うまかった」

浩志も適当に合わせた。何者かに監視されているかもしれないため、少々大袈裟だが普段と同じように装っているのだ。

「まっすぐ帰るか？」

ワットが小声で聞いてきた。監視されているのなら、敵を確認するべく遠回りをして帰るかどうか聞いているのだ。

「いや、彼女がいるからまっすぐ帰ろう」

二人だけなら危険に対処できるが、サラが一緒である。大人しく帰るべきだろう。

テラス席を抜け、路地に出た。

「もう帰るの？　どこかで飲まない？　まだ、七時よ」

店から出たサラが、咎めるような口調で言った。

「どうする？」

先を歩いていたワットが、尋ねてきた。

「チャンスかもな」

浩志はさりげなく通りを見渡して答えた。早い時間帯なので人通りはある。何かあれば多くの人に目撃されてしまうため、襲われる可能性は低いだろう。リスクはあるが、監視している者を確認するだけでも価値はある。

「少し歩くが、〝ザ・レッド・ルーム〟という有名なバーがある。どうする？」

ワットはサラを覗き込むように聞いた。おそらくボゴタの飲食店情報は、頭に叩き込んであるのだろう。ここまでくると、特技である。

「もちろん行くわよ。CDCの近くは何もないから、こんな時じゃないと美味しい食事やお酒は飲めないの」

サラは肩を竦めて笑った。CDCの本部である総合研究所は、ジョージア州アトランタの片田舎にある。

「オーケー、予約を取る」

ワットはスマートフォンで店に電話をかけた。

浩志はさりげなく通りを見回したが、特に怪しい人物はいないようだ。

「予約が取れた。行こうか」

まるでガイドのように手を上げたワットは、ビルが建ち並ぶカジェ72通りに出た。片側三車線、中央分離帯は歩道もあり、緑地になっている広い通りで交通量は多い。ビジネス街らしい活気がある通りだ。

コロンビアでゼブラ帯の横断歩道は少ない。小さな交差点には歩道に段差をなくすスロープがあるので、対面のスロープを結ぶラインが横断歩道ということだ。また、信号機も少ないため、歩行者は走行する車を縫うように道を渡る。南米や東南アジアではむしろこのスタイルの方が普通だ。

ワットは先頭に立って、スロープから車道に出た。車が来てもお構いなしである。彼はこれがニューヨークスタイルだと言い張るが、ギャングスタイルの間違いだろう。もっとも、ワットの風貌（ふうぼう）にたいていの運転手は道を譲る。サラがワットに続いて車道に出ると、慣れた雰囲気で難なく渡った。浩志は周囲を気にしつつ、最後に道路を横断した。尾行はいまのところないようだ。

「こっちだ」

ワットは振り返ることなく、歩道を北に進む。スーツ姿のビジネスマンに混じって観光客らしき通行人も見かける。かつてギャングが闊歩し、スリやひったくりが日常茶飯事だった世界一危険な街と言われたころの面影など微塵もない。

北に1ブロック進むと、イグレシア・デ・ポリシュアンキュラ教会がある大きな交差点に行き当たった。ここなら、信号機も横断歩道もある。ワットはそれを知りながら、尾行を確認するためにあえて交通量が多い場所で道を渡ったのだ。

左に曲がり、カレーラ11通りに入った。三車線の一方通行の道で、表通りのカジェ72通りと様子が異なり、二階建ての瓦屋根に煉瓦壁の建物が続く趣のある街角だ。道の左右に小さなレストランが並んでおり、表通りよりもむしろ人通りがある。

「ちょっと待ってくれ」

交差点近くにある屋台の前でワットが立ち止まった。ボゴタではよく見かけるアレパの屋台で、とうもろこし粉で作った丸い生地を焼き、チーズやハムなどを中に挟んで食べる南米のサンドイッチである。

「何にしますか？」

迷彩柄の野球帽を被った屋台の男が、網焼きしているアレパの生地をトングでひっくり返しながら言った。

「チーズにポーク」

注文しながらワットは、食べるかとサラを見た。

「私は、お腹一杯」

サラは苦笑を浮かべて首を横に振った。

浩志はワットの脇に立ち、さりげなく周囲を確認した。さきほどまで気が付かなかったが、三人の男が通行人に紛れてこちらを見ている。

「三人だ」

浩志は小声で告げると、ワットから離れてサラの近くに立った。

「やっぱりな」

ワットは、嬉しそうにアルミホイルに包まれたアレパを受け取りながら頷いた。尾行の確認をするため屋台を見て機転を利かせたのだが、夕食が足りなかったこともあるようだ。

ワットはアレパを頬張りながらカレーラ11通りを渡り、2ブロック進んでテラス席があるサブウェイを右手に見ながら、交差点角を右に曲がってカジェ70a通りに入った。三人の男たちも三十メートルほど後ろを付いてくる。

カレーラ11通りと違い、いきなり住宅街になった。煉瓦の三角屋根の家が多い。貸し家の看板が出ている家もあり、人通りもなく、ひっそりとしている。

「こっちで合っているよな」

独り言を呟いたワットは、スマートフォンを出して位置を確認した。あまりにも静かな通りなので心配になったらしい。後ろの三人の姿は、見えなくなった。目立つために通りの角で様子を窺っているのだろう。

八十メートルほど進むと、二階建ての煉瓦の建物が見えてきた。屋根裏の大きな窓が特徴的だ。家の前に二台の車と数台のバイクが停めてある。また、門にはコロンビアの国旗が立ててあり、周囲の家とは明らかに雰囲気が違う。

門の外から覗き込むと、数メートル奥に〝レッド・ルーム〟と記されたまるで表札のような小さな看板があり、そのすぐ脇に両開きの立派なガラスドアがあった。店のエントランスは通りに面しておらず、隠れ家のように奥まったところにあるようだ。

浩志はワットにサラと先に行くように目配せをし、ワットの体に隠れるように建物に沿って進み、駐車してある車の陰に身を隠した。

小さく頷いたワットはサラを伴い、門の中に消えた。

しばらくして尾行していた三人の男たちが、小走りにやって来る。

三人とも身長は一八〇センチほど、髪は短く体格はいい。歩くとき三人の歩調が合っていた。軍人か、軍人上がりなのだろう。訓練で身につけた規律が、無意識のうちに出てしまうのだ。通りが暗いので、浩志がいる場所からは男たちの顔はよく見えない。

「せっかく人通りが少ない場所に来たと思ったら、バーか」

一人の男が低い声で言った。訛りのあるスペイン語だ。

「出てくるまで待つか」

別の男が言った。

「面倒だ。バーなら、カウンター席に座っているところを後ろから撃てば、反撃されない。バラクラバを被れば問題ないだろう」

三人目の男が、苛立ちを滲ませながら言った。彼らは同格で、リーダーはいないらしい。

「いいだろう」

最初の男が頷いた。

三人の男はバラクラバを被った。話はまとまったようだ。

「動くな！」

浩志はグロックを抜くと、男たちの背後に立った。

「何っ！」

二人の男が振り返って銃を抜いた。

浩志は男たちの右手をすばやく撃ち抜き、彼らの銃を弾き飛ばした。

「うっ、撃つな！」

三番目の男が慌てて両手を上げた。

「むっ！」

浩志は振り返ると同時に飛び退いた。

脇の下を銃弾が抜けていく。

道の反対側から男が銃を発砲してきた。男がスライドを引いて初弾を装填した音で気付いたのだ。

浩志は反撃しながら車の陰に隠れた。

足元に、何かが投げ込まれた。M84スタングレネードだ。

「なっ！」

浩志は別の車の後ろに飛び込んだ。

破裂音と共に白煙が充満する。

銃撃音。

バイクの爆音が続く。

浩志は咳き込みながらも、白煙を抜けて車道に出る。

一台のバイクが遠ざかっていく。後ろ姿で顔などは分からないが、発砲してきた男に違いない。

振り返ると、尾行してきた三人の男たちが、バーの前に倒れている。全員頭部に銃弾を受けていた。逃走した男は、仲間を殺して口封じをしたに違いない。

「くそっ！」

舌打ちをした浩志は銃をズボンに差し込み、使用済みのM84を拾うと足早にその場を去った。

汚染エリア

1

翌朝、浩志とワット、それにドナヒューらCDCの三人はホテルのエントランスの前に立っていた。

「天気もいいし、空気も美味い。だが、これから俺たちが行くところは、地獄の一丁目か」

ワットが腕時計を見て、大袈裟に溜息を吐いた。午前九時十五分になっている。午前九時にコロンビア陸軍が迎えに来ることになっていた。今日からミサイルで破壊し尽くされた建設現場跡の調査を行うのだ。

「遅いわね。だからラテン系は嫌いよ」

ワットの隣りに立っているサラも、腕時計を見て首を振った。

「三十分前後の遅れは、ラテン系なら許容範囲だ。俺は遅くなっても気にしないがな」

ワットは肩を竦めた。彼はネイティブアメリカンの血が混じっているため、南米の人間ではないが、行動パターンはラテン系である。

「それにしても、昨日のことを思い出すと、未だに震えてしまうわ。あなたたちといて正解だったようね」

サラは、少し離れて立っているドナヒューとディークマンには聞こえないように、小声で言った。二軒目のバーの前で三人の男が、銃撃の末に殺されたことを言っているのだ。

彼女はドナヒューに黙って外出したために、上司には報告せずにホテルに帰った。

彼女には、男たちは浩志らを強盗目的で尾行していたが、別のギャングに気付かれ、縄張り争いのために殺されたのだろうと話してある。襲撃してきたのは、間違いなくクロノスの一員だろう。彼らは浩志らが現場を調べることを阻止したかったに違いない。

サラは死んだ三人を地元のギャングだと信じたようだ。トップシークレットであるクロノスのことを教える必要はない。

警察もギャングによる犯行だと今朝のニュースで発表している。身元を確認したところ、麻薬組織の一員だったらしい。だが、ギャングがM84を使うのは明らかに変である。

浩志が使用済みのM84を持ち去ったのは、その出どころを調べるためだった。もっとも警察は現場にM84が残されていても、ギャングだと判断しただろう。

「正解かどうかは、分からない。そもそもホテルで大人しくしていれば、危ない目に遭わずに済んだはずだ」

ワットは鼻先で笑った。

「来たぞ」

浩志は無駄話をしている二人に言った。二台のハンヴィーと二台のM35トラックが、ホテル正面のロータリーに入ってきたのだ。ハンヴィーとM35トラックも米国から支給された軍用車両である。ハンヴィーはまだ現役だが、M35トラックはすでに退役した古い型だ。

五つ星ホテルに無粋な軍用車両がいきなり乗り入れてきたので、エントランスに立っていたベルボーイと他の宿泊客が、顔を見合わせている。

先頭のハンヴィーの助手席から、軍服を着た将校が降りてきた。

「ミスター・ドナヒューですね。私は、現場検証の責任者である陸軍参謀本部のセルビオ・ラモス少佐です。さっそく、ご案内します」

ラモスは軽い敬礼をすると、にこりともせずにドナヒューに近付いてきた。

現場とはもちろんアパートメントの建設現場跡である。国民はもちろんのこと、軍の中でもミサイルで建設現場が破壊されたことを知る者はいない。そのため、セキュリティーレベルが高い参謀本部が直接指揮を執るのだろう。

「CDCのマイク・ドナヒューです。よろしくお願いします」

ドナヒューはいつもの狡そうな笑顔を浮かべた。

「それでは、CDCの方は私の車に、護衛の方は後方のハンヴィーに乗ってください」

ラモスは先頭車の後部ドアを開けてドナヒューらに手招きすると、浩志らに顎を振って後方のハンヴィーに乗るように合図をした。

「なかなかいい待遇だ。気に入った」

肩を竦めたワットは、二台目のハンヴィーに乗り込んだ。

「こんなもんだろう」

頷いた浩志も後部座席に座ると、ドアを閉めた。

十五分後、街の中心部を避けて四台の軍用車列はカレーラ7通りを北に進み、ウサケン地区に入ると、カジェ127通りに左折した。片側二車線のはずだが、中央に赤いカラーコーンが並べられ、対面通行になっている。反対車線が封鎖されているのだ。

ノルテ高速道路の立体交差を過ぎてUターン道路に入り、封鎖されている車線に入ると、次のT字路交差点の前で停車した。有刺鉄線のフェンスに囲まれたエリアの検問所に到着したのだ。

四人の警備兵が、バリケードを横にどかした。彼らの他にもH&K G3で武装した六人の兵士が検問所の警備に就いている。憲兵隊に化けた武装集団に襲撃されたために警備は厳重なようだ。

先頭のハンヴィーが動き出し、エリア内の路地に入って行く。

1ブロック進んだ交差点の手前で、また停止した。廃墟となった建設現場は1ブロック先のカジェ125通り沿いにある。

ハンヴィーからドナヒューらが降りた。

「ここから先は歩きらしいな」

浩志も車を降りた。

「ここで降りて大丈夫だろうな」

ワットは気難しい表情で車を降りる。

「心配しないで、空気感染はしないから大丈夫よ。クリーンルームを作るから、停めさせたの。作業を手伝って」

軽く笑ったサラが、ワットの脇を抜けていく。

現場では全員防護服を着て作業するのだが、作業終了後に二つのクリーンルームで霧状の殺菌液を浴びて洗浄することになっている。また、防護服が裂けた場合に備えて、裸で洗浄する第三のクリーンルームも用意するそうだ。

感染に備えて血清も準備されており、低温保管用の携帯冷蔵庫をドナヒューは持参したそうだ。だが、それはあくまでも最悪の事態に備えてのことである。

「行くぞ」

浩志はワットの肩を叩くと、サラに従って最後尾のトラックの後ろに回った。その前のトラックから作業兵が続々と降りてくる。

「慎重に下ろしてくれ。荷物は交差点の中央に集めるんだ」

ディークマンが荷台に兵士を乗せて、スペイン語で指示を出した。

「結構な荷物だな」

トラックの荷台を覗いたワットが感心している。

「呑気なことを言ってないで、機材を梱包から出して。兵士には触らせたくないの」

サラは兵士が運んできた三つのクリーンルームの資材を入れた段ボール箱を見て、腰に手を当てた。クリーンルームは、ステンレス製フレームに透明シートを被せる組み立て式で、天井に空気清浄機と殺菌装置を取り付ける簡易的なものだ。

「人使いが荒いな。契約と違うぞ」

ワットはぶつぶつと文句を言っている。

「俺は防護服がなくても大丈夫らしい。おまえは違うがな」

浩志はにやりとすると、段ボール箱のガムテープを剝がした。

「手伝うのが嫌なわけじゃないんだ」

慌ててワットも作業に取り掛かった。

2

ウサケン地区廃墟、午前十時。

浩志とワットはジーンズにＴシャツという軽装の上から防護服を着て、装備を入れたビニール製のショルダーバッグを背にクリーンルームから出た。

ＣＤＣが用意した感染症対策防護服は、軽い特殊な素材で出来ており、耐久性や快適性に優れた全身を覆う使い捨てタイプである。ＣＤＣと言えば、映画で見るような宇宙服に似た防護服を想像するが、未知の病原体ではなく、あらかじめエボラウィルスと分かっているからだろう。

ゴーグルと使い捨ての特殊なマスクと二重の手袋、それにブーツカバーと組み合わせて使うのだが、難点は手袋を二枚重ねるため、銃のトリガーに指を入れにくいということだろう。

　銃の使用はコロンビア政府から黙認されているだけなので、ホルスターを堂々と防護服の上から装着することはできない。そのため、ショルダーバッグのポケットにグロックと予備のマガジンが入れてある。

　また浩志とワットは、違う周波数の二台の無線機を付けている。一台はＣＤＣの三人と連絡を取るためだが、もう一台は持参した無線機でワットとのみ繋がっていた。ＣＤＣの連中に会話を聞かれたくないからである。

「俺たち、間抜けな格好だな」

　ワットが手を広げて戯けてみせた。

「これまでで一番間抜けな任務だ」

　片頰で笑いながら、浩志も頷いた。名目上の任務は護衛であるが、銃もまともに扱えない状況で襲撃されたら反撃すらできずに殺されてしまうだろう。エリア周囲は有刺鉄線の柵で囲まれ、陸軍の小隊が警備に当たっているそうだ。彼らを信じる他ない。

　検体を入れるためのジュラルミン製クーラーボックスなど、機材を肩に掛けたドナヒューらが、クリーンルームから出てきた。爆心地となった建設現場跡に入るのは五人だけで、ラモス少佐らはクリーンルームを設置した場所で待機することになっている。彼らは、浩志らの移動と機材の搬送、それに周辺の警備が主な任務らしい。

部下に浩志らの作業を見せたくないこともあるのだろうが、それ以上に汚染されている可能性がある場所に足を踏み入れたくないようだ。

「お待たせ。行きましょう」

サラが声を掛けてきた。ドナヒューは一八五センチあるため防護服の上からでも見分けられるが、その部下のディークマンは男性としては華奢で、一七二センチほどのサラと大差なく外見から二人を区別することは難しい。

浩志はワットにしんがりに付くように目配せすると、ショルダーバッグを前に掛け、ポケットに右手を入れた状態で歩き始めた。バッグの中の初弾を込めたグロックを握り、いつでも発砲できるようにしているのだ。

八十メートルほど進むと、カジェ25通りの交差点だった場所に着いた。建設現場は、見事に瓦礫の山になっている。

「むっ」

浩志は足元を見て、眉を吊り上げた。小石だと思ったが、夥しい数の薬莢が散乱しているのだ。しかも、いたるところに血溜まりの赤黒い跡がある。

「警備兵が殺された跡だな。反撃する余地もなかったのか。少なくとも六人はこの辺りで死んでいる」

　舌打ちをしたワットは、血溜まりの跡を目で追った。

「5・56ミリNATO弾か」

　浩志は跪くと、薬莢を拾った。

「薬莢だけじゃ、武装勢力が使用した銃は特定できないな」

　ワットは険しい表情で首を振った。

「コロンビア陸軍は、G3かタボールを使っている。警備兵に怪しまれなかったのなら、犯人はタボールを使っていたはずだ」

　浩志は立ち上がると、薬莢をポケットに仕舞った。H&K　G3は、7・62ミリ弾だが、イスラエルのIMI社製ブルパップ方式アサルトライフルのタボールAR21は、5・62ミリ弾を使用する。

「なるほど、それにタボールの方が発射速度が速い。その分、薬莢が多いのも頷けるな」

　ワットは何度も頷いてみせた。H&K　G3が分速六百発に対し、IMI・タボールAR21は、分速七百から千発の発射能力がある。当然のことながら、タボールの方が威力は上なのだ。警備兵はあっという間に殺されたのだろう。

「どうしたの？」

サラが浩志の傍に寄り、尋ねてきた。

「何でもない」

浩志は立ち上がると、また歩き出した。

「あなたたちは、私たちの護衛の任務で来ているんでしょう？　秘密はなしにして」

サラは苛立ちを隠さずに言って、浩志の腕を摑んだ。

「俺たちに干渉するな」

浩志はサラを睨みつけると、ドナヒューを見た。

「落ち着くんだ、サラ。このエリアは、警備兵で守られている。彼らのやり方に口を出すべきではない。さあ、仕事をはじめるぞ」

ドナヒューは珍しく、語気を強めた。

「分かりました」

サラは大きく肩を竦めてみせた。ゴーグルとマスクで表情が分からないため、わざと大袈裟にしているのだろう。

ドナヒューは身を屈め、さっそく近くの血溜まりの血液を採取しはじめた。

「地下駐車場を見てくる」

浩志はドナヒューに言った。

「待って、私も行く。地下駐車場なら無傷の死体もあるはず。そこが汚染源になっている可能性もあるわ」

サラが声を上げた。

ＣＤＣでは、クロノスが作り出した新型エボラウィルスの研究がかなり進んでいるらしい。感染者の死後、ウィルスは高温の場合、二、三日で死滅するらしいが、低温なら二週間以上生存するようだ。ちなみにボゴタは十度前後の気温があるため、二週間で死滅するとＣＤＣでは見ている。また、人体ではなく、血痕や唾液（だえき）などに残存する場合は、数時間で死滅するという。そのため、サラは土壌に残された血液を採取しても仕方がないと思っているに違いない。

「ディークマン、君が行ってくれ。サラは私と建物の周辺を調べるんだ」

ドナヒューは顔を上げ、機材を出そうとしていたディークマンに命じた。サラの態度が目に余るので、彼女を自分の目の届くところに置きたいのだろう。

「了解」

ディークマンは下ろしかけた機材を肩に掛けた。

「行くぞ」

浩志はワットとディークマンに声を掛け、廃墟の東側に回った。

かつて地下駐車場の入口があった場所だが、瓦礫でスロープの入口が見えない。二メートルほどの高さに積み上げられたコンクリートの瓦礫を乗り越えると、ぽっかりと穴が空いていた。深さは三メートル近くあるが、アルミ製の梯子が下ろされている。武装集団が残していったものだろう。

「ワット、ここで見張っていてくれ」

浩志はハンドライトをショルダーバッグから出し、足元を照らしながら梯子を下りた。

「崩落は防げたようだな。コロンビア軍のミサイルじゃ破壊できなかったのか？」

後から下りてきたディークマンが、地下駐車場の天井を見上げて首を傾げた。

「地下を攻撃するのなら、通常の地対空ミサイルじゃ無理だ」

浩志は左手にハンドライトを逆手に持ち、その手首にグロックのグリップを握った右手を載せ、足元に転がる腐乱死体を跨ぎながら答えた。敵が潜んでいる可能性は少ないが、無防備な状態で攻撃されたくない。どんな時も油断しないことだ。

「なっ！　一体ここで何があったんだ！」

ディークマンが床を照らし、武器を持った死体を見て声を上げた。目視できるだけで八体ある。彼はこの建物にエボラウィルスに感染した人間が多数いたために、軍がミサイルで破壊したと聞いているはずだ。事実ではあるが、銃撃戦があったことまでは教えられていないらしい。

「知る必要はない。自分の仕事をしろ」

浩志は唖然としているディークマンをチラリと見ると奥へと進み、一メートルほどの高さがある土嚢の壁の前で立ち止まった。外側は建設資材の木材で作られたものだが、無数の銃弾の痕がある。今さらながら銃撃戦の凄まじさを思い知らされる。

銃をショルダーバッグに入れると、土嚢を乗り越えた。目の前に倉庫の鉄製のドアがある。武装集団に追われて屋上からブラックホークで脱出したのは約二週間前のことで、その際、浩志らはギャラガーを手錠につながれた状態で倉庫に置き去りにした。

短く息を吐いた浩志は、再び銃を抜いてドアを足で蹴って開けた。

「こちら、リベンジャー、ピッカリ、応答願います」

銃を下ろした浩志は、ワットを無線で呼び出した。倉庫にギャラガーの姿はなかった。

——ピッカリだ。どうだった？

ワットが普段と変わらない声で尋ねてきた。

「ターゲットは不明」

短く報告した。ワットもそうだが、浩志もギャラガーが見つかるとは思っていなかったのだ。

——後で詳しく報告してくれ。

「了解！」

無線を終えた浩志は溜息を押し殺し、倉庫の奥へと進んだ。

3

地下駐車場にある倉庫は、二十平米ほどの広さで中央に通路があり、左右の壁際に天井近くまでスチール棚が設置されている。

浩志が最後にギャラガーを見たのは、地下駐車場に雪崩れ込んできた武装集団の第一陣を撃破し、地上階に脱出する直前である。倉庫の奥の壁際に膝を突き、両腕を左右のスチール棚に手錠で繋がれてぐったりとしていた。武装集団が青酸ガスを使って襲撃してきたため、ギャラガーにも防毒マスクを着けさせた。京介を殺害した犯人だけに、簡単に殺すわけにはいかなかったからだ。

奥の棚にはギャラガーを拘束していた手錠が、スチール棚からぶら下がったままになっていた。左側の手錠は、鍵が掛かった状態で湾曲部にベットリと血が付着している。反対側の手錠は、鍵が外れていた。

ギャラガーは右手を力任せに引き抜いたのだろう。親指は脱臼か骨折し、皮が引き千切れるほどの大怪我を負ったはずだ。左の手錠は自分で鍵穴をこじ開けたのか、武装集団がピックツールで開けたのかは分からない。だが、少なくとも、建物がミサイルで攻撃を受けた後も生きていた形跡がある。というのも、近くに空のペットボトルが散乱しているからだ。

浩志と柊真のチームは地下駐車場に立て籠もるため、水や携帯食を準備していた。ギャラガーの右手が自由になれば、なんとか届く範囲に置いてあったのだ。状況からして、この場所から生きたギャラガーが連れ去られた可能性も出てきたことになる。

浩志はショルダーバッグから防水ケースに入れたスマートフォンを出し、倉庫の内部を撮影した。コロンビア政府からは廃墟で検体採取した後、ガソリンで死体もろとも現場を焼却して欲しいと依頼されている。どちらかというと、後者が主要な任務なのだ。そのため、現場の撮影は必須である。

「うん？」

首を傾げた浩志は、ハンドライトの光を床に当てた。足元に血の塊があったのだ。シヨルダーバッグを下ろし、中からCDCから支給された検体採取キットのケースを取り出した。倉庫の中で何か見つけたら、持ち帰ろうと思っていたのだ。

浩志は跪くと、ケースから出したピンセットの先で血の塊を崩した。表面は硬くなっているが、中はゼリー状である。

「やはりな」

ピンセットで小さな器具を血の塊から摘み出した。ギャラガーの体内に埋め込まれていたGPS発信機に違いない。浩志は器具をガラスの容器に入れると、ケースの中に納めて密閉した。

CIAではギャラガーのGPS発信機の信号を探知できないのは、ミサイルで地下室ごと破壊されたためだという意見もあったそうだ。だが、それが確実でない以上、現場で確かめるほかない。浩志の任務の一つは、ギャラガーの生存確認とGPS発信機を見つけることだった。

ギャラガーが死んでいたとしてもGPS発信機は作動するはずで、彼が地下室から運び出されたにもかかわらず探知できないのは、発信機が摘出されたからだと浩志は睨んでいたのだ。

「……………！」

浩志は右眉をぴくりと上げると、ショルダーバッグからグロックを抜いた。微かに何かが落ちるような音がしたのだ。

「こちらリベンジャー、ピッカリ応答せよ」

ＣＤＣから支給された無線機とつながっている右耳のブルートゥースイヤホンのスイッチを切ると、小声でワットを呼び出した。左耳にもブルートゥースイヤホンが入っており、同時に二つの無線機と通じているのだが、個別に使うには一方のブルートゥースイヤホンを切断する必要があるのだ。

――ピッカリだ。どうした？

「異常はないか？」

足音を立てずに出入口まで進んだ。

――目視できる範囲で、異常は感じられない。

「了解」

浩志は右耳のブルートゥースイヤホンのスイッチをオンにした。

「こちらリベンジャーだ。ディークマン、応答せよ」

地下駐車場で作業をしているディークマンを呼び出すと、倉庫の出入口まで足音を立てないように近付く。ＣＤＣの三人はコードネームを持っていないため、本名を使うほかないのだ。

ディークマンの応答がない。

浩志は身を屈めて倉庫の外に出て、土嚢の壁まで進んだ。

鋭い風切り音。

左に飛んだ浩志は右方向にグロックを向け、土嚢の端にいる防護服の人間を撃った。

「くそっ」

舌打ちした浩志は、左肩に手を当てた。撃たれたのだ。傷はたいしたことはないが、防護服に穴が開いた。

浩志は頭を覆っているフードを外し、両耳のイヤホンを外した。イヤホンのせいで、外部の音が聞きづらく反応が鈍ったのだ。銃撃してきた人間に近寄った。その右手にはサプレッサーが装着されたドイツ製H&K　USPが握られている。男のマスクとゴーグルを外したが、見知らぬ顔であった。

「むっ！」

振り返った浩志は、土嚢を飛び越えた。足元に銃弾が跳ねる。床を転がりながら、左の天井近くにある暗闇のマズルフラッシュに向かって銃撃した。

暗闇となっている瓦礫の隙間から防護服の人間が落ちてきた。浩志は僅(わず)かな物音に反応したのだ。イヤホンを取ったのは正解だった。

ライトと銃を四方に向けて警戒しながら、左耳のイヤホンを元に戻した。

――リベンジャー、応答せよ。リベンジャー、聞こえないのか！

銃声に気が付いたワットが呼びかけていたようだ。

「リベンジャーだ。敵を二名倒した」

無線で答えながら倉庫の中を調べていた浩志は、立ち止まった。ハンドライトの光が倒れているディークマンを捉えたのだ。生死を確かめるまでもない。眉間を撃たれている。

――どういうことだ。そいつらは、隠れていたのか？　怪我はないか？

「そうらしい。俺の怪我はたいしたことはないが、ディークマンが死んだ」

浩志は不機嫌な声で答えると、ディークマンを肩に担いだ。

4

午前十一時四十分、地下駐車場。

浩志は床にガソリンを撒き、空になったタンクを投げ捨てた。

亡くなったディークマンに代わり、約二週間前の銃撃戦で死んだ男たちから血液を採取するなどＣＤＣの任務をこなし、その後始末をしているのだ。

また、地下駐車場に潜んでいた二人の男の持ち物などを調べた上で顔写真を撮り、指紋も採取している。元警察官だけにこの手の作業は手慣れたものだ。

出入口となっている縦穴に掛けられた梯子を上り、地上に這(は)い出すと、穴の近くで見張りをしていたワットに向かって右手を出した。

「ご苦労さん」

頷いたワットは、火の点(つ)いた黄色い筒状の着火剤を渡してきた。

浩志は無言で着火剤を受け取り、縦穴に投げ入れて一歩下がった。

爆発音とともに穴から炎が噴き出す。これで、地下が汚染されていたとしても、ウィルスは死滅する。あと数日で、ウィルスが自然消滅することは分かっているが、コロンビア政府を納得させるための行為なのだ。

鎮火したらコロンビア軍が現場を改めて消毒するので、ＣＤＣは採取した検体を米国に持ち帰るだけである。

「これで、俺たちの作業は終わったな」

ワットは大きく息を吐き出した。

「いや、始まったばかりだ。ギャラガーを捜すことが新たな任務になった」

浩志は近くに置かれていたジュラルミンのクーラーボックスを担いだ。

「ああ、そうだな」

ワットは頷くと、別のクーラーボックスを肩に提げた。

二人は廃墟を後にし、第一のクリーンルームの前で立ち止まった。クリーンルームは、幅、奥行き、高さとも二メートル二十センチあり、それが三つ繋げられている。

「先に入ってくれ。俺は汚染されている可能性がある」

浩志はワットを促した。

「そうさせてもらう」

ワットはクリーンルームの透明なシートのファスナーを開け、中に入った。その間、浩志はショルダーバッグに右手を入れ、いつでも銃を抜けるように周囲を警戒する。数十メートル離れた場所からラモス少佐率いる小隊が警備にあたっているが、油断はできない。ちなみにＣＤＣのドナヒューとサラは先に洗浄し、着替えも終わっている。地下駐車場を浩志に任せたために、彼らの作業は早く終わったのだ。

第一のクリーンルームで持ち込んだ機材と防護服ごと全身を洗浄し、第二のクリーンルームで防護服を脱ぐのだ。

洗浄作業が終了したワットが、第二のクリーンルームに移動した。だが、浩志はワットが防護服を脱ぎ捨てて第三のクリーンルームに入るのをじっと待った。二人同時にクリーンルームに入れば、無防備な状態になるからだ。

五分後、第三のクリーンルームで着替え終わったワットが、手を振った。この部屋には各自の荷物が置かれている。

浩志は第一のクリーンルームに入り、作業台の上に銃や無線機などの装備を並べ、その隣りにショルダーバッグも置くと、殺菌装置と空気清浄機のスイッチを入れた。天井から殺菌用のガスが猛烈な勢いで噴射される。瞬く間にガスが充満し、視界が奪われた。

三十秒ほど噴射が続くと今度は空気清浄機が働き、室内のガスを外部に放出した。

浩志は銃をショルダーバッグのポケットに仕舞うと、機材を抱えて第二のクリーンルームに移った。ワットはクリーンルームの外で、警戒している。

ゴーグルを別にし、防護服や手袋などを裏返しにしてポリ袋に入れた。第一のクリーンルームで洗浄しているとはいえ、表面に触れないようにすることが肝心である。

機材を持って第三のクリーンルームに入ると、マスクとゴーグルをしたサラが待ち受けていた。浩志の防護服が破損していたため、感染の疑いがあるということなのだろう。

「銃で撃たれた傷はとりあえずここで処理するから、傷口を見せて」

サラは浩志の左肩を調べると、救急キットから止血剤を出して傷口に振り掛け、ガーゼで覆うと医療用テープで止めた。

「慣れた手つきだ」

浩志は左肩を回してみた。縫うほどの怪我ではなく、痛みもさほど感じない。この程度なら擦り傷というのも大袈裟である。

「微生物学者だけど、一応、医師の免許も持っているの」

サラは自慢げに言った。

「なるほど」

浩志は頷くと自分のジャケットを摑んだ。

「待って。あなたは抗体を持っていると言われているけど、抗体が消えている可能性もあるの。だから、念のために血清を打っておくわ」

サラは足元に置かれているクラーボックスから透明の容器を出し、スティック状の器具に差し込んだ。無針圧力注射器である。

「抗体がある人間に打って大丈夫なのか？」

浩志が首を捻ると、サラは有無を言わせずに首筋に注射器を押し当てた。痛みはほとんど感じないが、それでも首筋はぴくりと反応した。

「大丈夫よ。それから、あなたを経過観察するため、これから四時間ほど隔離するわよ。

文句を言わないでね。迎えの車を用意させたから、私と一緒に移動して」

サラは救急キットをバッグに戻し、クリーンルームを出て行った。

ジャケットを着た浩志は、自分のショルダーバッグにグロックや無線機を移し替え、検体を入れたジュラルミンのクーラーボックスを手にクリーンルームを出た。

ラモス少佐の部隊の車両近くに、古いフォードのワンボックスカーが停まっている。

「後ろに乗って」

サラはワンボックスカーの後部座席に乗り込んだ。

浩志はクーラーボックスをドナヒューに渡すと、ワンボックスカーの後部座席に乗り、ドアを閉めた。

「車を出して」

サラはスペイン語で言うと、運転席のシートを叩いた。ハンドルを握るのは、現地のスタッフらしい。

ワンボックスカーは、検問所のゲートを抜け、カジェ127通りに出た。

「むっ」

浩志は頭を左右に振った。眼前の景色が揺らいだのだ。

「気分が悪いの？」

サラの声が遠くに聞こえる。

「おかしい……」

浩志は座席から立とうとしたが、崩れるように意識を失った。

5

午後十時四十分、ボゴタ、エルドラド国際空港。

柊真はガラス張りの入国ゲートを抜け、到着ロビーに出た。

数メートル後ろにラテン系の顔に変装した影山夏樹が、他人のふりをして歩いている。彼はアントニオ・ゴメスというスペイン人になりすましていた。入管審査もあっさりと通過している。スペイン語も堪能なようだ。多言語を駆使し、世界を股(また)に掛けて活動するのも頷ける。これほど心強い味方はないだろう。

この時間は乗降客が少ないため、ロビーは閑散としている。夏樹は柊真と一緒だと思われたくないため、距離をとって歩いているのだ。

柊真らはパリ・シャルル・ド・ゴール国際空港、十七時十五分発のエールフランス航空に乗り、十時間五十分のフライトで三十分前に到着していた。

「タクシー？　タクシー？」

　空港ビルから出ると、黄色いベストを着た男が盛(さか)んに声を掛けてきた。南米の空港では見慣れた風景である。タクシー乗り場はあるものの、呼び込みが激しい。だが、彼らは案内係でもなく、チップを要求するただの客引きと相場は決まっている。

「うん？」

　柊真は微かに首を傾げた。見たことがあるスキンヘッドの男が、タクシー乗り場の列の最後尾にいるのだ。男が振り返った。やはりワットである。到着便は知らせておいたが、出迎えに来るとは聞いていない。

　ワットは柊真と目が合うと、小さく頷いた。黙ってついて来いということなのだろう。到着ロビーで柊真を確認し、タクシー乗り場に先回りしていたに違いない。

　柊真はワットの後ろに並んだ。夏樹はタクシー乗り場を通り過ぎて行った。もともとコロンビアでは別行動をとることになっている。彼は組織的な行動を嫌い、単独行動を好む。柊真を信じていないわけではないのだが、一緒に行動する上でのリスクを避けているようだ。傭兵と諜報員では、行動規範が違うためだろう。

　列が進み、ワットの番になった。

　ワットはさりげなく周囲を窺うとタクシーの後部ドアを開け、ドアを閉めずに奥の席に移動した。柊真もすかさず乗り込み、ドアを閉める。

「ヒルトン・ボゴタ」

ワットは行き先を告げると、硬い表情になった。

「ギャラガーの件ですか？」

柊真は怪訝な表情で尋ねた。パリで飛行機に乗ったのが、十時間半前のため、コロンビアでなにが起きたのか何も聞かされていない。

「それもある。ギャラガーは見つからなかった。それに浩志が拉致された」

声を潜めたワットは、日本語で答えた。

「なっ、なんですって！」

柊真は声を上げた。

「落ち着け。殺されたわけじゃない」

ワットは人差し指を口に当てた。

「落ち着けって言われても、落ち着けませんよ」

柊真は首を振った。

「俺は浩志を信じている。あいつは簡単に殺されるような男じゃない。そうだろう？」

ワットは苦笑した。

「それはそうですけど、事情を詳しく教えてください」

柊真は声のトーンを落とした。

「俺たちは、例の現場をＣＤＣとともに調べた。だが、地下駐車場で二人の男に浩志が襲われた。当然、彼は撃退したのだが、左肩に被弾し、防護服が破れたのだ。そのためＣＤＣは、浩志が再び感染した可能性もあるとして、ＣＤＣの職員と検査のためにボゴタ市内の隔離施設に向かった。ところが一時間後に、診療所から浩志らが到着していないと連絡があり、拉致されたことが分かったのだ」

ワットは状況を詳しく説明した。

「どこで拉致されたのかも分からないのですね。何か、手掛かりはありませんか？」

溜息を吐いた柊真は尋ねた。

「拉致に使用されたバンは、フォードのエコノライン・ファルコン、おそらく一九六〇年代の古い型だ。ナンバーは分からない。俺も含めて誰もナンバーの記憶はないんだ。まさか、ＣＤＣが手配した車で犯罪が行われるとは思っていなかったからな。それから、一緒にＣＤＣのサラ・ハンコックも誘拐されている。まったく、面目ないよ」

ワットは渋い表情で言った。彼も浩志とサラが乗り込んだバンを、疑うことなく見送っている。特に怪しいとは思わなかったのだ。

「分かっているのは、車種だけですか。この国では、古い米国製の車は多いですから、それだけでは手掛かりになりそうにありませんね」

柊真は腕を組んで、唸った。

「地元の警察と軍に協力を要請したが、あてにはならんだろうな」

ワットは頭頂を叩きながら首を振った。

「目的はなんでしょうか？」

柊真は首を傾げた。拉致して監禁するにしても、浩志は一寸の隙を狙って、敵を倒して脱出するだろう。浩志を拉致することは、敵にとってもリスクが高いはずだ。

「それが分かれば、苦労しない。俺たちは昨日もボゴタの市内で襲われている。敵はよほど例の現場に入るのを阻止したかったのだろう」

ワットは自信なさげに言った。

「でも、現場で襲われたとしても調査は終了したんですよね。にもかかわらずどうして藤堂さんを拉致する必要があったんでしょうか？」

柊真はまた首を傾げた。事情を聞けば聞くほど、疑問は浩志が敵にとって必要だったかどうかという点に行き着くのだ。

「分からない。とにかくこの国では警察も軍隊もあてにならない。米国は捜査に積極的に乗り出すかどうかも疑わしい。だからとりあえず、仲間を呼び寄せた。明日の夜に到着する予定だ。浩志を拉致した犯人とギャラガーを連れ去った犯人は同じだろう。浩志を見つければ自ずとギャラガーを発見できる可能性が高い。その逆もしかりだ」

ワットは苦しい表情で答えた。

「なるほど、すぐにでも行動しましょう」

柊真は大きく頷いた。

6

浩志はびくりと体を震わせて目覚めた。

空気が淀んでいる。消毒液の刺激臭が鼻を突く。

闇に閉ざされて周囲の様子は分からないが、広い場所ではなさそうだ。

「むっ」

体を起こそうとした浩志は、眉を吊り上げた。横になった状態で、身動きがとれない。

手首と足首が縛り付けられているのだ。

「気が付いたらしいな」

男の声がすると、照明が点けられた。

「くっ！」

浩志は思わず目を閉じて天井の照明から顔を背けた。普通の照明ではなく、異常に光度が強いのだ。

「眩しいか。それはすまなかった。君のことは丁重に扱うつもりだ。心配はいらない」

声は左側から聞こえてくる。

「何の真似だ？」

左に顔を向けた浩志は、両眼を見開いた。

コンクリートの壁を背に、防護服にゴーグルとマスクをつけた男が立っている。

「君に新型エボラウィルスの抗体があると聞いてね。それを調べたいんだ。知っての通り、君が感染した新型エボラウィルスは、現段階では抗ウィルス薬がなく、血清を打たなければ、自然治癒は難しいというクロノスの研究所で開発された生物兵器だ。血清を打ったとしても抗体はできないはずだが、君にはあると聞いた。実に興味深いことだよ」

男の声はマスクのせいで多少籠っているが、聞き覚えもない。

「クロノスは、ウィルスもワクチンも血清も持っている。いまさら何の研究だ」

浩志は鼻先で笑った。

「クロノスの血清は馬にワクチンを注射し、馬の免疫が作り出した抗体の酵素を加工して作る。現在は液体だが、有効な成分を取り出すことにより製剤にする研究がされているようだ。だが、馬の抗体から作った血清では、効かない場合もあるんだよ。だからこそ、君が重要になる。人間の抗体から作り出したほうが、より効果があることは確実だからね」

男は素直に答えた。

「おまえは、クロノスの研究員じゃないのか？」

浩志は首を捻った。男の話し方が、どこかクロノスに対してよそよそしいのだ。

「鋭いね、君は。私は半年前まで、クロノスの研究室で働いていたが、ヘッドハンティングされて今は別の組織にいる。とりあえず、エボラウィルスは手に入れた。ワクチンはすぐにできる。血清も作ることはできるが、クロノスより精度の高いものを作りたいのだ」

男は注射器の用意をはじめた。本体から細いチューブが出ており、その先に針がある。血液検査で使われるものと同じ採血用の注射器である。

「別の組織とは、なんだ？」

浩志は手首を動かせないため、肘(ひじ)を振って抵抗した。手首は革のベルトで縛られ、ボルトでベッドに固定してある。

「どうせ君は、実験体として死ぬまで働くことになるだろうが、やはり教えることはできない。規則なんだ。悪く思わないでくれ。とりあえず、今日のところは君の血液を分析させてくれ。抗体を確認したら、君を研究所に連れて行く」

　男は浩志の右腕をアルコールで消毒すると、採血針を刺してテープで固定した。さすがに血管に針が刺さった状態では抵抗できない。舌打ちをした浩志は腕を動かすのを止めた。

「サラも仲間なんだな？」

　彼女が血清だと言って打った注射は、睡眠薬だったに違いない。

「ハンコックのことか？　彼女は仲間ではないが、協力してもらった。あらかじめ血清のアンプルと睡眠薬のアンプルをすり替えておいたのだ。彼女はそれとは知らずに君に使ったのさ」

　男は咳(せ)き込むように笑いながら、注射器の中の採血管が血で一杯になったことを確かめ、新しい採血管と交換した。

「彼女はどうした？」

「とりあえず、隣りの部屋で眠らせてある。安心したまえ。私はこれでも研究者だ。人を殺したりするのは、性(しょう)に合わない。もっとも、私以外の者が、彼女をどう扱うかは知らないがね」

男は甲高い声で笑った。研究者だからといって人権派とは限らない。少なくともこの男は、今の状況を楽しんでいる下衆野郎だ。

「偽善者ぶるな。科学を悪用する人間は、万死に値する」

浩志は鼻先で笑った。

「君は傭兵として、数知れず人を殺してきたはずだ。君には言われたくないね」

男は二本目の採血管が血で満たされると、浩志の腕から針を抜いた。

「名前を聞いておこうか？」

浩志は低い声で言った。この男は抹殺しなければならない。名前を聞いてどこまでも追跡する必要がある。

「君は、立場が分かっていないようだね。粋がるのも今のうちだよ。だが、名前は教えてやろう。礼儀はわきまえているつもりだ。私は陳威、世間では知られていないが、世界でも有数の病理学者だと思っている」

陳は浩志の首に注射器の針を刺した。

「くっ……」

浩志の意識は混濁し、再び眠りについた。

ボゴタの闇（やみ）

1

ボゴタ、カジェ72通り、午後十一時十分。

ワットと柊真は、ホテル・ロサレス・プラザ・ボゴタの前でタクシーを降りた。

「こぢんまりとしたホテルだな。大丈夫なのか？」

ワットはエントランスを見回して言った。彼はコロンビアではグローバルホテルの五つ星でないと、セキュリティーがしっかりしていないと考えているらしい。

「四つ星でも、セキュリティーは大丈夫だと思いますよ」

柊真はホテル前に立つ警備員を見て答えた。

二人はヒルトン・ボゴタに向かうはずだったのだが、ワットから浩志が拉致（らち）されたと聞いた柊真は、行き先を急遽夏樹の宿泊先に変えたのだ。もっともヒルトン・ボゴタとは1ブロック離れているだけで、歩いても大した距離ではない。

柊真の第一の目的は浩志と合流してギャラガーの生存を確認することだったが、状況は変わった。情報収集のプロである夏樹と至急打ち合わせをする必要がある。彼には電話で会いに行くとだけ告げ、ここまで来たのだ。

「近藤だが、ミスター・アントニオ・ゴメスを呼び出してくれないか?」

柊真はフロントに偽名で尋ねた。夏樹からそうするように言われていたのだ。

「ミスター・近藤ですね。伺っております」

フロントマンは、封筒を渡してきた。

「ありがとう」

柊真は受け取った封筒を開け、中からメッセージカードを取り出した。カードには「レストランテ・アルマジロ」とだけ書かれている。

打ち合わせなら、ホテルで充分なはずだ。それにフロントを使わなくても電話で連絡すればいい。あえて、ホテルの外のレストランを使うのは、どこかで柊真らの行動を監視し、尾行の有無を確認しているのかもしれない。また、優れた諜報員は、ハッキングや盗聴を避けるためにアナログな連絡方法を取ると聞いたことがある。

「レストランテ・アルマジロ、イタリアンシーフードの店だ」

カードを見たワットは、即答した。

二人はホテルを出て表の通りに出るとすぐ近くの交差点を渡り、カレーラ5通りに入った。

交差点角にモダンなレンガの建物がある。

「ここだ」

周囲を窺(うかが)ったワットは、店に入って行く。

「予約されていますか？」

店に入ると、ノーネクタイのワイシャツに黒ズボンのウェイターが尋ねてきた。

「ひょっとして、ゴメスで予約は入っていないか？」

ワットがスペイン語で聞いた。

「ミスター・ゴメス、三名様で伺っています。お席は二階になります。私に付いてきてください」

ウェイターは笑顔で入口の左手にある螺旋(らせん)階段を上がって行く。

螺旋階段の奥は吹き抜けのバーカウンターになっており、その後ろは天井まである棚に酒がびっしりと置かれている。反対側は空が描かれた天井の下に温もりのある木製のテーブル席が配置されており、満席の状態で賑わっていた。

「感じの良い店だ。気に入った」

タクシーの中で沈痛な面持ちだったワットだが、リラックスした表情でウェイターに付いて行く。浩志が拉致されてから、食事も摂らずに各方面に問い合わせをしていたらしい。緊張がほぐれたようだ。

柊真は階段から一階フロアを見渡し、夏樹の姿を探した。入口を見張るのなら、一階席がいいからだ。だが、彼の姿はない。

「こちらです」

ウェイターは奥の壁際のテーブル席に二人を案内し、ワットにメニューを渡した。夏樹はまだ来ていない。店が見える場所で、尾行を確認しているのだろう。

二階席は、柊真らとは反対側の階段に近い席に若い男女四人が座っているだけで空いている。たとえ尾行があっても、入ってくれば目立つ。

数分後、スペイン人になりすました夏樹がやって来た。

「待たせたな。下の階でオーダーを済ませておいた」

席に座ると、夏樹は日本語で言った。日本語なら周囲に会話の内容を聞かれることもないからだろう。ちなみにワットは、数年前から日本語を習得し、発音は少々変だが冗談が言えるほど上達している。

「すみません。急にお時間をいただいて」

柊真はちらりと別のグループを見ると、僅かに頭を下げた。日本人的な態度を周囲に見られたくないこともあるが、スペイン人に化けた夏樹が好まないことは分かっているからだ。

「日本人が行方不明になったと聞いた。ひょっとして、リベンジャーのことか？」

夏樹は小声で尋ねてきた。しかも仲間同士の会話にもかかわらず、浩志のコードネームを使っている。病的なまでに用心することが、彼の鉄則のようだ。

「どこで、それを！」

ワットが声を上げ、右手で自分の口を塞いだ。

「とある情報筋だ。どこの国でも、俺はすることだが、ボゴタに到着してすぐに確認した。警察無線を傍受したと聞いている。彼らはそれがリベンジャーとは気付いていないが、俺はピッカリの空港での不審な行動でぴんときたのだ」

夏樹は僅かに口角を上げた。笑ったのかもしれない。

「その通りだ。実は……」

ワットは柊真に説明したように、夏樹に事情を話した。

「そういうことか。クリーンルームで洗浄される際に麻酔薬が混入したガスを吸ったのか、あるいは投与されたのか、いずれにせよ、敵はリベンジャーの自由をあらかじめ奪ったのだろうな。君らは、傭兵代理店から超小型のGPS発信機が内蔵された偽造パスポートを渡され、常に所持していると聞いたが、それで位置を割り出せないのか？」

夏樹は腕組みをしてワットを見た。

「そうなんだ。だから苦労している」

ワットは首を左右に振った。

「GPS発信機の信号が検知できない場所なら、地下か送電塔などの近くということか」

夏樹はワットと柊真を交互に見て言った。

「相手がクロノスなら、パスポートのことを知っているので、拉致されたら最初に取り上げられます。私もそうでしたから」

柊真は渋い表情で答えた。クロノスは柊真のパスポートを使って、リベンジャーズを誘(おび)き寄せて襲撃したことすらある。

「この国で情報収集は容易ではない。私も動いてみる」

夏樹は小さく頷(うなず)いてみせた。

2

午後十一時五十分、夏樹はレストランテ・アルマジロを出た。

ワットと柊真は、まだ店にいる。彼らと一緒に行動することは極力避けたいため、先に店を後にしたのだ。

カジェ72通りに出ると、流しのタクシーに乗り込んだ。

コロンビアのタクシーは、基本的に安全である。だが、ウーバーのオフィシャルタクシーに似せた黄色いボディーの車には注意が必要らしい。

十分後、夏樹はウサケン地区のカレーラ19通りでタクシーを降りた。午前零時を過ぎているが、土曜日の夜のためか人通りがある。

夏樹は次の交差点を右折し、カジェ109通りに曲がった。道の両側はファッション関係の店が多いが、ほとんどはシャッターを下ろしている。2ブロック進み、右手にある店の前で立ち止まった。〝マダム・ヤン〟という看板が出された中華レストランである。

店のドアには〝クローズド〟の札がぶら下がっているが、夏樹は構わずドアを開けて中に入った。

「零時で閉店なんだ」

椅子をテーブルに載せて後片付けをしている中国系の若い男が、スペイン語で怒鳴った。この店のウェイターなのだろう。

赤い壁を間接照明が照らし、奥にバーカウンターがある洒落た店である。中華レストランには見えないが、ボゴタの高級住宅街に近くファッション街でもあるため、この手のデザイン重視の店は多いのだろう。

「皇帝料理を食べさせろ」

夏樹は中国語で唐突に言うと、テーブルに逆さまに載せられている椅子を下ろして勝手に座った。

「えっ！」

男が口を開けてぽかんとしている。

「何度も言わせるな。皇帝料理を食べさせろ」

夏樹は足を組むと背もたれに凭れ掛かり、同じ台詞を言った。

「分かっている。だが、あんたは、どう見ても中国人に見えない」

男は困惑した表情になり、中国語で答えた。

「変装している。おまえに素顔を見せるつもりはない。第二の合言葉は、紫萱だ。まだ不足か？」

夏樹は男を睨みつけた。

「いっ、いいえ……」

男は俯いて首を振った。

「名前と所属は？」

奥にあるバーカウンターの陰から、チャイニーズドレスを着た中年の女性が顔を覗かせた。年齢は四十代後半か、目付きが鋭い油断のならない雰囲気である。夏樹を警戒しているのだろう。

「楊豹、紅的老狐狸の直属の部下だ」

夏樹は立ち上がり、女性に敬意を表して軽く頭を下げた。

紅的老狐狸は、夏樹が少年時代に中国武術・八卦掌の師として世話になった梁羽のコードネームだ。日本語では、紅い古狐を意味する。彼の表の顔は武道家だが、本業は人民解放軍の情報機関である中央軍事委員会連合参謀部の諜報員である。人望も厚く、党の幹部からも一目置かれているようだ。

梁羽は成人した夏樹の素性を知っており、フリーの諜報員になった彼を使うために、自分の直属の部下・楊豹として連合参謀部のデータベースに登録した。そのおかげで、夏樹は自身を追う中国から解放され、連合参謀部の諜報員になりすまし、その強大な組織力さえも使うことができるのだ。

梁羽から仕事を引き受ける場合は、日本の国益を損なわないことと中国の政治的な問題に関わらないことを条件としている。

「紅的老狐狸の部下なら、変装の達人ね。私はここの責任者、紫萱です。お茶、それとも、お酒の方がいいかしら」

紫萱は、若いウェイターに目配せをして下がらせた。第二の合言葉は、彼女の本名だったらしい。普段は偽名を使っているということだ。

世界各地に中国の諜報員や工作員が一般人に紛れており、本国から来た諜報員の支援をしている者もいる。

紫萱は普段は中華料理店を経営し、店を訪れる諜報員にその国の情報だけでなく武器弾薬を無償で供給する役目を担(にな)っていた。彼らは諜報員の支援に掛かった経費を本国に請求すれば、それを保証されるだけでなく、報奨金も貰(もら)えると梁羽から聞いている。

「それじゃ、白酒(パイチュウ)を貰おうか」

夏樹は席を立つと、バーカウンターの背の高い椅子に座った。

「見事な変装ね。近くで見てもよく分からないわ」

紫萱はカウンターに二つのグラスを並べ、バックヤードから出した白い陶器の瓶から白酒をなみなみと注いだ。ラベルはないので、中身の酒は今のところ分からない。

夏樹はグラスを握ると、紫萱のグラスに軽く当てて一口飲んだ。口の中に豊潤な香りが広がり、鼻腔へ抜けていく。アルコール度数が五十度あるだけに喉に強い刺激を与える。

「まさか、コロンビアで貴州茅台酒が飲めるとは思わなかった」

夏樹は左の口角を上げた。貴州茅台酒は、中国の国酒とされる最高級の白酒である。

「この美味しさが分かるのなら、間違いなく中国人ね」

紫萱は夏樹の飲み方を見て笑った。ラベルのない酒瓶を使ったのは、夏樹が中国人かどうか試したのかもしれない。

「中国人でも貧乏人じゃ、分からないだろう」

鼻先で笑うと、夏樹はグラスの酒を呷った。

「そうね。でも、連合参謀部の諜報員に貧乏人はいないわ」

紫萱は夏樹を流し目で見た。

「二時間ほど前にボゴタに到着したばかりだ。サプレッサー付きのハンドガンが欲しい」

夏樹は本題に入った。紫萱に妙な気を起こされても困るからだ。

「もう仕事の話？」

紫萱は舌打ちすると夏樹と自分のグラスに白酒を満たし、カウンターの下に右手を伸ばした。すると、何かが外れるような音がし、紫萱はカウンターの上にハンドガンを載せた。H&P USPに酷似している中国製のハンドガン92式手槍である。しかもサプレッサー付きだ。いつも、カウンターの下に隠してあるらしい。

「備品か？」

「私の銃だけど、あげるわ。倉庫に新品があるけど、取りに行くのが面倒だから」

他の国でも地元の工作員から支援を受けた際、武器庫に案内されたことがある。おそらくこの建物にも武器庫があるのだろう。もっとも、ある程度使い込んだ銃の方が、新品よりもいい。事実、目の前に出された銃は、ガンオイルの匂いがする。手入れは怠（おこた）っていないようだ。

「予備のマガジンも三本欲しい」

夏樹は銃のマガジンに弾が入っていることを確認すると言った。

「他に必要な物は？」

紫萱は別の場所から三本のマガジンを出してくると、92式手槍の横に置いた。

「大使館に連絡をしたら、日本人が拉致されたという情報を得た。詳しい情報はないか？」

夏樹はマガジンをポケットに収めて尋ねた。世界で一番巨大な情報機関は、ＣＩＡである。その次は間違いなく中国で、夏樹は世界各地を移動する際、その国の中国大使館の駐在武官や情報将校から情報を得ることができた。

「被害者が日本人だから、誰も気にしてなかったわ。なんで日本人のことを聞くの？」

紫萱は肩を竦めてみせた。

「警察は日本人だと言っているが、中国人の間違いかもしれないからだ。確認する必要がある。中国人なら、救出するのは俺の仕事だ」

夏樹は顔色も変えずに誤魔化した。

「確かにそうね。調べてみるわ」

大きく頷いた紫萱は、グラスの白酒を飲み干した。

「よろしく」

夏樹は席を立つと92式手槍をズボンに差し込み、店を後にした。

3

浩志は闇を探るように耳を澄まし、両手首を動かしている。

一時間ほど前に目覚めたが、防護服の男が去ってからどれだけ眠らされていたのかは見当も付かない。

「ふう」

目覚めてから両手首を動かし続けていたが、さすがに疲れてきたので動きを止めて息を吐いた。手首の革ベルトは、ベッドにボルトで留めてある。だが、かなり緩んできた。ただ引っ張るだけではなく、手首を回転させる動作を加えている。すでに五ミリほどベッドとの隙間ができていた。

防護服の男は、浩志から採取した血液の検査結果が出るまで顔を見せることはないだろう。建物は静かで物音すらしない。微かに換気扇の音なのか、鈍いモーター音がするだけである。

近くに大通りがあれば、車のエンジン音などが聞こえるはずだ。ここは街中ではなく、周囲に民家もない郊外に違いない。しかも、地下室と考えられる。拉致されてから、何時間も経つのにワットが現れないからだ。

浩志も含めてリベンジャーズの仲間は、傭兵代理店から支給されたGPS発信機内蔵の偽造パスポートを特殊な防水ポーチに入れて肌身離さずに持っている。下着の下に隠し持っており、拘束された際に取り上げられていない。そのため、今でもGPS信号を発しているはずだ。ワットが来ないということは、浩志のGPS信号を捉えていないということなのだろう。

——はじめるか。

浩志は再び両手首を動かす。ボルトはぐらついているが、ナットが抜け落ちなければ意味はない。

一時間ほど経つと、右手が少し上に上がった。それだけボルトが緩んだ証拠だ。左手を止めて右手だけ動かし続けた。

金属音。

右眉をぴくりとさせた浩志は、動きを止めた。手首の革のベルトを留めていたボルトが緩み、ナットが床に落ちたらしい。静まり返っているだけに音が響いた。だが、音に反応して誰かが様子を見にくる気配はない。

右手を持ち上げると、革のベルトごとベッドから抜けた。体を左に回転させ、ベッドの裏側に右手を伸ばし、左手を固定しているナットを摑んだ。手で締めたり緩めたりするための蝶ナットである。浩志は急いで捻って外すと、上半身を起こした。足は単純にロープでベッドに縛り付けてあるだけである。両手が使えなければ、脱出は不可能だと思ったに違いない。

足のロープも外し、ベッドから下りると、手探りで出入口を探した。

――よし！

ドアノブを探り出した浩志は、ゆっくりと回した。鍵は掛かっていない。ドアを開けると、廊下の光が漏(も)れてきた。非常灯なのか、赤いランプが点(つ)いている。監視はいないようだ。浩志の脱出はないとみくびっているらしい。

一旦ドアを閉めると、記憶に従ってドアの右手を探り、照明のスイッチを点けた。

「そういうことか」

部屋を見回した浩志は、鼻先で笑った。天井にある照明は手術室で使われる無影灯である。どうりで眩(まぶ)しかったはずだ。とはいえ、小型で簡易的なものなので、医療機関の手術室ではないらしい。部屋の壁や天井はコンクリートの打ちっ放しで、どちらかというと倉庫のようである。

中央に置かれているベッドと、その脇にある医療器具が並べられたステンレスのワゴン以外は何もない。浩志の私物がどこかにあればと思ったが、さすがにそれはないようだ。

ワゴンの上のトレーを覗くと、医療器具が載せられているがメスはない。ハサミとピンセットを取り、部屋の照明を消して廊下に出た。

数メートル先に階段があり、その手前にドアがある。陳はサラを隣りの部屋で眠らせていると言っていた。試しにドアノブを回してみると、鍵が掛かっている。古い型のシリンダー錠である。

浩志はピンセットの先を鍵穴に差し込み、手応えを確かめながら鍵を開けた。ピンセットをズボンのポケットに突っ込むと、ドアを開ける。廊下から漏れる赤い光が、室内を照らし出す。

左の暗闇が動いた。

咄嗟にスエーバックすると、目の前をパンチが抜ける。

「俺だ」

続けて飛んできたパンチを浩志は左手で受けて引き寄せた。

「ミスター・藤堂？　どうして？」

パンチの主は、サラであった。入口に立った浩志は逆光のため、判別できなかったのだろう。

「脱出するぞ」

浩志はサラの手を離し、廊下に出た。

「ありがとう。私一人かと思ったわ」

サラも慌てて廊下に出てきた。

「ここがどこだか分かるか？」

浩志は廊下を進み、階段下から階上を見上げて尋ねた。

「車が北に向かったことは確かよ。でも、助手席の男に睡眠薬を嗅(か)がされて、気が付いたらさっきの部屋、というわけ」

サラは肩を竦めてみせた。

「俺の傍から離れるなよ」

浩志はゆっくりと階段を上り、機械室のような場所に出た。

「これは何の機械かしら？」

サラは大型の機械を見て目を丸くしている。

「変圧器の制御盤だ」

浩志は計器を見て答えた。大型の変圧器があるということは、大規模な工場かもしれない。地下室に囚(とら)われ、そのうえ変圧器のせいでGPS信号が妨害されていたようだ。

数メートル先のドアが開き、アサルトライフルを肩に掛けた男が入ってきた。浩志は音もなく男の背後から近付き、首を絞めて気絶させた。ハサミで首を刺して殺すこともできるが、叫び声を上げられるリスクがある。首を絞めて落とすか、鈍器で殴って気絶させるのが一番だ。

男の銃を取り上げた。中国製の95式自動歩槍に似ている。マガジンを抜いて銃弾を確かめると、２２３レミントン弾のようだ。とすれば、米国やカナダでも販売されている95式自動歩槍の民生用のタイプ97ライフルに違いない。

ドアを開け、外の様子を窺った。

「ここは……」

浩志は絶句した。目の前に沢山(たくさん)の送電塔が建っており、送電線が張り巡らされている。ここは、変電所だったのだ。しかも、規模が大きい。とすれば、ボゴタの北部にあるトルカ変電所に違いない。

「ここで、待っていろ」

サラを機械室に残し、浩志は外に出た。

二十メートルほど離れた小さな駐車場に古いバンが停められている。浩志が拉致された車に違いない。バンの傍に男が煙草(たばこ)を吸いながら立っていた。

車の後ろから近付き、男の背後に立つと、タイプ97ライフルのストックで男の後頭部を強打した。崩れる男を引き摺(ず)り、機械室の後ろに隠すと、浩志は敷地内を確かめる。正門にコロンビア軍の警備兵が二名いたが、問題なく昏倒(こんとう)させた。敵はコロンビア軍にパイプがあるらしい。陳は、見張りだけ残して宿泊施設にでも戻ったのだろう。

敷地内をくまなく探ったが、敵はその四人だけだった。

「脱出前にすることがある。手伝ってくれ」

機械室に戻った浩志は、サラを伴い、地下に通じる階段を駆け下りた。見張りは四名だったが、異変に気付いた敵がやってくる可能性もあるのだ。

「どういうこと？」

サラは囁(ささや)くような声で尋ねてきた。

浩志は監禁されていた部屋に入ると、ピンセットとハサミを元あった場所に戻し、手術台に乗った。

「俺の足をロープで縛り、手首の革のベルトをボルトで留めてくれ」

浩志は自分で左右の手首に拘束(こうそく)用の革のベルトを嵌(は)め、ボルトを通した。

「逃げないなんて、頭がおかしくなったの？　殺されたらどうするの？」

サラは腕組みをして首を振った。

「連中は俺を実験道具にするから、殺すことはない。別の場所に連れて行くと言っていた。だが、今俺まで逃げ出せば、やつらの行方が分からなくなる」

逃げるのは簡単なことである。だが、それでは陳が行方をくらますだけだ。浩志が変電所から移送されれば、ワットは浩志のGPS信号をキャッチできる。

「……本当にいいの？」

サラは困惑の表情を見せた。

「それが俺たちの任務だ」

浩志はきっぱりと言った。

「……でも」

「駐車場にバンが置いてある。車の鍵は差したままだった。ここは北部にあるトルカ変電所だろう。正門を出たら、右に進め。ボゴタ・トゥンハ高速道路に突き当たる。左折して南を目指せば、ボゴタの中心街に出る。ワットに事情を話せば、すぐに対処するはずだ」

浩志は蝶ナットをサラに渡した。

「分かったわ」

溜息（ためいき）を漏らしながらサラは頷いた。

4

午前五時十分、ボゴタ北部、ピース・ガーデン。

ピース・ガーデンは、広大な敷地を誇る墓地で、トルカ変電所の西隣りにある。

柊真は墓地の東の端にある木立の中に立ち、暗視双眼鏡を東に向けていた。トルカ変電所を監視しているのだ。

一時間半前、突然ホテルに戻ってきたサラから情報を得て、ワットとともにやって来たのだ。

遡ること午前三時四十分、柊真はワットの部屋で床に広げたボゴタの地図を見つめ、時折地図に赤ペンでチェックを入れていた。ワットの部屋を作戦室にしていたのだ。浩志が隠し持っている偽造パスポートから発せられるGPS信号がキャッチできないのは、破壊されたのでなければ電波が妨害されているのかもしれない。もしくは地下室や送電塔の近くの建物などに拉致されている可能性もある。あらゆるケースを想定して、地図上にそれらのチェックマークを入れていたのだ。

明日の昼には米国からリベンジャーズの仲間であるマリアノ・ウイリアムスが、夜には浅岡辰也ら七人が日本からがボゴタ入りする。彼らが到着するまでにできるだけ捜査に必要な資料を揃えるつもりだ。

ワットはヒルトン・ボゴタから九百メートルほど北のカラカス通り沿いにある傭兵代理店で、武器を揃えると共に情報収集している。どこの国の傭兵代理店もそうだが、警察や軍とパイプがあるため自ずと情報が入ってくるのだ。また、夏樹は別行動をしているが、彼は独自に情報収集にあたっており、逐次柊真にメールで連絡を入れていた。

ベッド脇にあるワーキングデスクの内線電話が鳴った。少なくとも柊真のスマートフォンの電話番号を知っているワットや仲間からではない。

「オラ！」

柊真は受話器を取り、スペイン語でハローと言った。

――ワット？

女性の声だ。しかも英語である。

「ワットは、今出かけていますが」

柊真は英語で答えた。

――あなたは、誰？

「失礼ですが、どちら様ですか？」

柊真は首を傾げた。

――…………。

電話の相手は黙ってしまった。

「まさかとは思うが、サラ・ハンコックじゃないのか？」

女性の態度に両眼を見開いた柊真は、尋ねた。

——えっ！

女性は声を裏返らせた。

「やはり、そうか。私は、明・影山という。ミスター・藤堂やワットの仲間だ。安心してくれ。君は、サラ・ハンコックなんだろう？」

——そっ、そう。

サラは認めたが、相当戸惑っているらしい。

「君は今どこにいるんだい？　大丈夫なのか？」

柊真は浩志のことをあえて聞かずに、優しく尋ねた。矢継ぎ早に質問すれば、彼女がパニックになるだけだろう。

——ごめんなさい。ワットを呼んできて。

内線電話に直接掛けてきたということは、ホテル内にいるはずだ。だが、顔も知らない柊真が信じられないのだろう。

「分かった。ワットを呼ぶから十分後、また、電話を掛けてくれ」

柊真が答えると、サラは返事をすることもなく通話を切った。

「くそっ！」

柊真はすぐさまワットに電話を掛け、ホテルに呼び戻した。

十分後、部屋の電話は再び鳴った。

数分前に戻っていたワットが、受話器を取った。

「ワットだ」

――サラ・ハンコックよ。助けて！

「今どこにいる？」

――屋上の閉店したバーに隠れている。

屋上にはルーフトップ・バーがあるが、午後十時には閉店する。人目を避けるには都合が良い場所である。

「分かった。今すぐ行く。そこを動くなよ」

受話器を置くと、ワットはテーブルに載せてあったグロック17Cをズボンに差し込んだ。

「彼女は、ホテル内ですよね？」

柊真もグロック17Cのマガジンをチェックし、ズボンにねじ込む。ワットがボゴタの傭兵代理店で柊真の分も揃えてきたのだ。

「屋上に隠れているらしい。どのみち、この時間はエレベーターで屋上には行けない。階段で行こう」

ワットは右手を振ると、部屋を出た。

二人は最上階である十四階まで上がり、クローズドの札が掛けられた屋上に通じるドアを開けた。施錠されているかと思ったが、鍵は掛かっていない。この時間、屋上に出る者はいないので施錠しないのか、あるいは忘れたのかどちらかだろう。

ワットと柊真は同時に銃を抜くと、足音を立てずに階段を駆け上がる。

十五階に相当するルーフトップ・バーの左手はカウンターで、その奥はテーブル席になっていた。右手はウッドデッキの屋上テラス席になっているが、この時間はガラスサッシで閉め切られている。

「サラ、どこだ？」

ワットは銃口を床に向けた状態で、バーの通路を進む。柊真はワットと背中合わせの格好で後ろ向きに歩く。

「ワットさん。三時の方角」

周囲を見渡した柊真は、銃をズボンに差し込んだ。

サラがパラソルのあるテラス席に座っている。ガラスサッシの鍵を開けて外に出ていたらしい。目が合うと、手を振ってみせた。

「怪我(けが)はないようだな」

ワットも銃を仕舞い、安堵(あんど)の溜息を吐(つ)いた。

「変わった様子はないか？」

ワットが背後から声を掛けてきた。

「動きはありませんね」

柊真は暗視双眼鏡から目を離さずに答えた。

ホテルに戻ってきたサラから事情を聞いた柊真とワットは、装備を整えて三十分ほど前に見張り所に適している墓地までやってきた。サラはドナヒューに任せ、ホテルで休んでいる。

変電所の東側は自然公園で木々が邪魔で見張りに適しておらず、正面の南側はぶどう畑で隠れる場所もない。北側は森だが、浩志が拘束されている変電所の建屋や駐車場、送電塔などが邪魔で見ることもできない。唯一残った場所が、西側の墓地であった。

「人質の女性が、脱走したことにまだ気付いていないんですね」

柊真は苦笑した。

「サラの話じゃ、見張りは四人だけだったそうだ。とすれば、夜明け前に交代要員がくるのだろう。それまで、気長に待つことにしよう」

ワットはポケットからチョコレートバーを出してかじり付いた。

浩志は一旦抜け出したものの別の場所に移送されると聞いていたため、サラだけ脱出させて残った。自ら囮になり、仲間に追跡させるという計画なのだ。

柊真は到着直後に管理建屋の地下に潜入し、浩志の意思を確認した。無謀とは知りつつも、柊真もワットもその計画に従っている。ちなみに柊真は浩志のズボンのポケットに小型の折り畳みタクティカルナイフを入れておいた。もっとも浩志なら武器など持たずにいつでも脱出できるだろう。

「できれば、リベンジャーズの仲間が揃い、万全な体制で藤堂さんをバックアップしたいですね」

柊真は淡々と言った。

「『リベンジャーズの仲間』か。ずいぶんと、よそよそしい言い方だな。まだ、京介のことを気にしているんだろう。何度も言うようだが、あれは事故のようなものだ。おまえに責任はない。戻る気にはならないのか?」

ワットはしんみりと尋ねた。

「京介さんのことは一生忘れられないでしょう。一度決めたことです。それに新しい仲間とチームも作りました。これでも彼らから頼りにされているんです」

柊真は暗視双眼鏡を下ろし、振り返ってワットを見て笑った。明るく振る舞っているのは、胸の内の闇を隠しているからだろう。

「そうか。もう戻らないんだな。だが、こうして、また一緒に仕事をすることに問題はないよな」

ワットは大きな溜息を吐いた。

「ええ、もちろんです。それにリベンジャーズを敵に回すような仕事も引き受けませんから。……車がきました」

柊真は暗視双眼鏡を南の方角に向けて言った。車のヘッドライトが近付いてくるのを発見したのだ。

「来たか。見張りを四人も倒した女が脱走したって、大騒ぎになるぞ」

ワットは両手を擦(こす)り合わせて笑った。

5

浩志は外の騒がしさにふと目覚めた。

拘束から逃れてサラを脱出させた後、自ら囚われの身に戻った。

戦略的には最良だと冷静に判断した上のことである。だが、平静に行動したつもりでも神経を使い、余計なエネルギーを浪費するものだ。さきほど、この建屋に侵入してきた柊真の顔を見た途端に緊張が解れ、うたた寝をしていたらしい。

彼とはほとんど言葉を交わさなかった。ワットと二人で来たらしいが、彼らはサラから事情を聞いて浩志の計画の意図が分かっていたようだ。柊真は浩志に水を飲ませ、ズボンのポケットに折り畳みのタクティカルナイフを入れると、「それじゃあ」と一言だけ言って出て行った。それで、充分である。だが、贅沢を言えば、さほど渇きは覚えていなかったので、水ではなくコーヒーが飲みたかった。

浩志が倒した連中は、機械室の近くに転がしておいた。隠すのが面倒だからである。見張りの交代要員が、気絶している仲間を発見して騒いでいるのだろう。

「女がいないぞ！」

「捜せ！　捜すんだ！」

「男は、どうなっている！」

いくつもの足音が響き、廊下から怒鳴り声が聞こえる。スペイン語ではなく、中国語を使っており、三、四人はいるようだ。

ドアが乱暴に開かれた。

浩志は無影灯の光を避けるため、出入口に顔を向け、目を閉じた。

照明が点けられる。

「男はいます！」

薄目で確認すると、タイプ97ライフルを手にした男が大声で叫んでいた。男の顔立ちは中国系である。

「呂、男の拘束が外れていないか、確認しろ！」

別の男が、部屋の出入口に立った。どうやらこれも中国人らしい。最初の男よりも年上で、口調から言って、リーダーのようだ。

呂と呼ばれた男が、ベッドの下の蝶ナットの緩みを確かめはじめた。

「羅隊長、大丈夫です。それにこの男は、睡眠薬でまだ眠っているようです」

呂は立ち上がると、部屋に入ろうとしない羅に向かって声を張り上げて報告した。サラに蝶ナットを締めさせたが、大丈夫だったらしい。

「女が一人で部屋を抜け出し、監視兵を四人も倒したというのか」

羅は口元を左手で押さえ、出入口に立ったまま動かない。この男は、浩志が新型エボラウィルスに感染している可能性があることを知っているに違いない。

「凄腕だったのかもしれませんが、女ということで仲間は誰しも油断したんだと思います。それにこの男を置き去りにしたのは、非力で担ぐことができなかったからじゃないですか」

呂は勝手な解釈を披露したが、浩志にとっては都合が良い。

「女が四人もの男を倒して逃げられるものか。女の仲間が助けに来たが、護衛の男は見捨てたのだろう。いずれにせよ、この男が自ら望んで残ることはないはずだ」

羅は険しい表情で、言った。呂に新型エボラウィルスの知識はなく、羅はそれを隠しているようだ。

「どうしますか？　逃げた女が警察に通報したら大変ですよ」

呂は不安げな様子で尋ねた。

「分かっている。この男を連れ出すんだ」

羅は口を押さえたまま、右手を振った。

「私一人で、ですか？」

呂は自分を指差し、大袈裟に首を傾げた。

「男に手錠を掛けてから起こせば大丈夫だ。どうせ、睡眠薬のせいで暴れないだろう。男に自分の足で歩かせろ！」

羅は苛立（いらだ）った様子で命じた。

「わっ、分かりました」

呂は渋々浩志の拘束を解き、手錠を掛けた。

浩志は寝た振りを続けた。

「おい、目を覚ませ」

呂は浩志の両肩を摑んで揺さぶった。

「……なっ、なんだ」

浩志は半眼になり、口を開いた。

「歩け！　移動するぞ」

呂は浩志の腕を摑んでベッドから引き摺り下ろした。

「わっ、分かった。歩く」

浩志は体をふらつかせながら歩き出した。我ながら名演技である。

「撤収！　呂、男をトラックの荷台に乗せたら、ロープで縛り上げろ」

羅は浩志を避けるように廊下を急ぎ足で離れて行く。

「俺に面倒を掛けるな。しっかりと歩け」

呂はタイプ97ライフルの銃口を浩志の背中に押し当てた。

「逃げたりしない。そんな気力はないんだ」

浩志は廊下を進み、階段を気怠(けだる)そうに上った。

地上へ出ると、建屋の前にフォードの四駆である〝ブロンコ〟とピックアップトラックである〝レンジャー・ラプター〟の二台が停めてある。

「乗れ！」

呂は、浩志に銃口を向けながらレンジャー・ラプターの後アオリのロックを外して開けた。

浩志は無言で荷台に乗った。

銃声。

呂が後頭部を撃ち抜かれ、崩れるように倒れた。

「馬鹿が不用意に手術室を開けやがって、我々まで感染させる気か」

羅は、まだ銃口から煙が出ている92式手槍を腰のホルスターに仕舞いながら言った。

「なっ！　男が仲間を射殺しました！」

暗視双眼鏡を覗いていた柊真が報告した。

「浩志は無事か？」

ワットが眉間に皺を寄せた。

「大丈夫です。無事にトラックの荷台に乗りました」

「仲間割れだろう。GPS信号はまだ使えないな」

スマートフォンでGPSアプリを見ていたワットが、舌打ちした。浩志は地上に出て来たが、送電塔が近いためGPS信号が妨害されるようだ。

「すぐに追いましょう」

柊真は暗視双眼鏡を下ろし、近くに停めてあるシボレーのSUV・トラッカーの運転席に乗り込んだ。

「急ごう」

ワットはスマートフォンを手に、助手席に収まった。

6

午前四時、ボゴタ、ルガノ・スイーツ。

シャワーを浴びた夏樹は、洗面所の鏡に映り込んだスペイン人の顔を見た。

柊真にはホテル・ロサレス・プラザ・ボゴタにチェックインすると教えたのだが、諜報員がたとえ仲間であろうと宿泊先を簡単に教えるはずがない。ホテル・ロサレス・プラザ・ボゴタのフロントに予約だけ入れておき、待ち合わせ場所を伝えておいたのだ。

温水のシャワーで柔らかくなった特殊メイクの額（ひたい）に爪（つめ）を立て、剝（は）ぎ取った。特殊メイクは部分的に取り除けば、あとは簡単に落とすことができる。頰（ほお）に残ったフォームラテックスを綺麗（きれい）に流すと、石鹼（せっけん）で顔を洗った。

「ふう」

さっぱりとしたので、自然と息が漏れる。五日ぶりに素顔に戻ったのだ。フリーの諜報員として復帰してから海外に行く場合、人前で素顔になることはない。

スーツケースからポーチを出し、口を開けて洗面台に置いた。様々なフォームラテックスの顔のパーツが入っている。現在使っているスペイン人のものも含め、五種類のパスポートと五人分の特殊メイクの材料を持ってきた。

ポーチから顔のパーツを貼り付けたシートを出す。一つのシートで一人分の変装ができるようにしている。鏡を見ながら、額と目の下にパーツを貼り付け、特殊なファンデーションでパーツと素肌の境目を隠した。パーツには特殊なボンドが塗布（とふ）されており、破れるなどして空気に触れない限り、剝がれることはまずない。

スーツケースから小型のアタッシェケースを取り出した。スーツケースは旅行者に見えるように持っているだけで、必要最低限のものはすべてアタッシェケースに入っている。二重底になっており、その中から赤いパスポートを出して開き、証明写真を見ながら白い染料で部分的に白髪にする。

十分後、証明写真と同じ顔になった。証明欄の国籍は中華人民共和国、名前は鍾徳華、生年月日は一九五四年になっている。鏡の顔はそれなりに老けており、六十代半ばという設定に違和感はない。

ついさきほど柊真から拉致されていた浩志を発見したと、連絡を受けた。犯行グループは、中国系らしい。クロノスの息が掛かっていると思われるが、浩志は敵の組織を突き止めるためにサラだけ逃がし、その場に残ったようだ。

浩志はGPS発信機内蔵の偽造パスポートを、まだ身につけているらしい。現在囚われている場所から出れば、再び追跡可能ということだ。柊真とワットが拉致されている現場を監視しており、いつでも追跡できる態勢をとっている。

だが、彼らは軍人として超一流かもしれないが、GPS信号を頼りに追跡するのは難しいだろう。敵は浩志を連れてコロンビアから出国するかもしれないからだ。また、彼らは顔を知られているだけに敵に動きを察知される可能性もある。

中国系のグループが相手なら、中国人になりすました方が敵から警戒されないはずだ。

中国人は警戒心が強い。スペイン人の特殊メイクから中国人に変えたのはそのためである。

洗面台に置かれたスマートフォンが振動した。

「私だ」

夏樹は急いで電話に出た。柊真から連絡が入ることになっていたのだ。

――バルムンクです。ロストマンが、移動します。GPS信号も拾っています。

ロストマンとは拉致された浩志に付けたコードネームである。

「分かった」

簡単な返事をして通話を切ると、スマートフォンの追跡アプリを立ち上げた。これは、日本の傭兵代理店が独自に製作したもので、GPS発信機で得た位置情報を地図上に表示するなど、様々な機能を持ち合わせている。浩志を捜索するにあたって、柊真を介して傭兵代理店から便宜(べんぎ)を図ってもらったのだ。

地図上に赤い点が、表示されている。一緒に拉致されていた女性が脱出したことで犯人側は慌てて行動しているに違いない。新たな隠れ家に行くのか、いっそのこと空港から高飛びするかのどちらかだろう。だが、相手がクロノスの息が掛かった巨大な犯罪組織なら間違いなく、後者を選ぶはずだ。

夏樹はスーツに着替えると、アタッシェケースを手にした。空港に向かうのだ。浩志を拉致した連中がコロンビア国内、あるいは国境線を越えて国外に出るとしても車での移動なら柊真らに任せればいい。飛行機で移動するのなら夏樹が対処するつもりだ。

出入口のドアノブに手を掛けようとしたら、またスマートフォンが反応した。

夏樹は無言で電話に出た。

――峨眉山月半輪秋（オーメイシアンユイエパンルエンチオウ）。

唐突に男の声で、李白（りはく）の七言絶句〝峨眉山月歌（オーメイシアンユイエコー）〟の冒頭の一句を中国語で詠（うた）われた。

「影入平羌江水流（インルピンチャンチアンシウエイリオウ）」

夏樹はすかさず、二句を返した。七言絶句とは、一句七言、四句からなる漢詩体の一つで、〝峨眉山月歌〟は李白が放浪の旅のはじまりを詠ったものである。

――ボゴタにいるようだな。

男は渋い声で尋ねてきた。

「早耳ですね。マダムから聞いたのですか？」

マダムとは〝マダム・ヤン〟の紫萱のことで、電話の相手は名前を聞かなくても紅的老狐狸こと梁羽だと分かった。〝峨眉山月歌〟は梁羽の気に入っている漢詩の一つで、それを夏樹も知っている。声はいくらでも似せることができるので、梁羽は漢詩を使って夏樹に本人確認をしたのだ。相変わらず用心深い男である。

——彼女とは古い付き合いなのだ。

梁羽は低い声で笑った。

「どうされたんですか？」

夏樹は訝(いぶか)った。彼が世間話をするために電話をかけることなどないからだ。

——会って話したいことがある。頼みたいことがあるのだ。

「お急ぎですか？」

——できるだけ早いほうがいい。

「今は、仕事中なんです」

やんわりと断った。今では人任せにしているが、夏樹は練馬(ねりま)でコーヒー専門店と輸入雑貨店を経営し、コーヒー豆を原産国に買い付けに行くこともある。だが、かりそめの表稼業を理由に梁羽の話を断ることはない。それは彼も承知しているはずだ。

——仕事と言っても、共通の友人の件で動いているようだな。

「えっ、それをご存じなのですか？」

夏樹は眉を吊り上げた。共通の友人とは浩志のことである。

——やはり、そうなのか。確信は持てなかった。私の得られたこれまでの情報から推測して、もしやとは思っていたが、当たったようだな。あの男はむざむざと捕まるような柔(やわ)な奴ではないが、何か作戦でもあるのか？

梁羽は探りを入れていたようだ。諜報の世界に長く生きているのに、簡単な誘導尋問に引っ掛かってしまった。格の違いとは認めたくないが、コードネームの通り、彼は食えない古狐なのだ。

「作戦？　何のことだか」

夏樹は適当に言い繕(つくろ)った。

――今さら誤魔化さなくていいだろう。

「こちらの仕事を終えてから、お会いします」

夏樹はきっぱりと言った。

――それじゃ、遅いんだ。手を貸そう。もっとも、すでにマダムの手を借りたようだがな。しかし、彼女からは銃を借りることはできても、たいした情報は得られないぞ。

「しかし、手を貸すと言われても……」

夏樹は苦笑した。梁羽は連合参謀部でも大幹部だが、浩志の救出となれば個人的に動かざるを得ないはずだ。というのも浩志は、〝冷たい狂犬〟としての夏樹同様、中国から目の敵(かたき)にされているからである。それにコロンビアまでプライベートジェットで駆けつけてきたとしても、間に合わないだろう。

――彼が拉致された件も、私の急ぎの用と関係しているかもしれないぞ。

「ご冗談を」

夏樹は鼻先で笑った。また騙されると思ったからだ。

――冗談ではない。本当だ。どうせ、犯人を泳がせているんだろう。だったら、そっちは急ぐ必要はないのだ。

「私はこれから空港に行きます。急いでいるんです」

梁羽も急ぎと言うが、すぐに打ち合わせができないのなら、いくら恩師といえどもプライオリティーをあげるわけにはいかない。

――それなら都合がいい。私は空港にいる。

「えっ！」

――驚くことはない。数日前から、おまえを探していたのだ。先ほどボゴタに到着した。

梁羽の嗄れた笑い声が、スマートフォンを震わせた。

「分かりました」

息を呑んだ夏樹は、首を振りつつも頷いた。

中央統戦部

1

午前四時半、エルドラド国際空港。

夏樹を乗せたタクシーが、カジェ26通りから空港ビル前のロータリーに入った。

「二百メートル先にあるゲートに入ってくれ」

夏樹はタクシー運転手に告げた。

「ここで降りないんですか？」

空港ビルのエントランス前で車を停めたタクシーの運転手は、首を傾げた。

「いいんだ」

梁羽から指定された場所は、一般の空港利用者が入れない場所なのだ。

「分かりました」

運転手は車を進めて指定された通りに二百メートル先を右に曲がり、ゲートの前で停まった。

二人の警備員が、警備ボックスから顔を覗かせた。プライベートジェットの駐機場へ直接車で乗り入れるゲートのため、普段からあまり使われていないのだろう。

夏樹はウィンドウを下げて、彼らに手招きをした。

「身分証を見せてください」

後部座席の横に立った警備員が、ハンドライトで車内を照らしながら言った。

「私は中国大使館の鍾徳華だ」

夏樹は所持している偽造パスポートを提示し、スペイン語で答えた。梁羽が、大使館員だと手配してくれていたのだ。

「大使館員の方ですね。聞いています。どうぞ」

警備員はパスポートの写真を見ると、夏樹の顔をほとんど見ることもなく手を振って同僚に合図した。パスポートに記載されている中国名すら確認していない。大使館員と聞いたからだろう。疑うことを知らないようだ。別の警備員が、すぐさまゲートを開けた。

タクシーはゲートを潜ると、空港ビルに突き当たって左に進む。

「ここでいい」

夏樹は百メートルほど進んだ空港ビルの端で、アタッシェケースを手にタクシーを降りた。タクシーがUターンするのを確認すると、その先にある出入口からプライベートジェットの駐機場に入る。

ボンバルディア・エアロスペース社のチャレンジャー600が、オレンジ色の夜間照明に照らし出されている。

全長二十・八十五メートル、全幅十九・六十一メートル、航続距離は六千二百三十六キロとボンバルディア・エアロスペース社のビジネスジェットのヒット作である。

中国は航空機なら民間機だろうと軍用機であろうと先進国のコピー機を作り出すが、さすがにビジネスジェット機までは生産していない。比較的に価格が安く、性能がいいボンバルディア・エアロスペース社の航空機が手頃なのだろう。

夏樹が機体に近付くと客室のドアが開き、タラップが下りてきた。機内から外を窺っていたのだろう。

「よく来たな」

梁羽が顔を見せた。彼も夏樹と同じく、変装の名人だが珍しく素顔である。彼は党幹部として表の顔も持つため、諜報員ではなく政治家としてプライベートジェットに乗っているのかもしれない。

「梁先生、ご無沙汰しています」

軽く会釈すると、夏樹はタラップを上がり、飛行機に乗り込んだ。乗務員が彼の直属の部下とは限らないため、形式的な挨拶をしたのだ。

カーペットが敷きつめられた通路を挟んで、革張りのシートが向かい合わせに並んでいる。数メートル先は壁で仕切られ、ドアがあった。機内とは思えない木製の洒落たデザインなので、特注なのだろう。

「こっちだ」

梁羽はキャビンの奥へと歩いていく。

夏樹は機内を見回したが、人払いがされているのか誰もいない。

「あなた一人なのですか？」

念のために尋ねた。梁羽がどういう設定でコロンビア入りしたのか、あらかじめ確かめておく必要がある。電話で鍾徳華という中国人に扮していることは伝えてあるが、部下や乗務員に出会った場合、何か演技が必要かもしれないからだ。

「二人の部下を連れてきた。空港内のホテルに行かせてある。乗務員も一緒だ。だから、今は私だけだ。打ち合わせをするのなら、誰もいない飛行機の中に限る。まあ、掛けてくれ」

梁羽は突き当たりのドアを開けて、中に入った。ソファーと木製のワークデスクがある。彼の執務室なのだろう。

夏樹はソファーに腰掛け、アタッシェケースを足元に置いた。

「ウィスキーでいいかな」

梁羽はワークデスク横のダッシュボードからウィスキーのボトルと二つのストレートグラスを出した。ハイランドパークの二十五年ものである。いつものごとく仕事中でもいい酒を嗜(たしな)んでいるようだ。忙しいため一流品を口にすることで、束の間の癒(いや)しを覚えると以前、本人から聞いたことがある。

「もちろん」

「氷を切らしているんだ」

梁羽はストレートグラスになみなみと注(つ)ぎ、夏樹に渡した。

二人は無言で乾杯し、グラスを傾ける。梁羽は少年時代の八卦掌(はっけしょう)の師というだけでなく、命の恩人でもあった。それだけに気心は知れているように見えるが、彼は決して他人に心を読まれることはない。

「私を探していたとおっしゃいましたが、何か問題でもあるのですか?」

夏樹はハイランドパークを一口飲んだ。スモーキーだが甘く華やかな香りが、口内に溢(あふ)れる。喉越(のど)しは、羽のように軽い。

「おまえを数日前から探していたのは事実だが、コロンビアに来たのは他の用事があったからだ」

梁羽はワークデスクの椅子(いす)に腰かけると、空(から)になったグラスをデスクに載せ、大きな溜息(ためいき)を吐(つ)いて話し始めた。

連合参謀部の諜報活動をする第二部の中でも、海外で活動を行うエリート集団である第三処の処官というのが、彼の現在の身分らしい。処は日本語では、部を意味し、局よりは下である。だが、第三処は第二部の中でも特権を有するため、梁羽は第二部の部長に匹敵する権力を持っているらしい。

彼自身は諸外国で諜報活動を行うかたわら、密(ひそ)かに中国の常軌を逸した工作活動に常に目を光らせ、それを未然に防いでいる。私利私欲からではなく、共産党の暴走を防ぎ、中国の品位を貶(おとし)めないためだ。

だが、近年、他国を陥(おとしい)れる陰謀に気付いたらしい。しかも、それを行っているのは中国共産党中央委員会直属の情報機関である中央統一戦線工作部だそうだ。

「中央統戦部？　中央委員会直属、つまり書記長の息が掛かっているとは聞いたことがあります。チベット解放活動の妨害や台湾への統一活動など、中国の体制維持を危うくする政治活動の妨害工作が主たる任務じゃないんですか？」

夏樹は首を傾げた。中央統戦部は、中央統一戦線工作部の略称である。

「それも彼らの活動の一つだった。だが、近年、中央統戦部は、党幹部の意思に従って卑劣な対外工作を行っているらしい。その一つが生物兵器の研究開発だ」

梁羽は声を潜(ひそ)めた。口にするのも憚(はばか)られるらしい。

「生物兵器の研究は、中国科学院武漢(ぶかん)病毒研究所が行っていると聞いていますが」

日本のメディアで、「武漢ウィルス研究所」と呼ばれているのは、中国科学院武漢病毒研究所のことで、「武漢疾病対策管理センター」は、武漢市疾病預防控制中心というのが正式名称である。

「そうだ。生物兵器の研究は武漢で行われている。だが、研究する病原体を中央統戦部が集めているという情報を私は手に入れたのだ。研究するにも病原体を入手しなければできないからな」

「もしかして、ボゴタの汚染エリアを襲撃し、藤堂を拉致(らち)したのは、そいつらの仕業ですか？」

夏樹は両眼(りょうめ)を見開いた。

「おそらくな」

梁羽は険しい表情で頷いた。

2

午前六時、ボゴタ北部、グアイマラル空港。

東西方向の千七百メートルの滑走路が一本だけというローカルな空港だが、航空学校と空軍の訓練基地も併設されている。

「まずいなあ、プロペラ機が沢山置いてある。あれで高飛びされたら、車じゃ追いつけないぞ」

暗視双眼鏡で空港の敷地を見たワットは、わざとらしく舌打ちをした。

「航空学校の小型プロペラ機ですよ。航続距離は大したことはないので、せいぜい隣国に行くことしかできないはずです。高飛びするのなら中型輸送機か、小型ジェット機だと思いますよ」

柊真は周囲を警戒しながら、ワットの冗談とも知らずに生真面目に答えた。

浩志が乗せられたレンジャー・ラプターは変電所を出ると北に向かい、二十分後にグアイマラル空港の空軍訓練基地に入った。

距離を取って尾行していたワットと柊真は、空港の北側に沿っているカジェ２３４通りに車を停めている。レンジャー・ラプターは空軍の格納庫に入ったらしく、外から覗くことができない。二十分近く経ったが、動きはなさそうだ。

ここまでヘッドライトを消して追って来た。浩志のＧＰＳ信号を捉えることができたので、追跡アプリも使えたのだが、空港近くで使えなくなった。

「俺が斥候に出ます」

柊真は目の前にある二メートル弱のフェンスに近付いた。

「これを持って行け」

ワットが黒い小さな箱を投げ渡した。

「ＧＰＳ発信機ですか？　いつも使っている物よりもかなり大きいですね」

柊真は掌に載せてみた。五センチ×四センチ、厚みは一センチ近くあり、重みもある。

「これはＦＢＩや各国の情報機関が使用しているＧＰＳトラッカー（追跡装置）で、強力な磁石と百五十時間連続稼働が売りなんだ。もっともＣＩＡはもっと高性能のトラッカーを使っているらしい。ボゴタの傭兵代理店で買ったんだよ。できれば、そいつをやつらの飛行機の機体にくっつけてくれ」

ワットは自慢げに言った。

「いくら優れたGPSトラッカーでも、飛行機の追跡は無理ですよね」

柊真は肩を竦めた。

「むろん飛行中の航空機までは追えない。だが、着陸した時点で居場所は分かる。なんせユニバーサルモデルだからな」

ワットは人差し指を左右に振って笑った。傭兵代理店が支給しているGPS発信機は、GPSトラッカーに比べて電波は弱い。GPSトラッカーは各国の携帯基地局に自ら電波を発信するだけでなく、Wi-Fiにも対応しているので、よほどの山奥や海上でない限り、電波を受信することができる。

「なるほど、了解しました」

柊真はGPSトラッカーをズボンのポケットに仕舞い、頷いた。軽く助走してフェンスに手を掛けて軽々と飛び越し、着地の音とショックを和らげるために側転受け身をして立ち上がると、そのまま闇に溶け込むように走り去った。ジーンズにトレーナー、防寒ジャケットとカジュアルな格好ではあるが、足元はタクティカルブーツを履いている。跳躍するには不向きだが、彼には関係ないようだ。

ワットは音を控えて小さく口笛を吹いた。柊真の身体能力が並外れていることは分かっていても、感心せざるを得ない。

グアイマラル訓練基地。

浩志は格納庫の片隅でコンクリートの床に座り、自身を拉致した男たちの作業を見つめていた。

彼らはビジネスジェットのチャレンジャー６００を整備点検しているのだ。

「各自点検は終わったか？」

作業を見守っていた羅が、時計を気にしつつ男たちに声を掛けた。

「作業は終わりました」

車輪の点検をしていた男が立ち上がって尋ねた。

「陳威は、もうすぐ到着する。トーイングトラクターを接続させるんだ」

羅は傍に立つ制服を着た男に命じた。パイロットなのだろう。

「あの男は、どうするんですか？　感染している可能性もあると聞きましたが、飛行機に乗せるのは危険じゃないですか？」

パイロットは不安げな顔で声を潜めて尋ねた。浩志の視線が気になるのだろう。五メートルほど離れているが、彼らの会話はよく聞こえる。それに中国語で話しているために浩志には分からないと思っているのだろう。

「陳威がなんとかするだろう。詳しくはまだ聞いていない。とりあえず、防護服を着せるようにと言われている」

羅は首を左右に振りながら答えると、足元のバッグから防護服を出し、浩志に投げつけた。

「どうやって着替えるんだ？」

浩志は両手を持ち上げ、手錠の鎖を鳴らした。

「手順を教えよう。私が手錠の鍵を渡す。おまえが自分で手錠を外し、防護服を着る。着替えが終わったら、自分で手錠を掛けて、鍵を私に返せ。実に簡単だ」

羅は懐（ふところ）から銃を抜くと、浩志の足元に手錠の鍵を放った。

「俺の両手が自由になったら、おまえが銃を持っていようと、すぐに殺してやる。その覚悟はあるのだろうな」

浩志は視線の片隅に、格納庫の闇を捉えながら声を張り上げた。柊真が音もなく忍び込み、暗闇で様子を窺っているのに気付いたのだ。浩志を脱出させようというのではないのだろう。チャレンジャー600の機体にGPSトラッカーを取り付けるつもりに違いない。機体のボディーではなく、脚部に取り付ければ見つかる心配はない。柊真もそのつもりで、潜入したはずだ。

「全員、銃を手にこっちに来い！」

羅が部下に向かって怒鳴った。

パイロットも含めて、五人の男が羅の左右に立った。

「俺から目を離すなよ」

浩志は鍵を拾うと立ち上がり、不敵に笑った。

3

午前六時十分、グアイマラル空港。

格納庫前のエプロンからトーイングトラクターに牽引されたチャレンジャー６００が誘導路を移動し、滑走路の東の端に着いた。

トーイングトラクターが離れると、チャレンジャー６００の二基のターボファンエンジンが唸りを上げて青白い炎を吐き出した。

「エンジンが始動されました」

暗視双眼鏡で滑走路を監視していた柊真が言った。空軍の格納庫に忍び込んだ柊真は、GPSトラッカーを飛行機の脚部に取り付けて脱出していた。彼が潜入したことを悟った浩志が機転を利かせて敵の目を逸らしたため、難なく作業することができたのだ。

「引き上げるか」

傍のワットが大きな欠伸をすると、シボレーのトラッカーの助手席に乗り込んだ。

「そうですね」

柊真は運転席に乗り込み、エンジンを掛けるといきなりスピードを上げた。

「何を急いでいる？　車でジェット機を追跡するつもりか？」

ワットは目を丸くしている。ホテルに帰って休むつもりだったのだろう。

「実は夏樹さんに呼ばれました。藤堂さんが乗せられた飛行機が離陸して三十分以内にエルドラド国際空港に行くという条件付きで、一緒に飛行機に乗るように誘われたのです。さきほどメールで連絡がありました」

柊真は田舎道であるカジェ234通りを猛スピードで飛ばす。エルドラド国際空港までは三十キロあり、街の中心部も通るため、制限時速どおりなら、この時間でも四十分近く掛かるだろう。

「空港に行ったとしても、敵さんの着陸地点が分からなければ、どうしようもないだろう」

　ワットは首と両手を同時に振った。

「軍事衛星で、ロックオンしたそうです。だから、飛行中も追跡できるようですよ」

　柊真は苦笑した。夏樹から連絡を受けた時に、自分もワットと同じ反応をしたからだ。

「軍事衛星か、なるほど。すぐに使える代物ではないから思いつかなかったよ。ＧＰＳトラッカーは骨折り損だったな。だが、やつらの飛行機を追跡できたとしても、都合よく目的地まで行ける航空便のチケットが買えるとは限らないぞ」

　ワットは肩を竦めた。

「まさか、民間の航空会社の飛行機は使えません。プライベートジェットですよ」

　柊真は首を左右に振った。

「どういうことだ。彼はフリーの諜報員のはずだ。プライベートジェットをチャーターしたのか？　へたしたらチャーター代は五万ドル前後掛かるぞ」

　ワットは頭を振った。彼は夏樹と一緒に任務をこなしたこともあるが、それほど親しい訳ではない。夏樹の能力は知っていても、素性についてはほとんど知らないと言っていいだろう。

「私もよく知らないんですが、スポンサーのジェット機らしいですよ」

柊真は首を傾げながら答えた。電話で夏樹から簡単な説明は受けたが、詳しい話は会ってからだと言われている。

「よく知らないって、言われてもな。あの男を信用していいのか？　あとでとんでもない金額を請求されるんじゃないだろうな」

ワットは目を細めて柊真を見た。

「それはないですよ。彼は我々とは違う世界の住人なんです。知らないことが多くても不思議じゃないですから」

柊真は苦笑した。別にワットを馬鹿にしたわけではない。夏樹と付き合っていると自分の物差しで物事を測ることが馬鹿馬鹿しくなってしまうのだ。

「あの男は、世界を股（また）に掛けて諜報活動しているらしいからな。俺たち軍人と違って当たり前か」

ワットも息を漏（も）らすように笑った。浩志が拉致されてから休み無く働いているために、相当疲れが溜（た）まっているのだろう。

「そういえば、辰也さんたちはどうなっていますか？」

柊真は交差点を突っ切ると急ハンドルを切ってノルテ高速道路に入り、アクセルを床まで踏んだ。荒々しいが、確かなテクニックを持っている。

日本で待機していた辰也らは、浩志が拉致されたことでワットが現地に集まるように声を掛けていた。また、日本の傭兵代理店の社長である池谷悟郎も、彼らを資金面でサポートすることを申し出ている。

「今はまだ太平洋上空だ。ダレス空港で乗り継ぎの予定だった。だが、確実に浩志はコロンビアから移動するだろう。だからコロンビア行きの便はキャンセルし、ワシントンのダレス空港で待機するようにメールを送ってある」

ワットは腕組みをして目を閉じて答えた。柊真の運転は荒っぽいが、仮眠するつもりらしい。

「それを聞いて安心しました」

柊真は頷いた。涼しい顔をして運転しているが、時速は百六十キロまで上がっている。

二十分後、柊真はエル・ドラド通りからカジェ26通りに入り、夏樹に指定されたゲートに向かう。ゲートの警備員に名前を告げると、離陸時間なので早く入れと急かされ、身分証の提示もしなかった。

車をプライベートジェット専用の駐車場に停める。車のキーは車内に残しておけば、ボゴタの傭兵代理店で対処してくれるそうだ。

車を降りると、二人は駐車場からプライベートジェットの駐機場に急いだ。

「なっ！」

先に駐機場に入ったワットが声を上げた。

「えっ！」

傍の柊真も、両眼を見開いた。

駐機場に置かれている飛行機が、グアイマラル空港で離陸を見送ったものと同型のチャレンジャー600なのだ。

「早く乗るんだ！」

飛行機から見知らぬ初老の男が大声を出した。だが、その声に聞き覚えがあった。

「あれが夏樹さんですよ。行きましょう」

柊真は呆気に取られているワットの肩を叩いた。

「離陸するぞ」

夏樹が右手を振った。

「そのようだな」

苦笑したワットは、柊真とともに走り出した。

4

午前七時、チャレンジャー600機上。

柊真は眼下に見えていた大陸が途切れ、カリブ海上空になったことを確認すると、朝日が眩(まぶ)しいためウィンドウのシェードを下ろした。

隣りの席のワットは毛布を掛けて眠っている。もっとも、右手にグロックを握っていた。夏樹はともかく、飛行機のオーナーが信用できないからである。

というのも、二人の中国系の男が柊真らを監視するように後部の座席に座っているのだ。オーナーの部下らしいが、紹介されていない。オーナーも同乗しているというが、奥にある彼の執務室から出てくる気配はなかった。また、夏樹も彼と打ち合わせがあると言って、三十分ほど前に執務室に入ってから出てこないのだ。

柊真とワットはチャレンジャー600がボゴタのエルドラド国際空港を離陸し、水平飛行に移ってから初老の男に変装している夏樹と話をしている。

飛行機のオーナーは中国人の実業家黄文貴(おうぶんき)で、夏樹は彼のビジネスパートナーで中国人の鍾徳華に扮しているらしい。今日一日ジェット機を借りることにしたそうだ。黄文貴は、仕事上で鍾徳華に大きな借りがあるらしい。仕事で米国に滞在していた黄文貴を、急遽呼び出したそうだ。話は聞いたものの、今一つ信じられない。また、柊真とワットは、夏樹が雇っている警護員ということになっている。

「あいつの話を信じるのか？」

眠っていると思ったワットが、小声で尋ねてきた。しかもフランス語である。後部座席の二人の中国人に会話の内容を聞かれたくないのだろう。男たちは部下というより、どちらかというとオーナーの警護をしている雰囲気だ。二人とも武道の心得があるらしく、隙を見せようとしない。当然、ワットも気付いており、警戒しているのだ。

「裏はあるかもしれませんが、信じるほかないんじゃないですか。もう、飛行機に乗っちゃっているし」

柊真も囁くようにフランス語で答えた。

「まあな。いまのところ、浩志を追うにはこれしか手段がないからな」

ワットは寝た振りをしながら言った。

浩志が乗せられているチャレンジャー600は、グアイマラル空港を離陸してから北に向かっており、四百キロ先のカリブ海上空を飛んでいるそうだ。

執務室のドアが開く音がした。柊真が振り返ると、夏樹が扮した鍾徳華である。特殊メイクで年齢は六十代後半という感じになっており、ほとんど別人だ。

「二人とも一緒に来てくれないか。正式にオーナーを紹介したいんだ」

夏樹は柊真の肩を軽く叩いて、英語で告げた。

「もう、着いたのか？」

ワットはわざとらしく起きると、さりげなくグロックをズボンに差し込んだ。

夏樹は通路を戻り、執務室のドアを開けて先に入るように会釈してみせた。

柊真は先に歩き、執務室のドア口で立ち止まった。

「まあ、ソファーに掛けてくれ」

七十代半ばの男が、部屋の奥から英語で声を掛けてきた。

柊真とワットが黄文貴と思われる男に黙礼してソファーに座ると、ドアを閉めた夏樹はドア口に立って後ろに手を組んだ。柊真もワットも標準的な体格でないためスペースが足りないということもあるが、夏樹は二人と立場が異なるからだろう。

「影山夏樹からは、私が黄文貴というビジネスマンだと聞かされていると思う。だが、それは仮初の姿だ。現地に着く前に互いの素性を知っておいた方がいいだろう。もっとも、私は職業柄、君らのことはよく知っている。そう言えば、君の本名は明石だが、夏樹と同じ影山と名乗っていたね」

男は柊真の顔を見て笑うと、執務机の椅子に座った。夏樹をフルネームで言ったのは、柊真と区別するためだろうが、呼び捨てにするということは親しい間柄のようだ。

「えっ、どういうことですか？」

柊真は眉を吊り上げると、思わずドアを見た。壁で仕切られているとはいえ、部屋のすぐ傍の席に黄文貴の二人の部下がいるからだ。

「大声を出さなければ、部下には聞こえない。影山夏樹は私に気遣って私の身分を隠していたようだが、今後のことも考え、君たちに正体を明かすことにしたのだ。私の名は梁羽、人民解放軍、中央軍事委員会連合参謀部に所属している」

梁羽は、今度はフランス語で言った。部下に話を聞かれたくないためだろう。

「連合参謀部？　馬鹿な！」

眉間に皺を寄せたワットが、声を上げた。米国でも情報機関の人間は、自ら名乗ることはないからだろう。

「本来なら敵味方だと言いたいのだろう。私の素性を知っているのは、中国でも党と連合参謀部の一部の幹部に過ぎない。身分を明かすのは、よほどの覚悟だと悟ってくれ。もっとも、君たちの長年の活動を知っているし、性格も把握しているつもりだ。信頼に値する人間だと私は判断したのだよ」

梁羽は柊真とワットの顔を交互に見て、頷いてみせた。

「中国の情報機関の幹部なら、我々の私生活から任務までお見通しということか」

ワットは頭を叩いて苦笑した。

「だからこそ、君たちに声を掛けたのだ」

梁羽は力強く言った。

「尋常でないことは理解できます。それでは、あなたのような中国情報機関の要人が、なぜ協力してくれるのですか？」

柊真は丁寧に尋ねた。梁羽の醸し出す威厳に圧倒されているのだ。

「米中間の紛争を止めるためだ」

梁羽はさらに声を潜めた。

「米中間の紛争って、貿易戦争のことですか？」

柊真は首を捻るとワットの顔を見た。米国のトランプ大統領が、中国に仕掛けた貿易戦争は収まるどころか激しさを増している。

「貿易戦争なんて、政治的な争いで経済的な損得が絡むだけだ。人の生死に関わることではないし、『戦争』と言っても言葉の綾に過ぎない。少なくとも、我々が関知することではないのだ。米国は――もっともここで言う米国とはホワイトハウスのことではない。クロノスのことだ。組織の全容はまだ摑んでいないが、本部は米国にあるらしい。そういう意味では、クロノスは米国そのものと、私は考えている。そのクロノスが、生物兵器の開発をしていることは知っているな？」

梁羽は、腕組みをして言った。

「少なくとも、エボラウィルスの開発はかなり進んでいるようですね」

柊真はエボラウィルスに感染した経験があるため、大きく頷いた。

「エボラウィルスは生物兵器として実用段階に達したが、彼らは、その他にも炭素菌やコロナウィルスなどさまざまな病原体の研究をしているらしい。しかも、クロノスの狙いは、中国らしいのだ。というのも、これまで、クロノスが開発した新型エボラウィルスのパンデミックカプセルをインプラントされた人間が、中国に潜伏しているという情報を得ている」

梁羽は、渋い表情で言った。

「中国は、クロノスと米国を同一視し、米国が細菌戦争を仕掛けると考えているのか？」

険しい表情で聞いていたワットが口を開いた。

「その通りだ。だからこそ、中央統戦部が、米国に後れをとるまいと、暗躍しているのだ。彼らは病原体を手に入れては、武漢病毒研究所に送って研究させている。現段階では米中細菌戦争の準備段階という状態なのだ。第三次世界大戦は、核兵器ではなく、地球環境に影響を及ぼさない生物兵器が使われることになると、私は予測している。だから、私は自ら動いてコロンビアまでやって来たのだ」

梁羽は沈鬱な表情になった。

「知っての通り、中央統戦部は、共産党中央委員会直属の組織です。彼らの活動を妨害することは、今の中国では反逆罪に問われます。老師はご自分の進退を懸けて、中国の陰謀を防ぐつもりですが、部下を使うことができないのです。だからこそ、ミスター・藤堂、それにお二人の力が必要となるのです。それには、ミスター・藤堂を救い出し、敵の計画を阻止する必要があるのです」

それまで沈黙していた夏樹が、口を開いた。

「正しいことをしようとしても、政府の意向を無視すれば、反逆罪になる。いかにも中国らしい話だ」

ワットは鼻を鳴らした。

「是非とも、手伝わせてください」

柊真は真剣な眼差しを梁羽に向けた。

5

午前八時、エクアドル首都キト。

セスナ社の単発プロペラ機である〝セスナ２０６Ｈ〟が、キト北東の近郊にあるマリスカル・スクレ国際空港の滑走路に降り立った。南北に四千二百メートルが一本という、首都にある空港としては、少々寂しい空港である。

〝セスナ２０６Ｈ〟は着陸すると滑走路から誘導路に進入し、南端にある小さな建物の前のエプロンに入った。国内線の小型機専用の空港ビルで、プライベートジェットの発着にも使われる。

エプロンの南端で〝セスナ２０６Ｈ〟が停止すると、中国の奇瑞汽車のＳＵＶ・チェリー・ティゴ4と長城汽車のピックアップトラック、グレートウォール・ウィングルが横付けされた。

二台の車から四人の男たちが現れ、セスナ２０６Ｈの横に立つ。中国系の男たちで、銃を隠し持っているのか懐に手を突っ込んでいる。三十メートルほど離れた場所に国内線の小型旅客機が停まっており、乗客の姿はないが、数人の整備士がいるため警戒しているのだろう。

防護服に手袋とマスクを付けた浩志は、手錠をかけられてセスナ機の三列目の席に座っていた。

グアイマラル空港でチャレンジャー600に乗せられると思っていたが、飛行機に乗ったのは中国人の羅とその部下であった。浩志はチャレンジャー600が離陸した後、陳威と一緒に空港にやってきたパイロットが操縦する〝セスナ206H〟に乗せられたのだ。

羅らが柊真とワットの尾行を知っていたわけではなく、サラがアジトから脱出したためにコロンビアを引き払うことになったらしい。だが、そのために柊真とワットはチャレンジャー600を今も追っているはずだ。

「降りるんだ」

一列目の席にマスクとゴーグルを掛けて座っていた陳威は、キャビンのドアを開けて降りた。

浩志は無言で飛行機から出ると、取り囲んだ男たちに頭から毛布を被せられた。防護服姿を他人に見られたくないのだろう。

「荷台に乗れ！」

後ろに回った男が銃を背中に突き付けた。

「その前に水を飲ませてくれ。俺が死んだら困るのはおまえたちだ」

浩志は両手を上げて手錠を目の前の男に見せ、抵抗できないことをアピールした。

「荷台に乗ったら飲ませてやる」

男は他の男に目配せして水の入ったペットボトルを車に取りに行かせた。年齢は四十代前半か、他の男たちよりも年配に見える。

年配の男に促されて、背後にいる若い男が浩志の背中を銃口で押した。

「俺に触るな！」

浩志は振り返って背後の男を睨みつけた。別に腹を立てたわけではない。多少脅しておかなければ、万国共通でこういう連中は図に乗って暴力をエスカレートさせるだろう。

「わっ、分かった。頼むから荷台に乗ってくれ」

背後の男は肩をビクッとさせると、銃口を下げた。

浩志はグレートウォール・ウィングルの荷台に乗り込むと、自分で毛布を頭から掛けて後ろ向きに座った。男たちに気を遣っているわけではない。日差しが眩しいからだ。

足元にペットボトルが投げ込まれた。

ペットボトルを左手で摑み、キャップを取ると、ゆっくりと水を飲んだ。喉は渇いていたが、まだ我慢できた。だが、脱出に備えて体力を温存させたい。それに、水を飲むことでリラックスしたかった。

二人の男が、浩志の足首にロープを巻きつけて縛り、荷台のフレームに結びつけた。

浩志は気にすることもなく、水を飲みながら周囲を見渡した。四千メートル級の滑走路が一本、空港の周囲に高い建物はなく、樹木に囲まれている。それに赤道直下にかかわらず、気温はさほど高くない。

「キトか」

浩志はぼそりと言うと、舌打ちをした。エクアドルのマリスカル・スクレ国際空港に違いない。移動時間、方角、そして、地形を見て判断したのだ。多少風景は変わったが、五年前、この空港が開港した年に来たことがある。

まだGPS発信機内蔵のパスポートを携帯しているが、この国は携帯の基地局が少ないため、GPS信号を基地局が拾うかは疑問である。また、仲間がチャレンジャー600を追ったとしたら、浩志の場所を新たに確認しても駆けつけるまで時間は掛かるだろう。仲間の協力は一切ないと考え、単独で脱出せざるを得ないということである。

男たちが乗り込んだ二台の車が走り出した。浩志の乗ったグレートウォール・ウィングルは、チェリー・ティゴ4の後方を走る。

気温は二十度ほどか。湿度は五十パーセントほどだろう。ドライブにはちょうどいい天気である。

車は空港を出ると、ルタ・コリャス通りに出て、北に進んだ。

北西の風が吹いている。太平洋から流れ込んでくる風だ。

「いい天気だ」

浩志は、後部座席のフレームにもたれて青空を見上げた。

エクアドル

1

二〇〇七年一月に就任した反米左派のコレア前エクアドル大統領は米国との縁を切り、世界銀行やIMF（国際通貨基金）にも反発し、対外債務の支払いを拒絶した。

その結果、米国やIMFとの関係は悪化して外貨を獲得することが困難となり、経済は悪化する。

失政により経済を疲弊させた南米の小国に、中国は手を差し伸べた。コレア大統領はダムなどのインフラ建設に中国から膨大な資金を借入し、債務を石油で返す契約を結んだ。目先の欲に駆られたのか、多額の賄賂を貰ったのか、どちらかだろう。

完成直後からひび割れして崩壊が心配されるダムなどを建設した結果、百億ドルとも言われる巨額の債務ができた。中国の手抜き工事は、アフリカ諸国でも建造直後に崩落する橋など、以前から問題視されている。

しかも中国は、国際市場で決定されるべき原油価格を、一バレルあたり四ドルも安く設定したため、原油をいくら売ってもエクアドルには一切の利益が残らない構造となった。膨れ上がる債務返済のため、未来永劫エクアドルはただ同然の石油を中国に輸出し、国民は貧しくなる一方という、中国の〝一帯一路〟と称する〝債務の罠〟に嵌ったのだ。

エクアドル政府は石油の増産を図るべく、アマゾンの原生林を開発し、その採掘権すら中国に売り渡している。結果、石油掘削のために森林を伐採し、流出した原油で川が汚染され、環境は悪化の一途を辿っているのだ。当然のことながら動植物は減り、生活の糧を失ったアマゾンの原住民は路頭に迷う。また、石油採掘のためにやってきた中国人相手に売春する女性もいるという。

午前八時三十分、エクアドル、キト郊外。

浩志を乗せたピックアップは、マリスカル・スクレ国際空港からルタ・コリャス通りを北に進んだ。十五キロ先の山間にある国道28Bのジャンクションで、キト市内ではなく、反対方向の東に向かった。

六キロほど過ぎて国道28Bを外れ、瓦屋根の家やレストランが散見できるリベルタドール・シモン・ボリバル通りに入った。浩志の記憶が正しければ、キトの北東に位置するグアイリャバンバという田舎町である。

エクアドルは、およそ百年前に野口英世が黄熱病の研究のために上陸した国である。その功績を称え、グアイリャバンバには野口英世の名前を戴く学校や通りがあった。それで、記憶に残っていたのだ。

二台の車はグアイリャバンバのメイン通りから逸れて、狭い路地に右折した。建物はすぐなくなり、道の両脇は林のようになる。自然の雑木林かと思ったが、有刺鉄線の柵で囲まれており、樹木の葉は細長く、緑色の果実が鈴なりに実っている。よく見ればオリーブ畑のようだ。

車は百メートルほど進み、門の前で停まった。木枠に有刺鉄線が張ってあるバリケードが置いてあるのだ。チェリー・ティゴ4が警笛を鳴らすと、門の近くの小屋からタイプ97ライフルを首から下げた中国人らしき二人の男が出て来た。

バリケードは粗末ではあるが、検問所のゲートになっているらしい。男たちはチェリー・ティゴ4とグレートウォール・ウィングルの車内を覗き、最後に荷台に座る浩志をちらりと見ると、バリケードをどかして通るように腕を大きく振った。事前に拉致した浩志を連れて行くことは知らされていたらしい。

二台の車は門を抜け、オリーブ畑の中の舗装もされていない小道を進んだ。道は大きく右にカーブしており、五十メートルほど先にある白い真新しい建物の前で停まった。

建物は平屋で幅が二十メートル、奥行きは三十メートルほどある。増築工事がされているらしく、すぐ隣りに同じような建物の鉄骨の骨組みが出来ていた。中国が得意とするプレハブ工法なのだろう。クレーン車から、建物の外壁らしきパネルを吊り下げており、周囲に中国人労働者が大勢働いている。三十人前後はいるようだ。

また、少し離れた場所に大きなテントがいくつも張られている。おそらく労働者が使っているに違いない。

「まだ出来ていないのか！」

グレートウォール・ウィングルの助手席から降りた陳威が、怒鳴った。到着までには隣りの建物も完成している予定だったらしい。

「鹿晋！　いったい、どうなっているんだ！」

陳威は出迎えに現れた中年の男を呼びつけた。

「すみません。外壁の搬入が遅れていたんです。明日中には完成します」

鹿晋と呼ばれた男は、頭を何度も下げている。現場の責任者に違いない。

「この男を同じ実験棟で扱うのは、まずいんだ」

陳威は荷台の浩志を指差した。

「すみません。急なことだったので」

鹿晋は情けない顔で首を横に振る。

「仕方がない。こいつをA棟の実験室から一番離れた部屋に監禁しろ。私はホテルに行く」

陳威が助手席に戻ると、車は土煙を上げてUターンして走り去った。

「降りろ！」

浩志の足に巻かれたロープが外されると、鹿晋は怒鳴った。陳威に叱（しか）られた腹いせに違いない。

「俺にまで当たり散らすのか？」

荷台から降りながら、浩志は鼻先で笑った。

「おまえに腹を立てているのではない。無能な労働者たちに腹を立てているだけだ！」

鹿晋は両の拳（こぶし）を握りしめると、傍を通りかかった作業員の背中を押して転ばせた。相当腹を立てているようだ。

「わざわざ俺の宿泊施設を作っているのか？　それはありがたい」

浩志は嘲(あざけ)ると、一歩前に出た。

「私を挑発しても、何もいいことはないぞ」

鹿晋は頬(ほお)を痙攣(けいれん)させながらも肩を竦(すく)め、後退(あとずさ)りした。浩志と距離を取ろうとするのは、新型エボラウィルスの恐ろしさを知っているからだろう。

「俺が、今晩泊まれる部屋はあるんだろうな?」

浩志は完成している実験棟を見て尋ねた。

「おまえが知る必要はない」

鹿晋は若い男に顎(あご)で指示をした。

若い男は浩志にタイプ97ライフルの銃口を向けて怒鳴った。浩志の前を別の男が、先導するように歩き出した。

「さっさと歩け!」

仕方なく浩志は、前を歩く男に従ってA棟と呼ばれる白い建物に入る。入口は自動ドアになっており、入ってすぐ三畳ほどの空間がガラスドアで仕切られていた。タイプ97ライフルを構える男も入ると、入口近くの赤いボタンを押した。天井から猛烈な勢いで霧状のガスが吹き付けられる。クリーンルームになっているようだ。

霧が収まると、出入口と反対側にあるガラスドアが開く。

長い廊下がその先にあった。壁や天井はシンプルな構造だが密閉性が高く、病院を彷彿(ほうふつ)とさせる。

「この実験棟は、何日で作ったんだ？」

浩志は振り返って背後の男に尋ねた。

「三日だ。歩け」

男は不機嫌そうに答えると、タイプ97ライフルの銃口で浩志の胸を押した。平屋とはいえ、たった三日で立派な建物を建設したらしい。中国の建設技術もあるのだろうが、植民地化したエクアドルではなんでもできるのだろう。

「分かった」

浩志は周囲を窺(うかが)いながら、前の男に従い廊下を進む。廊下の右側は窓もない壁で、左側に部屋がある。窓がないのはこの建物がハザード用で、内部の病原体が外部に漏(も)れないようにするためだろう。また、出入口のクリーンルームに監視カメラはあったが、内部には設けられていない。窓もないため、出入口だけ監視すればいいと思っているのだろう。

数メートル先にタイプ97ライフルを肩から提げた防護服姿の男が、ドアの横に立っている。部屋の警備をしているようだ。ドアの横に室内を見るための小窓があった。

「うん？」

右眉（まゆ）を上げた浩志はわざと足をよろめかせ、左手にある小窓を覗いた。部屋の中央にあるベッドに、人工呼吸器で顔を覆われた男が横たわっている。ベッドの近くにはさまざまな医療器具が置かれており、集中治療室のようだ。陳威が実験室と言っていた部屋だろう。

「何をしているんだ！」

部屋の警備をしている防護服の男に、浩志は突き飛ばされた。

「立ちくらみがしたんだ。昨日から何も食っていないんだぞ」

浩志はわざと尻餅（しりもち）をついて廊下に座り込んだ。体力はまだ充分あるが、抵抗できないと思わせておく必要がある。

「後で何か食わせてやる。立て」

浩志の後ろを歩いていた男が、銃口を向けながら言った。

「それなら、ステーキを食わせろ」

浩志は緩慢（かんまん）な動作で立ち上がった。

2

午後十時二十分、市谷。

防衛省の北門近く、一階に洒落たカフェが入っている〝パーチェ加賀町〟というマンションが建っている。日本の傭兵代理店は、その地下二階にある。

代理店のスタッフである土屋友恵は自室で、六台のモニターに向かって仕事をしていた。いつもならヘッドホンをかけてヘビメタを聴きながら作業するのだが、今日はBGM無しでおとなしくパソコンデスクに向かっている。

浩志が自らの意思で拉致されたため、その行方を彼の仲間が追っていた。友恵はその後方支援をしているのだ。ヘビメタを聴くとリズム感がよくなり、プログラム作成がはかどる。だが、今は音楽を聴く気にもなれない。浩志のことが心配で堪らないのだ。

目の前のメインモニターには作業中のプログラムが表示されているが、ほとんど手をつけられずにいる。その上に設置してあるサブモニターが気になるからだ。ワットから浩志がボゴタのグアイマラル空港でチャレンジャー600に乗せられたと聞いて、米国の軍事衛星をハッキングし、その飛行機をロックオンして追跡している。ワットに依頼されたわけではなく、勝手に設定したのだ。

米国やロシアなど先進国の軍事衛星は世界中をカバーしているが、型の古い衛星はあまり使われていない。そこで友恵は、各国の軍事衛星のコントロールシステムをハッキングし、使用頻度の低い衛星を使用するのだ。また、コントロールシステムに長時間接続することができないため、三十分おきに使用する衛星を替えている。

柊真がチャレンジャー600に取り付けたGPSトラッカーの信号は、左のサブモニターに表示されるのだが、今は信号を捉えられずにいた。飛行機は高高度を飛ぶため、地上で電波を受信できない。実際に、今現在は海上を飛行しており、電波を拾うことは不可能であった。

GPSトラッカー用のモニターには信号を最後に感知したボゴタの地図が表示されているが、三時間前から動きはない。

軍事衛星を使うことは、友恵にとってもリスクが大きい。逆探知された場合は、警報が鳴り、自動的に接続が切れるようにプログラミングしてある。そのため、GPSトラッカーは、不測の事態に備えての保険と言える。

ドアがノックされた。

「どうぞ」

友恵は欠伸(あくび)をしながら応えた。昨日からほとんど眠っていないのだ。

ドアが開き、岩渕麻衣(いわぶちまい)が後ろ向きに入って来た。

「お疲れ様」

麻衣は、向き直るとソファーの前のガラステーブルにコーヒーカップとケーキ皿を載せたトレーを置いた。

「まあ、オペラじゃない。すてき！」

振り返った友恵が、目敏(めざと)くチョコレートケーキを見て椅子(いす)から飛び上がった。

「疲れているから糖分が必要じゃないかと思ったんです。ダイエットの敵ですけど、緊急事態ですから、大丈夫ですよね」

麻衣は上目遣(うわめづか)いで言うと、ソファーに座った。

「日テレ通りのカフェで買って来たんでしょう。食べましょう」

友恵は自分の椅子を引き寄せて座ると、トレーからフォークとケーキ皿を手にした。

「閉店間際の最後の二個をゲットしてきました。チャレンジャー６００はまだ飛行中ですか？」

麻衣もケーキ皿とコーヒーカップを手元に置き、尋ねた。ケーキの差し入れを兼ねて様子を窺いに来たのだろう。

「メキシコ湾を北上しているわ」

友恵は振り返ってモニターで確認した。

「まだ、着陸しそうにありませんね。私がモニターを監視しますので、少し、お休みください」

麻衣は友恵を心配そうに見つめた。友恵はリベンジャーズの後方支援で、何日も徹夜することがあるからだ。

「軍事衛星も、三十分おきに自動で切り替わるようにプログラミングしておいたから、お言葉に甘えようかな。衛星が切り替わると、たまにターゲットを見失っていることがあるからよろしく。そうだ。念のために着陸に備えて、追跡アプリも表示させておくわね」

友恵は椅子を回転させてパソコンデスクに近付き、キーボードを叩(たた)いて追跡アプリのコントローラーを立ち上げた。

「藤堂さんの信号は、ナンバー01と……」

友恵はキーボードのテンキーで、01と入力した。

海外に出ている傭兵は、浩志とワットの他に、爆弾の専門家である〝爆弾グマ〟こと浅岡辰也、狙撃のプロフェッショナル〝針の穴〟こと宮坂大伍(みやさかだいご)、オペレーターのプロフェッショナル〝ヘリボーイ〟こと田中俊信(たなかとしのぶ)、追跡潜入のプロフェッショナル〝トレーサーマン〟こと加藤豪二、米軍最強の特殊部隊デルタフォースの元隊員だったマリアノ・ウイリアムス、それに海上自衛隊の特殊部隊である特別警備隊の元隊員だった村瀬政人と鮫沼雅雄の七人である。

瀬川里見は訓練中の事故で右足を骨折し、入院している。仲間に同行できないことを死ぬほど悔しがっていた。

彼らは傭兵代理店が支給したGPS発信機内蔵の偽造パスポートを持っており、それぞれのGPS信号は、番号で識別されていた。

「えっ！　何これ！　どういうこと？」

メインモニターの右隣りにあるサブモニターを見た友恵が、甲高い声を発した。アプリの世界地図上で時計マークが表示されたが、南米に突然赤い点が表示されたのだ。

「どうしたんですか？」

麻衣も立ち上がり、サブモニターを覗き込んだ。

「藤堂さんの信号を感知したの。しかもエクアドルのキトよ」

友恵は首を捻りながらも、モニターに映し出された地図を拡大した。

「藤堂さんは、飛行機じゃなくて、地上にいるということですか？」

麻衣は地図上で点滅する赤い点を見て両眼を見開いた。

「分からない。でも、すぐにワットさんに連絡しなきゃ」

友恵はスマートフォンを出し、ワットに電話を掛けた。だが、ワットのスマートフォンは「現在電波が届かない場所にある」というメッセージが流れるだけである。一緒に行動している柊真に電話を掛けても同じであった。

「浅岡さんに電話してみます」

麻衣は機転を利かせて自分のスマートフォンで辰也に電話を掛けた。その間、友恵は浩志のGPS信号が発せられている場所を映像に映し出すべく、新たに軍事衛星をハッキングしている。

「浅岡さんですか。今、友恵さんと一緒です。スピーカーモードにします」

麻衣はスマートフォンをスピーカーモードし、ガラステーブルの上に載せた。

——どうした？ 何か進展はあったのか？

辰也の声である。仲間とともにすぐ動きが取れるように、ワシントンのダレス国際空港で待機している。

「友恵です。なぜか、藤堂さんのGPS信号が、エクアドルで感知されました。どうしましょうか？」

麻衣に代わり、友恵が返事をした。

——ワットから、藤堂さんはチャレンジャー600に乗せられたと聞いているぞ。

「そうなんです。でも、GPS信号は間違いなく、エクアドルから発信されています」

——ワットに連絡は取ったのか？

「はい、一緒に行動している柊真さんにも電話を掛けましたが、二人とも繋がりません。二人とも衛星携帯を持っていないのです。チャレンジャー600を追って飛行機に乗っている可能性があります」

——分かった。俺たちで対処する。引き続き、情報を集めてくれ。

辰也から通話は切れた。

「私たちは何をしたらいいんでしょうか？」

麻衣は困惑した表情で首を傾げている。

「決まっているでしょう。辰也さんたちの航空券の手配よ」

友恵は早くもパソコンで航空券の予約サイトを立ち上げていた。

3

腕時計で時間を確かめた柊真は、ウィンドウのシェードを上げて眼下を見下ろした。

雲がほとんどないため、煌く紺碧の海が見える。時刻は午前九時三十分、飛行速度は時速八百キロと聞いているので、まもなくメキシコ湾上空に達するだろう。

ワットは隣りの席で眠っている。夏樹は二つ離れた前の席に座り、パソコンで何か仕事をしていた。諜報員というだけあって、常に何か情報を集めているのだろう。梁羽は執務室から出てくることはない。

彼の二人の部下は、柊真らに慣れたせいかリラックスした様子で雑誌を読んでいる。座席はファーストクラスほどではないが、一八三センチ、九十一キロの柊真が座っても余裕があるほどゆったりとしていた。しかも、全席一人席なので快適である。

機内には空調の音に混じり、時折、夏樹がパソコンのキーボードを叩く音が響く。

「うん？　待てよ」

柊真は席を立ち、夏樹の席まで進んだ。

「どうした？」

夏樹は柊真の気配に気付き、パソコンの画面を閉じると、顔を上げた。

「質問ですが、ひょっとしてインターネットをされていましたか？」

柊真は老け顔になっている夏樹を見て尋ねた。キーボードの音があまり聞こえないことを疑問に思ったのだ。少なくとも文章を作成しているわけではないはずだ。

「そうだが」

夏樹は首を傾げた。質問の意図が分からないからだろう。

「ひょっとして、スマートフォンの通話もできますか？」

離陸間際の飛行機に乗ったため、友恵に連絡していないことが気になっていたのだ。彼女がリベンジャーズの仲間からの情報を集積し、各自に連絡する役割を担っている。今頃、柊真とワットに連絡がつかないと焦っているはずだ。

「機内はＷｉ－Ｆｉも使えるし、スマートフォンも機内のネットワークに接続すれば、インマルサットの衛星経由で電話できる。大手の航空会社のサービスと同じだ。もっとも、通話ならイリジウムを使うけどね」

夏樹はポケットから衛星携帯電話機を出してみせた。

「すみません。方法を教えてもらえますか？　電話を掛けたいのです」

頭を下げた柊真は、自分のスマートフォンを出した。

「貸してくれ」

夏樹は柊真のスマートフォンを受け取ると、手際良く通信の設定をした。機内Ｗｉ－Ｆｉのパスワードは頭に入っているようだ。

「ありがとうございます」

柊真は自席には戻らず、コックピット寄りの最前列の席で友恵にインターネット通話をした。通話料金も気になるが、電話だと通話履歴が残るからだ。

——……柊真さん、連絡が取れなくて困っていたところです。

友恵は捲し立てるように話してきた。音声は衛星経由のため一テンポ遅れて聞こえるが、怒っているらしい。インマルサットは高高度の四基の静止衛星で全世界をカバーしているため、複数の低軌道の周回衛星を使うイリジウムよりもタイムラグが生じる。

「すみません。飛行機に飛び乗ったので、連絡できなかったんです」

柊真は振り返って二人の中国人を見て小声で答えた。

——……そんなことだと思っていたわ。藤堂さんのGPS信号をキャッチしたんだけど、なぜかエクアドルの首都キト近郊なの。

「どういうことですか？」

——……理由は分からないわ。少なくともGPS信号を発しているパスポートは、エクアドルにあるということ。距離と時間を考えれば、パスポートを身につけている藤堂さんがグアイマラル空港からチャレンジャー600が飛び去った後、プロペラ機でマリスカル・スクレ国際空港に移動したと考えれば矛盾はないわ。ダレス空港にいる辰也さんたちのエクアドルへの航空券の手配をしているところよ。

「待ってください。ワシントンからエクアドルは、確か直行便はなかったはずです。下手をすれば、十四時間以上掛かりますよ」

柊真は首を振った。今乗っているチャレンジャー600なら、旋回してエクアドルに向かえば、三時間前後で到着できるはずだ。

——……何かいいアイデアでもあるの？

「すみません。五分、時間をください」

柊真は通話を切った。

「何があったんだ？」

ワットがいつの間にか傍に来ており、囁（ささや）くような声で尋ねてきた。夏樹も首を傾げて見ている。

「藤堂さんのGPS信号がエクアドルのキト近郊で確認されました。追跡しているチャレンジャー600には乗っていない可能性が出てきたのです」

柊真は夏樹に聞こえるように彼の近くで答えた。

「それじゃ、あの飛行機は囮（おとり）なのか？」

ワットは腕組みをして渋い表情になった。

「君らは尾行を感知されるほど、間抜けなのか？」

夏樹は二人をジロリと見た。

「ライトは消して距離を取っていた。尾行を悟(さと)られたとは思わない」

ワットは舌打ちして答えた。

「だとすれば、チャレンジャー６００は囮ではなく、武装集団の移送用だろう。ボゴタからキトまでは七百五十キロ、小型プロペラ機で移動するには適している。藤堂ははじめからキトに運ばれる予定だった。どちらの飛行機も最初から用意されていたということだ」

夏樹は冷静に言った。

「何が言いたいんだ?」

ワットが苛立(いらだ)ちを見せながら尋ねた。

「藤堂の救出も大事だが、チャレンジャー６００に乗った連中の行き先を突き止めることも大事だ。米国に本拠地があると考えられるからだ」

夏樹は表情を変えることもなく、ワットと柊真を交互に見て答えた。特殊メイクのせいもあるのだろうが、冷静というより冷酷な表情である。

「リベンジャーズのメンバーが、ワシントンのダレス空港で待機しています。彼らはエクアドルに向かおうとしていますが、我々が向かった方が、遥かに早いはずです」

柊真が夏樹に挑みかかるような目で言った。

「一緒に来てくれ」

頷いた夏樹は立ち上がると通路を進み、梁羽の執務室のドアをノックした。

「入れ」

梁羽の声が響いた。

ドアを開けた夏樹に続いてワットと柊真も執務室に入る。柊真はドアを閉めると、執務机の椅子に腰掛けて書類に目を通していた梁羽に一礼した。

「何事かね？」

梁羽が顔を上げた。

「実は、ミスター・藤堂のＧＰＳ信号をエクアドルで確認したという情報が入りました」

夏樹がフランス語を使って改まった様子で答え、振り返って柊真を見た。

「本当かね？」

梁羽は首をぐるりと回し、腕組みをした。

「差し出がましいようですが、私から提案があります。よろしいでしょうか？」

柊真は執務机の前まで進んだ。

「言ってみたまえ」

梁羽が流暢な日本語で言った。

「なっ。……いますぐにでも旋回すれば、エクアドルまでは三時間前後で行けるはずです。追跡しているチャレンジャー600は、おそらく米国のどこかの都市に着陸すると思われます。現在リベンジャーズの精鋭がワシントンのダレス空港で待機しています。彼らの半数をそちらの捜査に当てたらどうでしょうか?」

日本語に驚いたものの柊真は、上官に進言するようにフランス語で言った。日本語で話していいと許可を得たわけではないからだ。

「私が君のような若造の言うことを、素直に聞くと思うかね」

ワシントンと聞いて右眉をぴくりとさせた梁羽は、鋭い目付きで柊真を見つめた。

「現状で最上の提案です。ミスター・藤堂がエクアドルに拉致されたとしたら、その場所には必ず何か敵にとって重要な施設、あるいは人物がいるはずです」

柊真は梁羽から視線を逸らすことなく後ろで手を組んで、姿勢を正した。

「君は根っからの軍人だな。それにかなりの武道家と見た。しかも頭もいい。藤堂君が見込んだだけのことはある」

鼻から息を漏らすように笑った梁羽は、壁に掛けてある内線電話の受話器をおもむろに取った。

「私だ。コースをエクアドルのマリスカル・スクレ国際空港に変更してくれ」

梁羽は中国語でパイロットに命じると、受話器を元に戻した。

「連中のチャレンジャー600が、ボルチモアのマーチン・ステート空港に着陸申請を出したという情報を入手している。リベンジャーズのメンバーが、ワシントン・ダレス空港で待機しているのなら、都合がいい。マーチン・ステート空港とは八十マイルほどの距離だからな。マリスカル・スクレ国際空港には、午後一時前に到着するだろう」

梁羽は低い声で笑った。

「ありがとうございます」

柊真は深々と頭を下げた。

4

午前九時五十分、ワシントン・ダレス国際空港。

コンコースAにあるスマッシュバーガーに、屈強な六人の男が二つのテーブル席に分かれて座って食事をしていた。辰也ら、リベンジャーズの仲間たちである。

丸めた生肉のボールを、鉄板にスマッシャー（焼きゴテ）で押し潰して焼き付けることでミートパテを作る、人気のバーガーショップである。家族連れやビジネスマンなど、空港だけに客は雑多であるが、彼らは明らかに浮いていた。

「キト行きを決めるぞ」

食事を終えた辰也がハンバーガーのチラシの裏に五本の縦線をボールペンで書き込み、その下に二個の星を描いた。縦線を繋ぐ横線を適当に入れるとチラシを半分に裂き、ボールペンと一緒に上半分の紙を左隣りに座っている宮坂に渡した。

エクアドルのキトに行き、ワットと柊真に合流する二人のメンバーを決めるあみだくじを作ったのだ。十分ほど前に浩志のGPS信号を確認したワットから連絡を貰っており、彼らは三時間半後にはキトに到着できるらしい。

また、米国在住のマリアノは、早朝にトランジットでコロンビアのボゴタに到着しており、午後二時ごろにキトに入る予定である。

あらかじめ外されている加藤と、くじに外れた残りの三人は、浩志を拉致した仲間が乗り込んだチャレンジャー600の行方を追うことになっていた。

だが、誰しも浩志の救出に駆けつけたいと思っているだけに、くじの「ハズレ」は文字通り、最重要の任務から外れたという認識が彼らにはあるのだ。

「自慢じゃないが、俺はくじ運がいいんだ」

宮坂は縦線の上に「宮」と記入し、あみだくじに横線を足して左横の田中に手渡す。

「俺は、くじ引きは自信がないが、今回は当てるぞ」

田中は右端の線の上に「田」と横線を書き入れ、隣りのテーブル席の加藤に回した。

「私は、パスですから」

加藤は悲しげな表情で村瀬にあみだくじを渡した。追跡と潜入のプロだけに、ワットの指示で追跡チームに抜擢（ばってき）され、渋々従っているのだ。

「加藤さん、すみません」

村瀬はあみだくじを受け取り「村」と記入すると、涼しい顔で横線を二本も書き入れた。

「おまえ、気合を入れ過ぎだぞ」

最後にちらしの紙を受け取った鮫沼は村瀬に文句を言いつつ、鮫ではなく「鯱（しゃち）」と書き入れ、横線を一本だけ足して紙を辰也に戻す。

「おまえ、自分の名前も書けないのか？」

辰也はあみだくじの字を見て苦笑した。

「鮫より鯱の方が強いでしょう。縁起担（えんぎかつ）ぎですよ」

鮫沼は、しゃくれた顎を右手で触りながら笑った。

「意気込みだけは買ってやる」

辰也は鼻先で笑うと、二枚になっていた紙を繋ぎ合わせた。

「発表は、加藤にやらせろ。おまえはイカサマをしかねない」

宮坂はあみだくじを取り上げて、加藤に渡した。

「まったく。勝手にしろ」

辰也は肩を竦めた。

「それじゃ、一番左から順番に発表しますよ。まずは、宮坂さんです」

加藤は辰也を横目で見て、あみだくじをボールペンの先で辿る。

「宮坂さん、はずれ」

加藤は嬉しそうに言った。

「本当かよ。くそっ！」

宮坂が頭を抱えた。

「次は、鮫沼さん。……おめでとうございます」

加藤は残念そうな顔になった。いつもは冷静な男だが、今回のくじ引きは感情剝き出しである。

「やった！」

鮫沼は飛び跳ねるように立ち上がって他の客から失笑を買い、慌てて腰を下ろした。

「おい、おい、残りは一人かよ」

辰也があみだくじを覗き見た。

「見ても当落は変わりませんから。次は、村瀬さん、残念でした」

加藤はあみだくじを手で隠し、辰也を睨みつけた。

「鮫沼、俺の分までがんばってこい」

村瀬は大袈裟に鮫沼と握手を交わした。

「次は、田中さんです」

加藤はあみだくじを辿ると両眼を見開き、辰也を意味ありげに見た。

「まさか、田中が当たったんじゃないだろうな！」

辰也は加藤からあみだくじを取り上げた。

「そのまさかでした。田中さん、おめでとうございます」

加藤はにやりとした。

「えっ！　本当、よかったあ」

田中は顔中皺だらけにして笑った。

「そんな、殺生な」

辰也は額に手をやり、首を左右に振った。

「追跡チームのリーダーは、辰也さんでしょう。すぐに出発しますよ」

加藤は早くも席を立っている。

追跡しているチャレンジャー600は、三時間ほどでボルチモアのマーチン・ステート空港に到着するらしい。ダレス空港からは車で一時間半ほどだが、余裕をもって行動したいのだ。加藤がバイクで先行し、残りの三人は武器などの装備をワシントンの傭兵代理店で揃(そろ)えるため、別行動することになっていた。

一方、最短時間で行けるキト行きの便は、午後一時五十四分発のため、急ぐ必要はなかった。場合によっては、現地で待機しているワットと柊真が単独で行動する場合もあり得るため、キト行きは最少人数になったのだ。

「よし、気持ちを切り替えるぞ！」

辰也は両手で頰を叩き、勢いよく立ち上がった。

5

エクアドル、グアイリャバンバ、午後六時四十分。

防護服姿の浩志は胡座(あぐら)をかき、眼を閉じてじっとしていた。

倉庫のような部屋に閉じ込められている。両手は手錠をかけられており、さらに左手を別の手錠で、床から天井まで垂直に伸びている配管に繋がれている。近くにバケツが置かれ、そこで排尿しろと言われた。配管を伝って立ち上がることもできるが、防護服のままでは小便もできない。

一時間ほど前まで隣接する実験棟の工事で煩(うるさ)かったが、日が暮れたせいか静かになった。あるいは外装工事は終わったのかもしれない。明日には浩志は隣りの棟へ移動させられ、研究のために実験動物のように扱われるのだろう。意識がある状態でいられるのも今のうちである。

両眼を開いた浩志は、右手にはめているニトリルラテックスのアウターグローブの指先を噛(か)んで剝がすと、さらにラテックスのインナーグローブも外し、グローブに挟み込んでおいた小型の折り畳みタクティカルナイフを取り出した。ボゴタの変電所に忍び込んだ柊真が、浩志のズボンのポケットに入れたものである。防護服に着替えさせられる際にポケットから出し、インナーグローブに挟み込んだのだ。

ナイフの刃先を鍵穴に入れ、あっという間に二つの手錠を外した。柊真が武器というには小ぶりなナイフを差し入れたのは、このためである。

「ふう」

首を回しながら息を吐き出した浩志は、立ち上がって背筋を伸ばした。背中の筋肉がめりめりと音を立てる。コンクリートの床に座り続けていたので、筋肉が固まったようだ。

両手と首を動かして筋肉を解しながら出入口のドアに近付き、耳を澄ませた。足音も聞こえないが、どこかに監視がいるはずだ。ドアは施錠されているが、IDカードの簡易な電子ロックである。

浩志はドア横のIDカードリーダー近くにある金属製パネルのボルトを、ナイフの刃先で緩めて外した。電子錠の制御盤が、壁に埋め込まれている。制御盤が部屋の内側にあるのは笑うしかないが、この部屋は監禁室ではなく、倉庫か何かに使う予定だからだろう。

さすがに電子ロックの解除ボタンはないが、配線を調べると、浩志はナイフの刃先で回路をショートさせてロックを解除させた。

ドアを開けて廊下を窺う。

「おっと」

慌ててドアを閉めた。タイプ97ライフルを肩に掛けた二人の防護服の男が、実験室の前に立っている。昼間の警備は一人だったが、夜は二人になるようだ。

浩志はドア横の壁を二度蹴ると、耳を澄ませた。何も聞こえてこない。今度はドアを蹴って再び外の様子を探る。シューズカバーが床と擦れる、独特の足音が聞こえてきた。防護服の男が、動いたのだ。

浩志はドアを拳で叩いた。

「うるさいぞ！」

「殴ってやる！」

廊下で二人の男が、騒いでいる。

ドアの前で足音が止まった。

浩志はドアをいきなり開けて防護服の二人の男の胸ぐらを同時に掴んで引き寄せ、右肘打ちを右の男の顎に決めた。よろめいた右の男を放すと、左腕で左の男の首を巻き込んで勢いよく捻って昏倒させ、右の男の側頭部に裏拳を叩き込んだ。男たちはあっけなく崩れ落ちた。

一人の男の足を掴み、例の配管のところまで引き摺った。配管に繋がれている手錠を男の左手に掛け、両手にも手錠を嵌める。

防護服を着ているため、男が目を覚まさない限り、誰もが眠っているのは浩志だと思うはずだ。しかも、新型エボラウィルスに感染していると思われているので、防護服を脱がせることもしないだろう。だが、それも明日朝までの話だ。

もう一人の男はドアの陰になるところに転がした。二人の男から銃を奪い、首から提げているＩＤカードも奪った。これでいちいち電子ロックを壊す必要はなくなる。

ドアを開けて外の様子を窺うと、タイプ97ライフルを両手に提げて廊下に出た。

実験室の前に立ち、ドア横のカードリーダーにＩＤカードをかざし、ドアを開ける。内部から引き付けられるように中に入った。鼓膜に違和感を覚える。この部屋は内部の細菌が外部に漏(も)れないように気圧を低くしてある陰圧室のようだ。

部屋の中央のベッドに、頭に包帯を巻かれた男が人工呼吸器を付けて横たわっている。両腕は革のベルトでベッドに固定してあるが、深い眠りについているらしい。傍の心電図モニターを見る限り、血圧は低く脈もかなり弱いので、この男は一人で立ち上がることもできないだろう。また、心電図モニターの脇には除細動器が置いてある。集中治療室のような設備である。

銃をベッドに立て掛けると、男の呼吸器のマスクを剝ぎ取った。

「……！」

浩志は右眉を吊り上げた。

男は顔にまで包帯を巻かれているが、その隙間(すきま)から右頰に見覚えのある火傷(やけど)の痕(あと)が覗いていた。予想はしていたが、ギャラガーである。陳威はエボラウィルスを手に入れたと言っていたが、瀕死(ひんし)とはいえ、生きたギャラガーを手に入れたということなのだろう。

実験棟の出入口が開く音がした。

ギャラガーにマスクを取り付け、タイプ97ライフルを一丁だけ肩に掛けて実験室の前に立った。

洗浄を終えた鹿晋が、クリーンルームから現れた。

「変わりはないか？」

鹿晋は部下になりすました浩志に尋ねると中腰になり、ドア横のガラス窓から実験室の中を覗いた。心電図モニターをチェックしているようだ。防護服を着ていないので、中に入るつもりはないらしい。

「おまえ、一人か？」

浩志は鹿晋の後頭部にタイプ97ライフルの銃口を突きつけた。

「何！」

鹿晋は悲鳴を上げて背筋を伸ばした。

浩志はＩＤカードをカードリーダーにかざしてドアを開けると、鹿晋の背中を押して実験室に入った。

「なっ、何をする。私は防護服を着ていないんだぞ。感染してしまう！」

鹿晋は声を裏返らせて喚（わめ）いた。

「黙れ！　この男を生かしておく理由を聞こうか？」

浩志はライフルの銃口で背中を押し、中国語で尋ねた。

「言えるはずがないだろう。それにここから脱出できると思っているのか。昼間建設作業をしていた男たちは、全員兵士だぞ。夜の警備は、二十人体制だ。おまえは、絶対に逃げられない」

鹿晋は首を激しく振った。

「他人の心配をしている場合か？」

浩志は鹿晋の鳩尾(みぞおち)をタイプ97ライフルの無骨なストックで殴りつけ、前のめりになったところを顔面に膝(ひざ)蹴りを喰(く)らわせた。鈍い音がし、鹿晋の鼻からおびただしい血が流れる。鼻の骨が折れたらしい。

「たっ、ただで済むと思っているのか！」

「強情なやつだ。話さないのなら死ね」

浩志は左手で鹿晋の髪の毛を摑んで顔を上に向かせると、タクティカルナイフの刃先を頬に押し当てた。

「やっ、やめてくれ！」

鹿晋は悲鳴を上げた。

「静かにしろ！」

ナイフを引き、鹿晋の頬を浅く切った。

「わっ、分かった。乱暴しないでくれ。……この男を使って新型エボラウィルスを培養しているのだ。ウィルスは人工培養地では発育せず、増殖や二分裂増殖しない。この男の生存状況が、培養に適しているのだ」

額に汗を浮かべた鹿晋は、必死に答えた。専門的な言葉を知っていることからすると、この男も科学者なのかもしれない。実験動物でウィルスを培養すると聞いたことがある。それを瀕死のギャラガーで行っているらしい。実験動物となんら変わらないのだ。

「ギャラガーを使って病原体を製造し、俺の体を使って血清を作るつもりだったのか」

浩志は鼻先で笑った。二つの実験棟は、新型エボラウィルスの製造工場にするつもりだったらしい。

「生物兵器の開発は、核兵器と同じく敵対国に対する抑止力だ。我々は抵抗手段もなく、このまま米国に滅ぼされるわけにはいかないのだ」

鹿晋は眼を吊り上げて答えた。政治的な話になった途端、己の置かれた立場も忘れて態度を一変させた。中国ではよくある政府のプロパガンダに支配されたステレオタイプの幹部なのだろう。

「馬鹿馬鹿しい。米国が中国を生物兵器で攻撃しているとでも言うのか。被害妄想もいいところだ」

浩志は苦笑した。

「この男と同じ新型エボラウィルスのパンデミックカプセルをインプラントされた工作員が、中国国内に多数潜伏しているという情報を得ている。これを米国からの攻撃と我国は受け止めているのだ」

鹿晋は淡々と答えた。

「何を言っている。そいつらは、米国の工作員じゃない。こいつもそうだが、悪の結社、クロノスの一員なんだ。それを国対国の戦争に置き換えれば、第三次世界大戦が起きるぞ。核兵器もそうだが、生物兵器は世界中を巻き込むことになる。人類を滅亡させる気か！」

浩志は鹿晋の髪の毛を摑んで、その頭を揺さぶった。

「中国が米国に代わって世界を支配すれば、すべてうまくいく。だが、没落した米国は、中国が世界第一になるのを認めたくないのだ。米国が生物兵器での攻撃を本格化させるのなら、中国は相対する反撃を断固として行うだろう」

鹿晋は開き直ったのか、食って掛かってきた。

「ほざいていろ！」

浩志は、鹿晋の後頭部に肘打ちを落として気絶させた。

6

午後六時五十分、浩志は気絶した鹿晋を、実験室前のガラス窓から見えない位置に移動させた。

実験棟がある敷地内は、二十人体制で警備されているという。ギャラガーの始末もそうだが、脱出手段も考えなくてはならない。

出入口のドアが再び開く音がする。

舌打ちした浩志が実験室のドアを開けて覗くと、タイプ97ライフルを手にした二人の防護服の男がクリーンルームに入った。見張りの交代時間らしい。彼らを倒すのは容易(たやす)いことだが、銃は使えない。屋外の二十人もの兵士に気付かれるのは、避けたいところである。

浩志は振り返ってギャラガーを見ると、壁際に設置されている棚を調べ、注射器とアドレナリンのアンプルを二本取り出した。アンプルに注射針を差し込み、液体を注射器に満たすと、ギャラガーの腕に注射針を刺してアドレナリンを注入した。続けて同じ注射針で別のアンプルからアドレナリンを入れ、再びギャラガーに注射する。

アドレナリンはエネルギー性ホルモンのため適量なら気付け薬になるが、過剰摂取による血圧と心拍の急激な上昇にギャラガーは耐えられないはずだ。この男を事故死に見せかけてこの場を凌ぎ、敵に気付かれずに脱出するのが得策である。

心電図モニターの脈拍と血圧が同時に上がった。

「うっ！」

ギャラガーが呻き声を発する。

クリーンルームで洗浄を終えた二人の男が実験室に駆け寄ってきた。外にいるはずの見張りがいないせいだろう。

「どうした！」

出入口のドアを荒々しく開け、先に入ってきた男が浩志に尋ねた。

「男の様子がおかしいんだ」

浩志は咄嗟に中国語で答えた。

「どうしたというのだ。鹿晋先生はどこにいったんだ？」

体を動かすギャラガーを覗き込んだ男は、首を捻った。

浩志は右手にタクティカルナイフを隠し持ち、男の背後にさりげなく立った。

「貴様！　何者だ！　手を上げろ！」

後から入ってきた男が大声で叫び、タイプ97ライフルを浩志に向けた。

「落ち着け！」

浩志は目の前の男を羽交(はが)い締めにして盾にした。

「おまえが鹿晋先生を襲ったのか？」

銃を構えている男が、部屋の片隅に転がしてある鹿晋に気が付いたのだ。

「そいつは、自業自得だ」

鼻先で笑った浩志は、羽交い締めにしている男のタイプ97ライフルで銃を向けている男を銃撃すると、捕まえている男を締め落とした。

「だっ、誰か……」

振り返ると、ギャラガーが呻き声を上げながら両眼を見開いてこちらを見ている。

「俺が誰だか分かるか？」

浩志はゴーグルとマスクを外した。この男をアドレナリンで殺そうとしたのは間違いであった。京介の仇(かたき)を討つのなら、眉間(みけん)に銃弾をぶち込むべきである。

「クッ、クロノスを……止めろ……」

ギャラガーは荒い息を吐きながらも声を発したが、目の焦点は合っていない。浩志の顔も認識できないらしい。

「クロノスの何を止めろと言うのだ。いまさら、善人ぶるつもりか」

浩志はタイプ97ライフルを構えた。さきほどの銃声は屋外の男たちに聞かれたはずである。世間話をする暇はないのだ。

「人類……浄化計画だ……」

ギャラガーは喘ぐように言った。

「なんだと！」

浩志はギャラガーの肩を摑んだ。

「人類浄化計画とは、いったい何なんだ！」

耳障りな警報音が響いてきた。

銃声を聞きつけて警戒態勢に入ったに違いない。だが、今なら外の連中の仲間の振りをして逃げることができるはずだ。

「答えろ！」

浩志はギャラガーの肩を揺さぶった。

「うっ、うっ……」

ギャラガーが、痙攣（けいれん）している。注射したアドレナリンのせいで、脈拍と血圧が上がり過ぎているのだ。

浩志はギャラガーの眉間にタイプ97ライフルの銃口を突きつけたまま悩んだ。この男は京介の仇だが、有益な情報を持っている。今殺せば、クロノスの手掛かりを失うことになるだろう。

心電図モニターの心拍の波形が停止した。

「何っ！」

浩志は銃を肩に掛けると、心電図モニター脇に置いてある除細動器の電源を入れ、適当に出力レベルを三分の一にセットした。仕事柄、緊急医療の現場には何度も立ち会っているため、見様見真似（みようみまね）である。

左右のパッドをギャラガーの胸に押し当ててスイッチを入れた。ドンという電気的衝撃はあったが、ギャラガーの心拍は停止したままだ。

出力メモリを上げると、再びパッドを胸に押し当ててスイッチを入れる。心電図モニターに変化はない。

「俺が殺す前に死ぬな！」

叫んだ浩志は、再びパッドのスイッチを入れた。

ギャラガーは衝撃とともに体をのけぞらせた。

心電図モニターの心拍が回復する。

「面倒かけやがって」

大きく息を吐き出した浩志は、パッドを除細動器に戻した。

「今のは、銃声だぞ」

暗視双眼鏡を覗いていたワットが、傍のマリアノと顔を見合わせた。

グアイリャバンバにあるオリーブ畑を囲む有刺鉄線の柵の近くに二人はいる。

ワットと柊真は梁羽が提供しているチャレンジャー600で、キトのマリスカル・スクレ国際空港に午後一時四十分に到着していた。

空港で先に到着していたマリアノと合流している。三人はマリアノが用意していたレンタカーを使って浩志のパスポートに内蔵されたGPS発信機の信号を追い、キト郊外にある田舎町グアイリャバンバの外れにあるオリーブ畑まで来たのだ。

夏樹と梁羽はマリアノがいるため、別行動を取っていた。梁羽の部下は空港で待機させ、二人だけで動いている。ワットらはフェンスに囲まれた畑の入口に近い南側、夏樹らは北側から監視活動をしていた。

――こちらバルムンク。ピッカリ、応答願います。

少し離れた場所にいる柊真から無線連絡が入った。

「ピッカリだ」

――銃声が聞こえたので、偵察に入ります。

彼は二時間前にも敷地内に潜入している。だが、敷地奥の北側に二つの白い建物があることと、右奥にある建物が建設中で、大勢の作業員がいることを確認できただけだった。敷地の北側から見張っている夏樹からも、同じ報告を受けている。いまのところ、浩志の姿を確認できていないため、単純な監視活動をしているに過ぎないのだ。

強制的に調べるには情報不足であり、武器も不足している。ワットと柊真はグロック17Cを持っているが、マリアノは何も持っていない。エクアドルは小国ということもあるが、傭兵代理店がないのだ。

「了解。気を付けろ」

ワットはすぐに許可した。柊真の俊敏性は並外れており、潜入のプロである加藤がいないため、柊真が頼りであった。

敷地内から耳障りな警報音が鳴り響く。

「こちらピッカリ、バルムンク応答せよ」

警報は十秒ほどで止んだが、ワットは柊真が気になり、無線で呼び出した。

——こちらバルムンク。警報は私とは関係ありません。敷地内はタイプ97ライフルを手にした男たちが大勢います。何かあったのかもしれませんね。例の白い建物に近付いてみます。

柊真の声は落ち着いている。問題ないようだ。

「頼んだ」

ワットは簡単に答えた。柊真を心配することはなかったのだ。彼は傭兵として超がつく一流であることを忘れていた。

——こちらバルムンク。白い建物から防護服を着た負傷者が出てきました。肩を撃たれているようです。仲間に付き添われて建物から離れていきます。二十人近い男たちが、建物を包囲しました。

「負傷者を捕まえるんだ。いつまでたっても情報がないんじゃ困るからな」

ワットは苛立った声で柊真に命じた。もし、浩志が負傷しているようなら、突入するのだが、何も状況が摑めないのだ。

柊真はオリーブの木が作り出す暗闇に紛れながら、テントが見える場所まで近寄った。

防護服の負傷者が仲間に付き添われて、一番端のテントまで来た。おそらくテントの中で手当てするのだろう。周囲に人影はないが、他のテントの中にまだ仲間がいるかもしれないので襲撃するのは今ではない。彼らがどこかのテントに消えたら、そこを襲えばいいのだ。

突然、防護服の男が仲間の腕を振り解くように離れると、強烈な手刀を仲間の首筋に命中させ、体勢を崩した男の鳩尾と顔面に続けて膝蹴りを食らわせた。あっという間に昏倒させた相手を、防護服の男はテントの中に転がした。

両眼を見開いた柊真だが、にやりとした。

「藤堂さん。こっちです」

暗闇から柊真は声を掛けた。

「やはり、おまえか」

浩志はゴーグルとマスクを投げ捨てた。

「無事で何よりです。ワットさんとマリアノさんのところに案内します」

「ちょっと、待ってくれ。一応、建物から出る直前にクリーンルームで洗浄したが、念のためにここで防護服を脱ぐ」

浩志は二重の手袋と防護服、それに靴カバーをその場で脱ぎ捨てた。

「体調は、大丈夫ですか？」

「腹が減っているだけだ」

頷いた浩志は親指を立てた。

生きた屍(しかばね)

1

グアイリャバンバ、午後十一時二十分。

実験棟から脱出した浩志は、柊真とともにオリーブ畑の片隅(かたすみ)に身を潜(ひそ)めている。敷地内に夜間灯もないため、二人は暗闇(くらやみ)にどっぷりと浸(つ)かっていた。実験棟から東に百五十メートルほど離れており、近くには中国人たちが宿営している八つのテントがあるが、ほとんどの男たちは実験棟の警備にあたっているため、今はひっそりとしていた。

また、テントがあるエリアから三十メートルほど離れた場所から、煙が上がっている。浩志が実験室に無理やり連れ込んだ鹿晋が、新型エボラウィルスに感染したとされ、仲間に殺されて穴の中で燃やされたのだ。彼らはウィルスの研究施設を警備しているに過ぎず、科学的知識はないらしい。感染の疑いがある者は、殺して焼却処分する以外、選択の余地はないのだろう。

ワットとマリアノは、敷地の南側を通る路地に車を停めて待機している。夏樹と梁羽も敷地の北側にいたらしいが、浩志が脱出したことで顔を合わせることもなく立ち去ったようだ。ボルチモアのマーチン・ステート空港に着陸したチャレンジャー600に乗っていた男たちを追跡するためである。

ワットは夏樹を通じて梁羽の伝言を受け取っており、浩志によろしくというだけでなく、ギャラガーの殺害と実験棟の責任者を拉致するように頼まれたそうだ。おそらく中央統一戦線工作部の謀略を告発するための生き証人にするのだろう。

浩志はボゴタの建設現場跡地で防護服が破損したため、再び新型エボラウィルスに感染した可能性がある。サラが浩志に注射した血清は睡眠薬とすり替えられていたので、浩志がウィルス感染していないことを確認するまで、仲間とはしばらく距離を取る必要があった。

浩志は脱出後に、柊真のスマートフォンを借りて誠治に連絡を取った。新型エボラウィルスの自覚症状はないが、キャリアだった場合、活動ができないからである。

誠治はＣＤＣのドナヒューとサラを連れて血清を持参することになっていた。エクアドル政府に感知されることなく、密かに浩志の感染に対処できるように、現地のＣＩＡ職員の手を借りて隔離施設の準備をしているらしい。

一方、マーチン・ステート空港に待機していた辰也と宮坂と加藤、それに村瀬の四人は、チャレンジャー６００を降りた十二人の中国人を追跡していた。チームを指揮している辰也の報告は、ワットを介して夏樹に知らせている。

夏樹と梁羽は、現地に到着次第リベンジャーズの仲間とは別行動を取ることになる。というのも夏樹は梁羽をワットと柊真に紹介したが、他の仲間にまで教えるのは梁羽にとってリスクが大き過ぎると考えているようだ。

「気分はよくなりましたか？」

暗視双眼鏡を覗いていた柊真が、尋ねてきた。

「上々だ」

浩志は近くのオリーブの木の根元にもたれ掛かって座っている。柊真から渡された非常食代わりのチョコレートバーを食べ、ミネラルウォーターも飲んだ。空腹であることに変わりはないが、血糖値は上がった。いまのところ、何の自覚症状もないが、ウィルスを持っている可能性は否定できない。柊真が気にしているのは、そのことだろう。その点、彼には免疫があるため、一緒にいても問題ないはずだ。

浩志が脱出したことで、実験棟は一時騒然としていたが、陳威が駆けつけてからは平静さを取り戻している。おそらく、浩志が心肺蘇生（しんぱいそせい）したギャラガーの状態が、落ち着いたのだろう。彼らにとっては浩志を利用して薬となる血清を作ることよりも、兵器としての病原体の確保の方が大事だということだ。

「援軍が到着したようだ」

敷地の外を窺っていた浩志は、ヘッドライトを点灯させずに走ってきた車に気付いた。空港までマリアノが、田中と鮫沼を迎えに行っていたのだ。

——こちら、ピッカリ。リベンジャー応答せよ。

さっそくワットから無線連絡が入った。無線機は柊真から予備を渡されていた。

「リベンジャーだ。到着したのか？」

報告を聞く前に尋ねた。

——予定通り、ヘリボーイとシャークマンの登場だ。二人の武器はどうする？

ワットが陽気に答えた。鮫沼はサメ雄（お）という日本語のコードネームが付けられているが、ワットからはシャークマンと呼ばれている。

「バルムンクが調達して合流する。連絡を待ってくれ」

メンバーが揃（そろ）ったらギャラガーを尋問するため、実験棟を襲撃するつもりである。

「はじめますか?」

柊真は暗視双眼鏡をタクティカルバッグに仕舞った。

「とりあえず、テントの連中を密かに倒し、武器を奪う。六人いるはずだ。97ライフルを仲間全員の分まで揃えたい」

浩志は木に立てかけておいたタイプ97ライフルを手に取った。この実験棟があるエリアには、建設労働者として働く兵士が三十人いると鹿晋から聞いている。浩志は脱出する際に、実験棟で四人の兵士を倒している。そのうちの一人は右胸を撃っているので、生死も定かではないが、四人とも使い物にならないことに変わりはない。

実験棟の警備に二十人の男が立っていることは、柊真が確認しているので、テントで休憩している兵士は負傷者を除けば六人になる。浩志は銃をすでに手に入れているので、柊真も含めて残りの五人分のタイプ97ライフルが必要だ。また、柊真とワットはグロックを持っているが、火力不足だからである。

「それじゃ、近場からいきますか」

柊真はのんびりとした口調で言った。年齢は若いが、すでに古参の兵士のような落ち着きがある。

「最初は俺から行く。運動不足なんだ」

浩志は暗闇から抜け出し、一番端のテントにさりげなく入った。苦笑した柊真は、テントの脇で周囲を警戒する。

テントには男が一人だけ眠っており、浩志は男の鳩尾を蹴って海老反りになったところを倒れ込むように顎に肘打ちを落として気絶させた。男の枕元に置いてあったタイプ97ライフルと予備のマガジンを手にテントから出ると、外で見張りをしていた柊真に手を振って、元いた場所に行くように合図をした。

「隣りのテントを頼む」

木陰に奪ったタイプ97ライフルを置くと、柊真に指示した。

「了解です」

柊真は小さく頷き、さきほどのテントの隣りに侵入すると、三十秒ほどで二丁のライフルを手に外に出てきた。浩志が見張りに立つ暇もない。

二人はまた元の場所に戻り、戦利品を先ほどと同じ場所に隠すと、今度は浩志が別のテントに侵入する。この順番で八つのテントに侵入し、六人の男を倒した。四人の負傷者だけを収容したテントや誰もいない留守のテントも一つあった。そのため、途中でライフルは五丁揃ったのだが、敵を一人でも多く倒した方が安心できるため、八つのテントをすべて調べたのだ。

「揃いましたね」

柊真は奪ったタイプ97ライフルを手に笑った。結局、浩志に殴られて負傷していた男たちからも奪ったので、銃は九丁も新たに手に入ったのだ。

「とりあえず、銃をワットのところに持って行ってくれ。俺はもう一度テントを調べて来る」

浩志は柊真に武器を任せると、二番目に侵入したテントに忍び込む。さきほど気になる物を目にしたのだ。テントの片隅に段ボール箱が三つ置かれており、中に防護服やグローブなどが入っていた。浩志は、そのうちの一つを抱え、銃を隠していた場所まで戻った。

「どうしたんですか？」

段ボール箱から防護服を出していると、戻ってきた柊真が首を傾げた。

「襲撃の準備だ」

浩志は防護服の上にグローブやシューズカバーなどを揃えながら答えた。

「ひょっとして」

柊真が自分を指差している。すでに作戦は分かっているようだ。

「そういうことだ」

浩志は柊真に防護服を投げ渡した。

2

午後十一時五十分、防護服姿の浩志と柊真がタイプ97ライフルを肩から提げ、実験棟に向かって歩いていた。実験室の警備兵に扮しているのだ。

柊真は防護服にはポケットがないため、グロックを忍ばせた救急医療キットを入れる小さなショルダーバッグを肩から提げている。銃撃戦になった際に、武器は多い方がいいからだ。

半日近くワットと柊真は監視活動をしていたため、実験棟の内外の警備体制を完璧に把握していた。ギャラガーが収容されている実験室の警備は一時間交代になっており、担当者は自分のテントで防護服を脱ぎ着することになっている。マニュアルがあるのか、例外はないらしい。

また、周辺を警備する兵士らは実験棟の周囲十箇所に二人一組で配置されており、一人が見張りに就いている間、もう一人は傍で横になって休んでいる。彼らはテントに戻ることはないようだ。

実験室の次回の交代時間は零時のため、浩志らを見ても怪しむ者は誰もいない。二人は警備兵らの警戒網を抜けて実験棟に入った。

クリーンルームで洗浄を終えた浩志は廊下に出ると立ち止まり、実験室の前で見張りに立っている二人の兵士に軽く手を振った。

「やれやれ、やっと時間になったか」

零時までまだ五分ほど時間があるが、男たちは足早にクリーンルームへ入って行く。防護服を着て何もせずに一時間立ち続けるというのは、意外と疲れるものだ。マスクは息苦しく眠気も襲ってくる。テントに一刻も早く帰りたいのだろう。だが、彼らが自分のテントに帰れば、待ち受けている田中と鮫沼に捕らえられる手筈（てはず）になっていた。田中らは二人の兵士を拘束（こうそく）し、実験棟の南側で待機することになっている。

ワットとマリアノは敷地の西側で外の道路と実験棟が見えるオリーブ畑に潜んでおり、銃撃戦になった際、田中らと敵を二方向から攻撃することになっている。

当初、敵の警戒網を強行突破するつもりだった。だが、三百メートルほど離れたところに住宅街があり、銃声や爆発音を聞かれる恐れがあるため、浩志と柊真の潜入作戦に切り替えたのだ。

二人がギャラガーを尋問した後、実験棟に放火して脱出することになっている。別に警備兵と交戦する必要はないのだ。もっとも、実験棟はギャラガー専用であるため彼が死ねば、破壊しなくても無用の長物(ちょうぶつ)になるだろう。

浩志が実験室のガラス窓から中を覗(のぞ)くと、防護服を着た男が折り畳み椅子(いす)に座って奥の壁にもたれ掛かり、船を漕(こ)いでいた。陳威である。急に呼び出されて疲れているらしい。また、ギャラガーの心電図モニターを見る限り、心肺は正常値ではないものの生きているようだ。

浩志は実験室のカードリーダーに奪ったIDカードをかざし、ドアを開けた。柊真はすぐ後ろで銃を構え、隙(すき)がない。

部屋に入ると、浩志は陳威が座っている椅子を蹴り飛ばした。

「なっ！」

床に転がった陳威は声を上げようとしたが、息を呑(の)んだ。浩志が頭にタイプ97ライフルの銃口を突きつけているからだ。

「死にたくなかったら、声を上げるな」

浩志が命じると、陳威は何度も頭を上下に振った。マスクとゴーグルで表情は分かり辛(づら)いが、両眼をこれでもかというほど見開いている。

柊真は壁際の戸棚から注射器とアドレナリンのアンプルを取り出し、ベッド脇のステンレスの台の上に並べた。事前にアドレナリンを使って尋問することを打ち合わせしておいたのだ。

「なっ、何をするつもりだ」

柊真の行動を見た陳威は口を開いたものの、慌てて右手で口を塞いだ。

「これからギャラガーを尋問する。とりあえず、その間は、おまえが容態を安定させろ」

浩志は銃口を上下させて、陳威を立たせた。

柊真は黙々と注射針をアンプルに差し込んで薬液を準備する。彼ほどギャラガーを心の底から憎んでいる人間もいないだろう。目の前で仲間である京介を狙撃され、彼の手当ても虚しく京介は世を去った。その無念を晴らすためにたった一人で、犯人の捜査を続けていたこともあったのだ。殺意を押し殺して作業しているに違いない。

浩志が見守る中、柊真はギャラガーの肩に注射針を突き立て、アドレナリン注入した。

「うっ」

ギャラガーが呻き声を発し、両眼をゆっくりと開けた。

浩志は陳威の見張りを柊真と交代し、ベッドの脇に立った。

「ギャラガー、聞こえるか?」

呼びかけると、ギャラガーは焦点の定まらない目を向けてきた。一応、言葉は理解しているらしい。

「おまえは、クロノスに人類浄化計画があると言っていた。その意味を詳しく教えてくれ」

浩志は落ち着いた声でゆっくりと尋ねた。

「クレイグ……、クレイグ・アンブリットに……聞くんだ」

ギャラガーは途切れ途切れに答えたが、意識が混濁しているらしい。

「クレイグ・アンブリット？　米軍統合参謀本部の副議長だったクレイグ・アンブリットのことなら、やつは死んだ」

浩志は首を捻った。アンブリットは、米軍特殊部隊であるデルタフォースの部隊に〝クロノス８４３７〟という作戦を命じた最高責任者であったが、クロノスのヒットマンに殺害されている。

「……死んだ？　……そうだ……死んだ」

思い出したらしくギャラガーは、頷くと目を閉じた。眠ってしまったらしい。

「この男には、鎮静剤を打ってある。尋問は難しいはずだ。だが、これ以上アドレナリンを投与すれば、危険だ」

心電図モニターとギャラガーを交互に見ていた陳威は、首を横に振った。

「時間がない」

浩志はステンレスの台に置かれている別の注射器とアンプルを手に取り、注射器をアドレナリンで満たすと、ギャラガーの肩に突き刺した。ゆっくりとアドレナリンを半分ほど注入すると、ギャラガーは再び目覚めた。前回のように二本も立て続けに注射し、ショック症状に陥ることを防ぐのだ。今は、殺すことが目的ではない。

「ギャラガー、答えろ。人類浄化計画とはなんだ？」

浩志は同じ質問を繰り返した。

「……人口……削減……」

ギャラガーの呼吸が荒くなり、言葉が途切れてきた。

「クロノスの究極の目的は、人口削減なのか？」

浩志はギャラガーの頬を軽くはたいた。ここでまた気絶されたら、もう聞き出すことは難しくなるだろう。

「……人類……浄化計画」

ギャラガーの答えは元に戻り、呼吸が少し速くなった。詳しくは知らないようだ。

「やめてくれ。血圧が急上昇しはじめた。鎮静剤を打たせてくれ。これ以上は無理だ。このままでは、死んでしまうぞ」

陳威が声を上げた。

「無理だな」

浩志は溜息を吐くと、柊真に頷いてみせた。

無言で頷き返した柊真は、空の注射器にアドレナリンを満たした。

「なっ、何をするつもりだ。やめてくれ。この男は大事なんだ」

陳威は両眼を見開き、両手を忙しなく振った。ギャラガーを心配しているのではない。病原体の培養地として心配しているのだろう。

「黙って見ていろ」

浩志は陳威の顎の下にタイプ97ライフルの銃口を押し付けた。

「地獄に行って、京介さんに詫びて来い」

柊真はギャラガーの呼吸器マスクを外すと、その首に注射針を刺してアドレナリンをすべて注入した。苦しむ姿を自分の目で確かめたかったのだろう。

「ううっ！」

ギャラガーは頭を激しく振り、叫び声を上げるとぐったりした。その顔は醜く歪み、苦悶に満ちている。

心電図モニターが耳障りな警報音を鳴らし、心拍の波形は途絶えた。

柊真は握っていた注射器を床に落とし、大きな息を吐き出した。

「脱出の準備だ」

心電図モニターを確認した浩志は、柊真の肩を叩いた。

3

浩志と柊真、それに陳威は実験室を後にし、クリーンルームに入った。

時刻は零時四十分、実験室の交代の時間には早いが、どのみち交代要員が来るわけではないので気を遣う必要はないだろう。それよりも、ギャラガーを殺害したこともあり、これ以上の長居は無用である。

クリーンルームのドアのガラス越しに実験室から煙が漏れるのが見える。

床にベッドのマットや包帯や脱脂綿など燃えやすい物を敷き、さらにタイプ97ライフルの銃弾をばら撒くと、その上にギャラガーの死体を載せた。仕上げとして水筒に隠し持ってきたガソリンを振り掛けて火を点けたのだ。ガソリンは、鹿晋の死体を燃やした穴の近くに残されていた携行缶から調達した。

クリーンルームの天井から洗浄ガスが噴き出し、全身に降りかかる。

洗浄が終了し、緑のランプが点灯した。

「不審な行動はするな」

浩志は陳威の肩を摑んで力を入れた。

「分かっている。死にたくないのだ」

陳威は睨みつけると、浩志の手を振り払った。この期におよんで、強気な態度を取る理由が分からない。外に出た途端、中国人兵士に助けを求める可能性がある。実験棟に置き去りにした方が、足手まといにならずに済んだのだが、梁羽からの要請に従っているのだ。

柊真は右手でショルダーバッグの中のグロックを握り、陳威と並んで出入口のドアから出た。浩志は陳威のすぐ後ろを歩く。柊真が陳威の背中にバッグ越しに向けているグロックを隠すためだ。

——こちらピッカリ。敷地内に三台のＳＵＶが入った。気を付けろ。

ワットが淡々と連絡をしてきた。

「了解」

浩志も普段と変わらない声で答える。浩志が脱出した直後に誰かが応援を要請したのだろう。予測の範疇である。

「援軍を呼んだのか？」

浩志は陳威に近寄り、耳元で尋ねた。

「なっ、なんのことだか……」

陳威は首を捻ったが、知っていたのだろう。エクアドルには中国人労働者が大勢いるが、民間人ではなく、軍人が駆り出されているという。陳威の強気の理由が分かった。

三台のチェリー・ティゴ4がグレートウォール・ウィングルの近くに停められ、次々と武装した男たちが降りて来る。

先頭の車から降りてきた男が、実験棟の警備責任者らしき男に歩み寄り、打ち合わせを始めた。彼らの周囲に、車から降りた十五人ほどの男が集まる。いずれも作業服を着ており、どこかの建設現場から駆り出されてきた労働者なのだろう。もっとも、全員がタイプ97ライフルを肩から掛けている。人民軍の工兵なのかもしれない。

柊真は新たに現れた男たちから不自然な格好（かっこう）を見咎（みとが）められないように、ショルダーバッグから右手を出した。だが、男たちは浩志ら三人を気にしている。防護服姿が気になるのだろう。援軍の兵士たちは、この施設が生物兵器を扱っていることを知らないのかもしれない。

「立ち止まらずに歩け」

浩志はゆっくりと歩き始めた陳威に小声で命じた。

「こっちだ」

柊真はさりげなく陳威の肘を掴み、男たちを避けるよう左に引っ張った。

「おっと」

陳威がわざとらしく転んだ。

打ち合わせをしていた警備兵と応援に駆けつけた男たちが、一斉に顔を向けてきた。

「交代には早過ぎる。どういうことだ？」

警備責任者らしき男が自分の腕時計を見て、浩志らを咎めた。

浩志は陳威の耳元で「死にたいのか？」と囁き、腕を引っ張って立たせた。

「気分が悪くなったので、早めに出てきたのだ」

陳威は立ち上がると、マスクとゴーグルを外した。狡猾な男である。銃撃戦になっても狙われないように、自分の存在を明らかにしたのだろう。

「陳威先生でしたか。大丈夫ですか？」

先ほどの男が近付いてきた。

「我々が、テントに案内します」

浩志は中国語で言うと、陳威の左腕を自分の肩に回した。

「おまえは……」

男が浩志のゴーグルに手を伸ばそうとした瞬間、背後で銃撃音がした。実験室のマットにばら撒いておいた銃弾が、火にあぶられて破裂したのだ。実験棟から激しい銃撃音が立て続けに響く。

「敵襲だ！」

柊真が実験棟を指差して叫んだ。

「実験棟を守れ！」

警備責任者が、慌てて部下に命じた。

「援護だ。守備隊の援護をするんだ！」

応援部隊のリーダーが叫ぶと、自らタイプ97ライフルを手に実験棟の周囲を固めた警備兵の背後に立った。

「行くぞ」

浩志は柊真と陳威を急き立てた。とりあえずテントに向かって走り、敷地の東側から脱出するのだ。

「助けてくれ！」

陳威が柊真の手を振り払って逆方向に逃げた。

「奴を追え！」

浩志は柊真に命じると銃を構えた。

柊真は瞬く間に陳威に追いつき、後頭部を殴りつけて気絶させると、軽々と担いで走り出す。その様子を見ていた兵士たちが柊真に向かって銃を向けた。

浩志は兵士たちに向かって発砲しながら後退する。それに呼応し、施設の西側に待機していたワットらと南側の田中らも同時に銃撃を始めた。彼らを西と南に配置したのは、互いの銃弾が正面で交差しないようにするためである。

「敵は背後にもいるぞ！」

「いや、南側だ！」

「味方に発砲するな！」

あまりにも激しい銃撃に男たちは混乱し、半ばパニック状態で味方やあらぬ方向に発砲する者もいる。彼らは工兵かもしれないが、銃撃戦を経験したことがないのだろう。それに比べ、リベンジャーズの仲間は百戦錬磨のため、銃撃も正確で男たちを確実に倒して行く。

浩志は銃撃しながらチェリー・ティゴ4の陰に隠れると、ゴーグルとマスクを外した。変装する必要がなくなったこともあるが、銃を使うのに邪魔なのだ。柊真は混乱に乗じてテントがある東側に走り去っている。追いかけようとした敵は、浩志がすべて排除していた。

タクティカルナイフで二台のチェリー・ティゴ４のタイヤを貫いてパンクさせ、三台目の運転席のドアを開けて飛び乗った。バックミラーを縦方向に向け、頭を下げた状態でミラーを見ながらエンジンを掛けてアクセルを踏んだ。

車が発進すると同時にあらゆる方向から銃撃を受ける。浩志は構わず車を東の方角に向けて走らせ、テントをなぎ倒しながら進んだ。

敷地の東の端のオリーブの木の陰で車を停めた。暗闇から現れた柊真が後部ドアを開けると、陳威を荷物のように投げ入れた。打ち合わせをしたわけではないが、浩志が車を盗むと彼は分かっていたようだ。

「こちらリベンジャー。援護する。撤収せよ」

――ピッカリ、了解。

――こちらヘリボーイ、了解！

ワットと田中から連絡が入った。

浩志は車から降りると、オリーブの木立から抜け、実験棟の前にいる敵に向かって銃撃した。数メートル離れた場所から柊真も銃を撃っている。敵の注意を逸らすのだ。

――こちらピッカリ。全員、車に乗った。これより、撤収する。

彼らはキト市内のホテルに向かうことになっている。

「こちらリベンジャー。了解」

銃撃を止めた浩志は、チェリー・ティゴ4の運転席に乗った。遅れて柊真は後部座席に乗り込む。浩志らはキトの十七キロ南に位置するサンゴルキという街で、CIAの現地エージェントと合流し、陳威を引き渡すことになっていた。誠治と梁羽との間で話が進んでいたようだ。というのも、梁羽は陳威を表立って処罰できないためである。

浩志はバックミラーの歪みを直し、柊真を見た。

柊真は無言で親指を立ててみせる。

頷いた浩志はアクセルを踏み込んで急発進させ、柵をなぎ倒して走り去った。

4

午前二時、国道E35号線を走ってきた浩志はサンゴルキの郊外で車を停めると、百メートルほどバックさせて道路沿いの駐車場に車を入れた。

「ふう」

車から降りた浩志は手袋と防護服を脱ぎ、深呼吸をした。脱出前にゴーグルとマスクは外したが、防護服と二重のグローブを外す時間はなかったのだ。

後部座席の柊真は、浩志が感染している場合を想定し、防護服だけでなくゴーグルとマスクも付けている。気絶していた陳威は、まだ目覚めていないので脱出時の格好のままだ。

少し離れた場所に停められているハッチバック型の小型車フォード・フィエスタから、四十代と思しきラテン系の男が顔を見せた。

「やはり、看板は見つけにくかったですか？」

車から降りた男は、浩志の五メートル手前で立ち止まると、緊張した面持ち（おももち）で尋ねてきた。エクアドル駐在のＣＩＡエージェント、ジュリオ・サントスである。サントスが言った言葉は、事実であるが、合言葉にもなっていた。

誠治からグアイリャバンバから国道Ｅ35号線を南に向かい、サンゴルキ郊外にあるリオ・ホテルの駐車場で彼と待ち合わせをするように指示されていたのだ。小さなホテルで看板が目立たないため、隣接する〝ハッピー・グリル〟というレストランの赤い大きな看板が目印だと教わった。だが、その看板を見たら、行き過ぎているということだ。

「レストランの看板は見つけた」

浩志は返す合言葉を表情もなく答えた。防護服を脱いだのは、息苦しいということもあるが、すぐに洗浄してもらえると聞いているからである。

「ミスター・明石と中国人も一緒ですね」

サントスは車に視線を移した。

「もちろんだ。ワーロックはいるのか？」

ワーロックとは誠治のコードネームで、一九五九年に公開された米国の西部劇映画のタイトルらしい。いつも厳しい顔をしているが、意外とウィットがある彼らしいネーミングである。

「三十分ほど前にマリスカル・スクレ国際空港に到着したそうなので、間もなく到着するでしょう。それでは案内しますので、付いてきてください」

サントスは話を切り上げて足早に車に乗り込んだ。安全な距離を取っているにもかかわらず、何の予防措置もしていない浩志と会話していることが耐えられなくなったのだろう。

サントスのフィエスタは、浩志が来た道を三百メートルほど戻り、道路沿いにある門を抜けて坂道を下った。門から先は私有地らしい。浩志も続いて坂道に入ると、自動的に門は閉じた。

右に大きく曲がる坂道を下り、噴水を備えた車回しがある屋敷の前でフィエスタは停止した。暗いため見渡すことはできないが、かなり広い邸宅らしい。

屋敷は二階建ての煉瓦の洋館で、玄関は五段の石段の先にある。その石段の手前にコロンビアでも使われていた組み立て式のクリーンルームが設置してあった。

浩志はフィエスタの数メートル後方で車を停め、助手席に立てかけたタイプ97ライフルを引き寄せた。誠治のことは信頼しているが、彼が所属する組織まで信用するつもりはない。むしろＣＩＡにはかつて煮え湯を飲まされたこともある。

サントスは車から降りてこない。電話を掛けているようだ。

数分後、サントスが車から降りて来ると、チェリー・ティィゴ４の運転席に渋い表情で近付いてきた。

「ウィンドウを少しだけ開けてくれ」

サントスは右手でジェスチャーを交えて言ってきた。

浩志は首を捻りつつも運転席のウィンドウを二センチほど下げた。

「ワーロックからの電話です」

サントスは恐る恐るスマートフォンをウィンドウの隙間から差し入れてきた。よほどウイルスに感染するのが恐ろしいようだ。ウイルスに対してだけかもしれないが、小心者であることは間違いないだろう。

手にしたスマートフォンが、音を立てる。

「俺だ」

浩志は苦笑しながら、電話に出た。浩志は脱出後に柊真のスマートフォンで誠治に連絡している。折り返し電話を掛けることもできたはずだが、柊真のスマートフォンは安全ではないからだろう。

――あと十分ほどで到着する。すまないが、それまで車の中で待機してくれないか。サントスは、セーフハウスにあるクリーンルームのキットを組み立てたらしいが、型が古いため安心できないと言ってきたんだ。

誠治の溜息が聞こえた。ＣＩＡでは入局の際に厳しい人格査定がされる。海外で諜報活動をするには、語学や専門的な知識、技術だけでなく強い精神力を求められるからだ。サントスがどうやって厳しい人格査定にパスしたのか疑問である。

「分かった」

電話を終えた浩志は、ウィンドウを下げてスマートフォンを返そうと突き出した。

「あとでいいんだ。消毒してから返してくれ」

サントスは渋い表情で首を左右に振ると、走って自分の車に戻って行った。

「大袈裟な男ですね」

後部座席の柊真が笑っている。浩志も受け取らないことを分かっていながら、わざと差し出したのだ。

十分後、二台のフォード・エクスプローラーが現れ、屋敷前に停車した。

マスクとゴーグルを掛けたサラとドナヒューが車から降りると、玄関前にあるクリーンルームに向かって走って行く。動作確認をするのだろう。二人は、発電機を稼働させると、クリーンルームのコードを発電機に繋げて電源を入れた。天井から洗浄ガスを噴出させるなどの細かい確認作業を続ける。見たところ、問題はなさそうだ。

二台目のエクスプローラーの後部座席から誠治が姿を現し、浩志に軽く手を上げてみせるとスマートフォンで電話をかけはじめた。

手元のサントスのスマートフォンが呼び出し音を鳴らす。誠治からだろう。

――クリーンルームの準備ができたようだ。とりあえず、そこで体を洗浄してくれ。すまないが、中国人の世話も頼む。

以前感染した際も受けたことがあるが、裸になって洗浄されるということだ。

「分かった」

浩志は通話を切ると、運転席のドアを開けた。

5

午前二時四十分、サンゴルキ郊外。

CIAのセーフハウスの一階にある食堂で、浩志はショットグラスでターキーを飲んでいた。

浩志と柊真、それに陳威は裸で洗浄された後で、サラにスワブ(医療用綿棒)による咽頭の粘膜を採取されている。検体を専用の検査キットで調べ、十五分後には三人とも陰性という結果が出た。新型エボラウィルスに感染していなかったのだ。

浩志とテーブルを挟んで、誠治はジャックダニエルのオンザロックを飲んでいる。

壁に掛けてある古い壁掛け時計の時を刻む音が、心地よく響く。

建物の外観はどこにでもある煉瓦の洋館だが、壁に鉄板が埋め込まれた防弾仕様になっているそうだ。それだけに、音がよく響くのだろう。また敷地内は監視カメラと赤外線センサーで守られている。南米の親米派の要人や協力者などを一時的に匿う施設らしい。

セーフハウスというだけあって、食糧が備蓄されており、酒類も食堂の棚に様々な種類が用意されていた。浩志は棚から迷うことなくターキーの八年ものを手にした。

柊真は二階の個室で眠っている。当分の間、浩志とコンビを組むことになるため、先に休ませた。浩志は明け方に眠るつもりだ。

「なるほど、陳威は中央統戦部に所属する科学者なのか」

浩志はターキーを飲み、小さく頷いた。陳威は、中央統一戦線工作部に所属する科学者としてＣＩＡのブラックリストに載っていたそうだ。誠治が陳威を尋問し、得られた情報を共有したいと、梁羽から提案されているらしい。梁羽は共産党幹部の暴走を防ぐべく動いているようだ。

「中国は建国以来、国家主席や党幹部直下の情報組織が暗躍しているが、現在は中央統戦部がその役割を担(にな)っている。陳威をはじめとした大勢の科学者が、欧米諸国の研究所で働きながら貴重な科学データを盗み出しているのだ」

誠治はジャックダニエルを注(つ)ぎ足し、グラスの氷を回した。

「産業スパイとは訳が違う。奴らが盗んでいるのは生物兵器になり得るウィルスだ。そもそも優秀だからと言って、中国国籍の科学者を簡単に招き入れる欧米の研究所の真意が分からない」

浩志は首を振った。

「中国マネーだよ。中国マネーが世界を蝕(むしば)んでいる。多額の資金援助を受け、中国人の科学者を拒むことはできなくなるということだ」

誠治は人差し指を立てて答えた。

「中国から金を借りて、経済を立て直そうとし、粗悪な中国人労働者を受け入れて借金を増やすのと同じだ。そもそも中国に限らず、何の下心もなしで気前よく金をくれる者はいない。目先の利益で結果的に損をしている。馬鹿な話だ」

浩志は鋭い舌打ちをした。

「ホワイトハウスには、中国のことを長年警告してきたが、聞き入れてもらえなかった。警戒するどころか、オバマに至っては中国を盟友とし、領土問題で衝突する日本を敵対視すらしていた。だが、それに本気で対応したのは、皮肉なことに現大統領のトランプだ」

誠治は渋い表情で言った。トランプは何よりもＣＩＡを毛嫌いしている。一時は、本気でＣＩＡを解体する気でいたらしい。

「米国は所詮(しょせん)日本を敗戦国の植民地としかみていない。中国は、日本に敗戦したことをいまだに恨み続けている。もっとも日本に敗れたのは蔣介石(しょうかいせき)で、毛沢東(もうたくとう)はそれを利用した。現体制の人民軍の原型である紅軍(こうぐん)と日本は戦っていない。結局、日本の戦後はまだということだな」

浩志は小さく頷いた。

「中国の国家主席は世界制覇という途方もない野望を抱いている。それに、困ったことに被害妄想だ。もっとも、同じく被害妄想の米国大統領が、米国の利権を守るために中国を追い詰めている。おかげで、第三次世界大戦は秒読み段階になった」

誠治は険(けわ)しい表情である。

「超大国の利権か。カダフィを思い出したよ」

浩志は、鼻先で笑った。

二〇〇九年九月二十三日、国連総会の一般討論演説で、リビアの最高責任者ムアマル・カダフィ大佐は、持ち時間である十五分を大幅に超えて一時間三十五分に亘(わた)って演説した。国連安保理事会を〝テロ理事会〟と呼び「超大国は利権を守るために国連を利用している」と非難を浴びせた。

「カダフィか、あの男にはずいぶん悩まされたよ。二〇〇九年の国連総会に私も出席していた。もっとも彼の演説は当たらずとも遠からずだったがね。あの時、カダフィは新型インフルエンザを生物兵器と言っていた。ある意味、未来を予言していたな」

誠治はグラスを掲(かか)げ、遠い目をして言った。

「ところで、陳威をどうするんだ？」

「尋問はサントスに任せてある。彼は尋問のプロなんだ」

「あいつが？」

浩志は首を捻った。

「あれでもあの男は、特別行動部の隊員で、アフガニスタンやイラクで活動してきたベテランだ」

誠治は苦笑した。ただの臆病者ではなかったらしい。特別行動部とはCIAの準軍事部門で、紛争地での軍事行動や諜報活動を行う。かなり手荒で拷問も厭わない。

「陳威から情報を得たら、グアンタナモの非イスラム教徒用の独房にでも入れるのか？」

浩志は半ば冗談で尋ねた。

「そうしたいのは山々だ。だが、彼を米国領内のどんな施設に入れたとしても、いずれは中国に知れるところとなるだろう。そうなれば、その倍返しで報復される」

誠治はグラスのジャックダニエルを飲み干した。

「殺して、海に捨てるのか？」

浩志もターキーを呷ると、空になったグラスを見つめながら首を捻った。

「いや、行方不明ということになると、疑われるのは米国だ。中国に始末させる。すでに陳威の口座に金を振り込んでおいた。彼を洒落た格好に着替えさせ、バハマの高級ホテルに送り届ける」

誠治はグラスにウィスキーを注ぎながら浩志を意味ありげに見た。

「裏切り者に仕立てるのか。どうせ、陳威がホテルに着いた頃に、中国の諜報員が待ち受けているんだろう？」

浩志も空のグラスにターキーを満たした。

「そういうことだ。陳威は中国に送還されることもなく、密かに殺されるだろう。もっともそれは、彼次第だ。彼が協力すると言うのなら、情報と引き換えに安全を保証してやるだけだ」

グラスに唇を付けた誠治は、僅かに口元を綻ばせた。

「嫌な世界だ。少なくとも俺たちの戦い方じゃない。この先も俺たちを必要とするのか？」

浩志は首を振ると、ターキーを喉に放り込むように飲んだ。

「私はこの薄汚い世界しか知らない。だからこそ、君や、リベンジャーズのような正義漢を必要とするのだ」

誠治は語気を強めた。以前、梁羽にも同じようなことを言われた。彼らは謀略の世界で生きているため、身内すら信じられなくなっているのだろう。

「この先どうするつもりだ？」

い。

浩志は辰也ら仲間と合流するつもりである。だが、誠治まで一緒に行動するとは思えない。

「とりあえず、ニューヨークに君らを送り届けてから、私はカナダに飛ぶ。カナダ安全情報局と打ち合わせをするつもりだ。中国が生物兵器戦争の準備をしているという共通の意識を持たなければ、その分野の情報漏洩（ろうえい）は防げないからな。世界大戦の引き金は絶対引かせない。協力してくれ」

カナダ安全情報局は、規模こそ小さいがカナダの安全保障に関わる情報機関である。

「高くつくぞ」

浩志はグラスに残ったターキーを喉に流し込んだ。

フラッシング

1

ニューヨーク、クイーンズ、午前八時四十分。

タクシーをノーザン・ブールバードで降りた浩志と柊真は、坂道になっているファーリントン・ストリートに入り、〝マグナ〟というイタリア料理店に入った。

チャイナタウンがあるフラッシングの中心街より少し外れているが、通りの反対側は中国語の看板が溢(あふ)れている。

ニューヨークには八箇所もチャイナタウンが存在し、一番大きいのはブルックリンのサンセットパーク、二番目は観光客が多いマンハッタンのダウンタウン、三番目はクイーンズのフラッシングである。

ブルックリンとマンハッタンのチャイナタウンは有名で観光地化しているが、フラッシングは米国華僑の飾らない日常生活がある街だった。だが、近年開発が進み、グルメスポットとして人気が出るなど、注目されている。

浩志と柊真は午前三時四十分にCIAのビジネスジェットでキトのマリスカル・スクレ国際空港を出発し、午前八時過ぎにニューヨークのジョン・F・ケネディ国際空港に到着した。空港からは十マイル、渋滞もなく十五分ほどで来ることができた。

ワットとマリアノと田中と鮫沼の四人は朝一の便で移動するので、合流できるのは夜中になるだろう。誠治はワットとは面識があるが、他の三人は部下の手前、同乗を許可することができなかったのだ。

年が明けた一月一日ということもあるのだろう。街はひっそりとしている。時間が早いせいかシャッターを下ろしている店も多い。中国は旧正月を盛大に祝う習慣があるため、正月休みというわけではないのだろう。

間口は狭いが中は広々としており、店の中央にワインセラーがある本格的なイタリアンレストランのようだ。入口にAと表記されたシートが貼ってあることから、衛生面でも問題ない店らしい。

ニューヨークでは二〇一〇年から〝ABCグレーディング・システム〟という衛生面か

ら飲食店をランク付けする制度が導入された。B以下の査定を受けた店には改善指導があり、一ヶ月以内に再点検を受けて改善が見られなければ、営業停止処分を受ける。

店内を見回すと、奥のテーブル席に座っていた辰也が手を振っていた。ワシントンのダレス空港から別行動をとった彼のチームは、ボルチモアのマーチン・ステート空港で、チャレンジャー600に乗り込んでいた中国人の男たちを追跡してきたのだ。

チャレンジャー600は昨日の午後一時二十分にマーチン・ステート空港に到着し、そこで出迎えの車に乗り、どこにも立ち寄らずにフラッシングのとある建物に入ったそうだ。ジョン・F・ケネディ国際空港を利用しなかったのは、入国審査か警備上の問題で避けたのだろう。

「朝からイタリアンで、すみません。ホテルはこの近くにあるんですが、早朝から開店している店が他になかったんですよ」

辰也は席に着いた浩志に軽く頭を下げた。空港で電話を掛けた際、朝食はまだだと言うと待ち合わせにこの店を指定されたのだ。他の仲間は、追跡してきた男たちが入ったビルを見張っているらしい。宿泊先も二つ星のホテルしか空いてなかったそうだ。

「とりあえず、飯を食って現場に行こうか」

頷(うなず)いた浩志は、メニューを受け取った。CIAのセーフハウスで口にしたのは、保存食のクラッカーとターキーだけである。他にも食料の備蓄はあったらしいが、夜中に食事することを避けたのだ。

浩志はイタリアンオムレツにパンとコーヒー、柊真はイカのフリットとトマトソースのパスタであるアマトリチャーナとサラダという朝食とは思えない量を注文した。若さとはそういうものだろう。浩志も若い頃は、朝からカツ丼や天丼というのも珍しくはなかった。辰也は朝食は済ませたらしく、コーヒーにデザートのスフォリアテッラを頼んだ。イタリアでは定番のパイ生地のスイーツで、この男が甘い物を注文するのは、疲れているからだろう。

「俺たちが追っている連中は、中央統戦部だと聞きましたが、次の任務まで動きますかね？」

辰也は小声で言った。チャレンジャー600には、浩志を拉致した兵士と陳威と一緒にいた兵士合わせて十二人が乗っていたそうだ。だが、彼らが陳威と別行動を取って米国にやってきたのは、コロンビアからの単純な撤退が目的だったのではないかと辰也は考えているらしい。

というのも、浩志と一緒に拉致されたサラが脱出したことで隠れ家の変電所が知られてしまい、引き上げる他ないと思われるからだ。

「コロンビアのアジトを潰されただけに、彼らは鳴りを潜める可能性はあるだろう。だが、一応彼らの動きは押さえておく必要がある。長期戦になるかもな」

浩志もコロンビアから撤収した連中に、正直言ってあまり興味はなかった。彼らは兵士だが、中国の情報機関に属しているために、本来ならＮＳＡ（米国家安全保障局）かＦＢＩが対処すべきだと思っているからだ。

ＣＩＡは国内の敵に対処できないということもあるが、誠治はＮＳＡもＦＢＩも今はまったく信用していないらしい。というのも、ホワイトハウスをはじめとし、これらの情報機関にもクロノスのモグラがいる可能性が高いからだ。国内の他の組織に情報を流すことにより、裏切られて自分の存在が危うくなることを何よりも恐れているらしい。

誠治はＣＩＡではクロノス対策本部長に就任しており、クロノスが関わる事件で常に矢面に立たされるようになった。そのため、疑心暗鬼に陥っているそうだ。

「装備は整えましたが、使う機会はありますかね」

辰也は長期戦と聞いて、溜息を漏らした。

警察出身の浩志と違い、他の仲間は根っからの軍人である。そのため、監視活動や尾行といった刑事のような活動を苦手としているのだ。

辰也らはワシントンＤ．Ｃ．の傭兵代理店で銃や無線機などの装備を整えたが、退屈な監視活動に武器は必要ないと言いたいのだろう。

「武器の手入れをするだけで、気が休まるだろう」

浩志は苦笑した。

「お話し中すみませんが、今回の任務は、どこから資金が出ますか？」

浩志と辰也の会話を聞いていた柊真が尋ねてきた。長期戦なら当然のことながら人件費が掛かる。傭兵である以上、報酬は当然のことだからだ。最終的に日本の傭兵代理店から報酬を受け取ることになっている。

柊真はＣＩＡの専用機に乗ってきたことで米国が関わっていることを知ったのだが、夏樹から梁羽も紹介されたらしい。敵国同士ともいえる両国が関わっているため、クライアントが誰なのか混乱しているのだろう。

「米国だが？」

浩志はぼそりと答え、首を捻（ひね）った。梁羽からは様々な便宜（べんぎ）を受けられるはずだが、報酬は出ない。

「それなら、予算は取れそうですね。私のチームもフランスから呼び寄せたいのですが、いいですか？」

柊真は真剣な表情である。

「俺から頼もうと思っていたところだ」

任務としては重要ではないかもしれないが、監視活動が長期に亘るのなら人員は確保したほうがいい。柊真のチームなら一緒に仕事をしたことがあるため、安心できる。

「了解です」

柊真は拳を握って頷いた。

2

フラッシング、午前八時四十五分。

四階建ての煉瓦造りの古いアパートメントが、カレッジ・ポイント・ブールバードの交差点角にあった。玄関にはアーチがあり、漢字表記はなく洒落ている。フラッシングがまだ白人の街だった頃の名残であろう。

アパートメントはフェンスに囲まれており、立入禁止の看板が玄関前に掲げられている。この辺りは再開発で取り残されていたが、ようやく地権者との交渉が成立したようだ。

立入禁止のはずのアパートメントの屋上に宮坂と村瀬が腹這いになり、通りを挟んで向かい側にある二階建ての建物を監視していた。

「藤堂さんと柊真が、到着したようだ」

スマートフォンの着信音に気付いた宮坂は、仰向けになってショートメールを確認して呟いた。レストランで浩志と待ち合わせていた辰也からの連絡である。

「助かりますね。ワットたちも、今夜到着と聞いていたので安心しましたよ」

望遠レンズを付けた一眼レフカメラで、二階建ての建物を見ていた村瀬が笑みを浮かべた。この場所からの監視は昨日の午後五時から二人が交代で行っている。カメラはＷｉ－Ｆｉ機能があり、撮影したデータはスマートフォンを介してインターネット経由で友恵に送られていた。彼女はデータをすぐさま顔認証ソフトにかけることになっている。

加藤は建物から誰かが出てきた場合、いつでも追跡できるように近くの路上にバイクを停めて待機していた。加藤は辰也と交代で待機しているが、追跡は加藤が行うことになっている。

「ほお、柊真の仲間の三人も助っ人で駆けつけてくるそうだ。パリからなら今夜には着くだろう」

宮坂は腕時計で時間を確認しながら言った。

「夜になれば十人も増えるんですか。心強いですね」

村瀬はカメラを下ろすと、息を吐いた。立ち上がれば、少し離れたビルから姿を見られる恐れがあるため、体の向きを変えることで休憩を取るほかない。

「とりあえず、藤堂さんと柊真の二人だ。あとの八人は十四時間後になる。それまで頑張るしかない。だが、柊真はともかく、監禁されていた藤堂さんを使うわけにはいかないだろう」

宮坂は村瀬からカメラを取り上げて腹這いになると、カメラのファインダーを覗いた。

向かいの建物は建材業者だったらしく漢字で「建材・全面大特売」の大きな看板があった。落書きだらけのシャッターの上に、「FOR RENT」という看板が掛けられているので、建材会社は倒産したらしい。本来なら無人のはずである。だが、昨日の夕方、マーチン・ステート空港から追跡していた三台の車が、建物の右横にある鉄格子の門から敷地内に消えた。三台ともフォードのワンボックスカーであるエコノラインである。

建屋は百五十坪ほどだが敷地は五百坪ほどあり、残りのスペースは地面がむき出しの荒地だ。元は、建材を置くスペースだったのだろう。片隅に煉瓦やコンクリートブロックなどが野積みになっている。人気はなく、建物の窓は暗いままで、中に人がいるとは思えない。だが、潜入を試みた加藤の話では、監視カメラや赤外線センサーが設置されているそうだ。まるで廃屋のように見えるが、偽装らしい。

「十四時間ですか。それぐらい頑張れますよ。交代して一時間でもいいから仮眠させてもらえるのなら、文句はありません」

村瀬が今度は仰向けになった。腹這いは疲れるために、交代で楽な姿勢になるのだ。気温は十一度、風が吹き付けるために体感温度が下がる。夜中は離れた場所に車を停めて監視していたが、同じ場所に車を停め続けると怪しまれるために移動したのだ。

「人数が増えるのなら、監視体制を変える必要があるが、それは藤堂さんが現場を確認してから指示することになる……」

宮坂は眉をぴくりとさせると、カメラのシャッターを切った。

倒産した建材会社の建物の陰からバイクに乗った男が現れ、門の前で停まったのだ。

「こちら、針の穴。トレーサーマン、応答せよ」

宮坂は無線で加藤を呼び出した。

――こちら、トレーサーマンです。

「バイクに乗った男が、外に出る。カワサキの黒のニンジャ250だ」

――了解です。

加藤の張りのある返事が返ってきた。

宮坂らがいる建物の脇道に、近所の住民の車がずらりと駐車してある。加藤は車の隙間(すきま)に停めてあるヤマハの２５０ccオフロードバイク、トリッカーに跨(また)がり、ヘルメットを被(かぶ)った。

交差点までバイクを出し、元建材会社の建物を見ると、男が鉄格子の門を閉じてバイクに乗るところだった。

加藤は慌(あわ)ててバイクをUターンさせ、車の陰に隠した。交差点に入ったニンジャ２５０が左折のウィンカーを出したからだ。

ニンジャ２５０が左折し、加藤の目の前を走り抜けていく。

加藤はトリッカーのアクセルを開き、追跡を開始した。

ニンジャ２５０はカレッジ・ポイント・ブールバードの2ブロック東のプリンス・ストリートを経由し、メインストリートを渡って一方通行の38番アベニューに入り、突き当たりを左折する。次の交差点も左に曲がったところで、北京(ペキン)レストラン〝中国菜館〟という看板を出している店の前で停止した。一方通行の道が多いため、Uターンする形になったのだ。

バイクから降りた男は周囲を気にすることなく、中国菜館に入って行く。尾行されているとは夢にも思っていないのだろう。

加藤は、店の三十メートルほど手前にある駐車場の出入口近くにバイクを停めた。周囲を見渡して道を渡って進み、さりげなくニンジャ２５０のタンクの下にＧＰＳ発信機を取り付けて通り過ぎる。

見失うことはまずないが、慢心は禁物である。加藤は自分のバイクに戻り、監視活動に入った。

男は十分ほどすると、背中に大きなバッグを背負って出てきた。料理のデリバリーサービスが使う保冷保温バッグである。男はニンジャ２５０に乗って通りを西に進み、カレッジ・ポイント・ブールバード出ると、元建材会社に戻って行った。どうやら食事を調達してきたようだ。

「こちら、トレーサーマン。ターゲットが戻りました」

――こちら針の穴、確認した。食料調達だったみたいだな。ご苦労さん。

宮坂は加藤からバイクの男の行き先も聞いていたため、そう判断したのだろう。

「そのようですね。以上」

加藤は溜息を押し殺して連絡を終えた。

3

カレッジ・ポイント・ブールバード、午前九時十分。

ニンジャ２５０を元建材会社の建物の裏に停めた男はヘルメットを右手に提げ、しんと静まり返った建物の裏口から入った。

「武石、ウーバーイーツか？」

ドアのすぐ近くに立っていたタイプ97ライフルを構える男が、戯けてみせた。ウーバーイーツは、日本でもお馴染みのデリバリーサービスである。

「張、おまえの冗談はいつもくだらない」

武石は憮然とした表情で、張のすぐ後ろにある鉄製の階段を下りていく。途中で踊り場がある四メートルほどの階段の下は長い廊下になっており、その両側にいくつものドアがあった。地上階は廃屋同然なのに対して、地下は真新しい設備である。階段は踊り場で折り返しているため、地下の空間は地上の建物の真下ではなく、その背後の空き地の下にあることになる。

武石は二十メートルほど進み、突き当たりのドア脇のカードリーダーにポケットから出したＩＤカードをかざしてドアを開けた。

六十平米ほどの部屋の中央に、実験用のグローブボックスがステンレスの台の上に設置してある。幅は九十センチ、高さと奥行きは五十センチで本体はステンレス製。前面は強化ガラスでできており、その下に作業用のグローブが直結してあった。また、左の壁際には、遠心機、炭酸ガス培養器、倒立顕微鏡などの機器がずらりと並び、本格的なウィルス実験室としての機能を備えている。

部屋の右奥にはデスクがあり、白衣を着た中年の男が煙草（たばこ）を吸いながらノートパソコンのキーボードを叩（たた）いていた。

「グローブボックスの横に出してくれ」

中年の男が顔を上げると、口にくわえていた煙草を右手に持ち、鼻から煙を吐いた。煙は渦（うず）を巻き、男の頭上にある換気ダクトに吸い込まれていく。

「鄧（とう）先生、移し替えるときに、漏れることはないのですか？」

武石は背中の保冷保温バッグを床に下ろすと、中から直径十二センチ、高さ二十二センチのステンレス合金のポッドを三つ出した。食料を運んできたわけではなかったのだ。

「グローブボックスの中で移すから大丈夫だ。側面のエアロックチャンバーを開いて、とりあえずポッドを一つだけ中に入れてくれ。あとは私がやる」

鄧は指先で指示をすると、机の上の灰皿で煙草の火をもみ消した。

「分かりました」

武石はグローブボックスの右側面にあるドアのノブを回してエアロックチャンバーを開き、ステンレス合金のポッドをボックスの中央に入れた。

「下がっていろ」

鄧は右手を振って武石を下がらせると、壁際にあるキャビネット型の冷蔵庫から、小さな容器を取り出し、グローブボックス内の合金のポッドの横に置くと、エアロックチャンバーを閉めた。

鄧はグローブボックスの挿入口から両手を突っ込んでボックス内のグローブを嵌めると、ポッドの蓋を右手で開けた。中から白い冷気が漏れてくる。続けて隣りに置いた容器の蓋も開けると、透明の液体が入った蓋付きの試験管を取り出し、ポッドの中心部に差し込んだ。

「たいした作業じゃないだろう。君でもできる」

ポッドの蓋を元に戻すと、鄧はグローブボックスから両手を抜き取り、エアロックチャンバーを開いて、ポッドを取り出した。

「この作業が簡単なのは、分かっています。ただ、これを中国に持ち帰るのは、我々の仕事です。そのー……」

武石は口籠った。

「はっきり言ったらどうだ。途中でウィルスが漏れるか心配なんだろう?」

鄧はポッド側面のスイッチを押して、蓋の上部にある緑のＬＥＤライトを点灯させると、張に向かってポッドを投げた。

「げっ!」

叫び声を上げた武石は、慌てて両手を拡げてポッドを受け取った。

「ナイスキャッチ!」

鄧は手を叩くと、白衣のポケットから煙草とライターを出した。

「なっ、何をするんですか!」

武石は顔を真っ赤にして怒鳴った。

「その容器は、五百キロの衝撃に耐えられる。それに容器が衝撃で変形、あるいは内部の温度が上昇した場合は、上部のライトは緑から赤に変わるのだ」

鄧は得意げに言うと、口にくわえた煙草に火を点けた。

「これをうちのチームが運べばいいんですね」

武石は渋い表情で言った。

「ポッドは三つ、君のチームが一番乗りだ。昇進間違いなしだよ」

鄧は自分の椅子(いす)に座ると、天井に顔を向けて煙を吐いた。

「昇進！　羅の上官になれるんですか」

武石は声を上ずらせた。

「当然だろう。君の働きで我国は強力な武器を持つことができるのだ。昇格は間違いないだろう」

「質問させてください。このウィルスで、いったい何人の人間を殺すことができるんですか？」

武石はポッドをしげしげと見つめながら尋ねた。

「どうして、そんなことを聞くのかね？」

鄧は煙草の煙が染(し)みるのか、目を細めて武石を見た。

「万が一、このポッドからウィルスが漏れた場合の、リスクを知っておきたいのですよ」

「例の死に損ないの米国人の体から取り出したウィルス株は、安定していない。もっとも変異するのはウィルスの宿命だがね。感染力が弱まっているか、より強力になっているのか分からないんだ。だから、本国にこの株を送って研究するのだ」

鄧は煙草の先で武石が持っているポッドを指して答えた。

「もう一つ、質問させてください。もし、警察やＦＢＩに捕まりそうになったら、どうしたらいいんですか？　これを調べられたら、まずいですよね？」

武石は肩を竦めた。

「説明しようと思っていたところだ。ポッドの下を見てみろ。直径コンマ八ミリの穴が空いている。そこにクリップでもなんでもいいから差し込んで強く押すんだ。スマートフォンのリセットボタンと同じだが、冷却材として使用している液体酸素が外に放出され、内部が加熱されることでウィルスが死滅する」

「本当だ。小さな穴が空いている」

武石はポッドをひっくり返し、大きく頷いた。

「頑張って、昇進することだ。ただし、ポッドが正常に働くのは、三十六時間だ。それを過ぎれば冷却機能は失われ、ウィルスは死滅するだろう。むろん任務は失敗したことになる。我国で任務失敗が何を意味するかは知っていると思うが、移動に時間を掛けないことだ」

「えっ！　本当ですか」

武石は生唾を呑み込んだ。

「最後に説明を補足させてくれ。さっきポッドに入れた試験管はダミーだ。実はまだ完成していない。出来たら、改めて連絡する」

鄧は笑いながら鼻から煙を吐いた。

4

マンハッタン、チャイナタウン、カナル・ストリート。

中年の中国人に変装している夏樹は、モット・ストリートとの交差点の手前でタクシーを降りた。

ミッドタウンと違って、チャイナタウンはクリスマスの残り香はない。公共機関や銀行は休業しており、街は普段の七十パーセントほどの稼働率だろうか。さすがに人通りは少ないが、チャイナタウンの活気が失われたわけではない。行き交う人々は、中国語でかしましく会話をしながら通り過ぎる。

夏樹はコートの前を閉じると、モット・ストリートに曲がり、数軒先にある〝大世界薬房〟という薬局の前で足を止めた。腕時計を見ると、午前九時二十五分になっている。

開けかけたシャッターを潜り、陳列棚の間を抜けて店の中程にあるガラスケースのカウンター前に立った。

カウンターの中で中年の女性が、開店準備をしているのか木製の薬棚の引き出しを開けて中を覗いている。

「風邪薬が欲しいのだが」

夏樹は女性の背中越しに中国語で声を掛けた。

「どんな風邪なの？」

女性は振り返ると、腕を組んだ。年齢は六十前後、かなり濃い目の化粧をしているので、六十代半ばかもしれない。

「北京風邪だ」

夏樹は表情も変えずに言った。

午前九時半までに行くと事前に連絡しておいたのだが、それでも決められた合言葉を交わしたのだ。この店はチャイナタウンにある連合参謀部の現地諜報員の店である。ニューヨークは巨大な都市のため、中国のさまざまな諜報機関の協力者がいる。梁羽から紹介され、開店前に行くように言われていたのだ。

女性は小さく頷くと、ガラスカウンターの上に小型のスキャナーを無言で載せた。

「用心深いな」

夏樹は鼻先で笑うと、スキャナーのガラス面に右の掌を載せた。スキャナーは青白い光を放ってスキャニングする。掌認証するのだ。というのも、諜報員は特殊メイクをしていることも多く、その場合は顔認証を使えないからだ。

連合参謀部ではセキュリティーが厳しくなり、掌認証が必要になったため、梁羽を通じて夏樹は掌のデータを登録してある。

「まったく、あんたたちは愛想がなくて嫌になっちゃうよ」

女性はスキャニングの結果をカウンター横のパソコン画面で確認すると、スキャナーを片付けてガラスカウンターの上に鍵を載せた。「あんたたち」というのは、中国本土から派遣される連合参謀部の諜報員のことだろう。

「ありがとう」

夏樹は鍵を受け取ると店の奥に進み、スタッフオンリーを意味する〝僅員工〟と書かれたドアの錠を開けて中に入った。鍵を渡されるのは儀礼的ともいえるが、内部の別の場所を開ける共通の鍵になっているらしい。使ったことはないが、奥の部屋に入った直後に店が襲撃された場合など、脱出するのに必要と聞いている。

十四畳ほどの広さがあり、応接間なのかソファーとテーブルが置かれ、壁には五十インチのテレビが掛けられている。窓はなく、見たところ出入口のドアは一つしかないが、テレビと反対側の壁際には龍の置物を載せた戸棚がある。棚の大きさがドアと同じぐらいなので、おそらくそこに秘密の出入口があるのだろう。現地の諜報員が脱出口もない建物にいるはずがない。

夏樹は出入口が見えるように奥のソファーに座り、テーブルに鍵を載せるとさりげなくポケットの盗聴盗撮発見器のスイッチを入れた。異常を示す反応はない。

ドアが開き、白衣を着た痩(や)せた中年の男が入ってきた。この店の主人であり、さきほどの女性の亭主である馬健(ばけん)だろう。

「いらっしゃいませ、馬健です。連合参謀部第二部、第三処の超エリートが、どういったご用件ですか?」

馬健は女房同様、あくの強い顔に笑みを浮かべ、夏樹の対面に座った。掌認証で、楊豹として登録されている夏樹の情報を信用しきっている。もっとも、梁羽は夏樹に関するすべての情報をデータベースから書き換えてしまったため、疑われることはないのだ。

「小道具セットがあるのなら、それを一つ欲しい」

夏樹は人差し指を立てた。ベネズエラから飛行機で移動する間、梁羽から様々な最新情報を得た。その一つに、まるでスパイ映画に出てきそうな装備だが、銃や盗聴盗撮器、暗視スコープ、GPSトラッカーなど諜報活動に必要な道具を一つにまとめたバッグを配布しているという話があった。

「ここはマンハッタンですよ。当然でしょう」

馬健は鼻をフンと鳴らして立ち上がると、戸棚を横にスライドさせた。睨んだ通り、戸棚は隠し部屋のドアだったようだ。中に入った馬健は、小型のスーツケースを手に提げて戻ってきた。

「二重底になっていますので、ここから開けられます」

馬健はテーブルにスーツケースを載せ、開いてみせた。二重底の下には、様々な武器や道具が切り抜かれたウレタンの中に収まっている。

「グロック26か」

夏樹は口角を僅かに上げて笑った。銃は中国製ではなく、グロックシリーズでも最小のグロック26にサプレッサーが取り付けてある。中国製の武器から足がつかないように、配慮されていると梁羽から聞いた。

「米国では、ありふれた銃です。もし、大型の銃がご入用なら、別途用意しますよ」

馬健は上目遣いに夏樹を見た。

「これで充分だ」

夏樹は小さく頷いた。本当は武器も道具もすでに揃えてあった。「小道具」の調達は口実に過ぎない。

「気に入っていただけましたか」

馬健は胸を撫で下ろし、スーツケースの蓋を閉じた。

「ところで、中央統戦部のニューヨーク支局の場所を知らないか？」

スーツケースを受け取ると、さりげなく尋ねた。梁羽は把握していないそうだ。というより、中央統戦部から睨まれないようにあえて避けているらしい。

「噂によると、二箇所あると聞いています。他部署のことですから、よくは知りませんが」

馬健は訝しげな目で夏樹を見た。地元の諜報員なら、何かと情報が入るはずである。

「実はニューヨークの中央統戦部支局に友人が赴任しているのだが、連絡が取れないんだ。まあ、それも当たり前だが、直接訪ねてみようかと思っている。なんでもクイーンズのフラッシングにあると聞いたんだが」

リベンジャーズの仲間から柊真を介して得た情報である。

「よくご存じですね。フラッシングに住んでいる工作員に聞いたんですが、潰れた建材屋を買い取り、上物には手をつけずに地下施設を作ったそうです。周囲から見えないように密かに工事を進めたらしいのですが、それだけに莫大な資金が掛かったはずだと聞きました。中央統戦部は金回りがいいと、当地の諜報活動に携わる者は皆感心していましたよ。

我々は何世代もこの地にいるのに、そんな予算は回ってきませんからね」

　馬健は苦々しげな表情で答えた。

「連合参謀部が低予算なのは、今に始まったことではない」

　苦笑を浮かべた夏樹は立ち上がった。

「余計なことかもしれませんが、ご友人だとしても、中央統戦部の人間に接触するのは止めたほうがいいと思いますよ」

　馬健は首を左右に振った。

「どうしてだね？」

　夏樹はジロリと馬健を見た。

「我々はこの地に馴染み、穏やかに暮らすことで米国の情報を得ています。ところが、中央統戦部のやり方は違います。まるで戦争でもするかのように振る舞うんですよ。海外の国に多額の資金援助をし、債務不履行にさせて植民地化するのにも、裏で中央統戦部が暗躍していると聞いています。こんなことを続けていたら、そのうち世界中が敵だらけになる。だから、我々も彼らに接触しないようにしています。騒動に巻き込まれたくないですから」

　馬健はジェスチャーを交え、右手で空を切るように振った。彼らも梁羽と同じように中国の現行政府の遣り方に納得していないようだ。

「忠告は聞いておこう。ありがとう」

頷いた夏樹は、スーツケースを手に部屋を後にした。

5

カレッジ・ポイント・ブールバード、午前九時五十分。

浩志は取り壊し予定の古いアパートメントの屋上に辰也と共にいた。

三十分ほど前まで見張りをしていた宮坂と村瀬らと替わったのだ。柊真は辰也と替わって、加藤とバイク組になった。柊真の方が、バイクの運転には自信があるからだ。

「冷えますね」

デジタル一眼レフカメラを構えていた辰也が、屋上を吹き抜けた風に体を震わせた。二人ともうつ伏せになっており、屋上のコンクリートの冷気と容赦無く吹き付ける北風が、体温を奪っていく。

「確かに応える。宮坂らはよくやっていたな。この場所は確かにいいが、監視活動には向かない。人手が足りなかったから仕方がないか」

苦笑した浩志は両手を擦り合わせ、息を吹きかけて温めた。宮坂にマンハッタンの傭兵代理店に行って、監視カメラなどを揃えてくるように指示を出してある。それまで、浩志らが見張りを続けるのだ。

「連中をいつまで見張るんですか？」

辰也はカメラを下ろして尋ねた。

「五日、長くて一週間というところか。監視活動で俺たちの体力が持つのは、そんなところだろう」

浩志は向かいの古い煉瓦の建物を見て溜息を吐いた。

「藤堂さんは、中国人らがまた何かをやらかすという可能性はないと思っているんですか？」

辰也は小首を傾げた。任務に疑問を抱くことは滅多にない男である。

「どうして、そう思う？」

浩志は質問で返した。

「藤堂さんがいつもと違うからです。任務に対してなんというか、いまひとつ覇気が感じられないんですよ」

どうやら、辰也は浩志の任務に対する姿勢に不信感を覚えていたようだ。

　柊真は梁羽から米国と中国が生物兵器を準備していると聞かされたそうだ。誠治からも同じような話を聞いている。彼らはいずれもそれが戦争に繋がると危惧しているようだ。

　核兵器と違って生物兵器は存在そのものが違法であるため、保有していたとしても極秘扱いにする。そのため敵対国への抑止力にはならないはずだ。核兵器は、世界の首脳が本当に使うほどの馬鹿でないかぎり、抑止力になる。また、北朝鮮のような危ない独裁国も存在するため、どこの国も核を捨てることはないだろう。

　生物兵器は敵国に使ったとしても、人的な移動や物流が発展した現代では自国にまで被害が及ぶことは目に見えている。梁羽は第三次世界大戦で使用される武器は生物兵器だと言っているらしいが、浩志は陰謀論だと首を傾げていた。そのため、今回の仕事を引き受けたものの疑問を抱いているのは確かだ。

「覇気がないように見えるのなら、俺の至らなさだ。生物兵器を扱う連中が、クロノスだろうと、中央統戦部だろうと赦すつもりはない。ただ、これまでとは戦い方が違う。それに戸惑っていることは確かだ」

　浩志は正直に答えた。

「俺たちは傭兵で、刑事とは違います。確かに戸惑いますよ。それにしても、この手の仕事ならＦＢＩが得意そうですが、やはりクロノスのモグラが心配で使わないんでしょう。

狙撃銃の代わりにカメラを使っていると考えて頑張るほかないですね」

辰也はカメラを構えて溜息を吐いた。彼の方が割り切っているようだ。

「そういうことだな。いずれにせよ、生物兵器になりうるウィルスが使われたら、大変なことになる。馬鹿なことを考えている連中を野放しにしないことだ」

浩志は浮かない顔で答えた。今追っているのは、中央統戦部の工作員だが、むしろギャラガーが死に際に残したクロノスの「人類浄化計画」という言葉が頭を離れないのだ。「浄化」というのなら人を選別して大量殺戮するというのだろう。だが、ウィルスは貧富の差や能力の差に関係なく感染してしまうため、手段として使うには不向きである。

ポケットのスマートフォンが反応した。誠治から移動中に渡された物で、スクランブル機能があるため、安心して通話ができるようだ。この電話番号を知っているのは、いつものごとく限られている。

――バラクーダだ。

夏樹からの電話である。バラクーダは英語でカマスを意味する。彼はコードネームをよく変える。だが、魚の名前にすることが多いらしい。

「どうした？」

浩志は愛想もなく返事をした。夏樹は感情を表現することはなく、会話もあまり好まないようだ。だが、浩志にとってはその方が対処しやすい。

——君らが監視しているのは、例の機関だと確認した。だが、二箇所あるそうだ。現在対象としているところとは別に、もう一箇所フラッシングにあるらしい。

夏樹からは地元在住の中国人諜報員から情報を得ると聞いていた。

「もう一箇所？」

——場所は分からなかった。他を当たるが、そっちでも探してくれ。場所が分かれば、私が対処する。

通話は唐突に切れた。いつものことだが、無愛想な男である。

「ちょっと任せる。村瀬と話をしてくる」

浩志は辰也の肩を叩くと、屋上から梯子を伝って表の通りとは反対側にある最上階のベランダに下りた。ベランダから鍵が壊れた窓を開けて、部屋に入る。

「どうしたんですか？　藤堂さん」

床で横になっていた村瀬が浩志に気付き、半身を起こした。

「休憩中にすまない。聞きたいことがあるんだ」

浩志は床に座ると、凍えた手を擦り合わせた。室内も外気とたいして変わらないが、風がない分暖かく感じる。

「なんでしょうか？」

村瀬は胡座をかいて座り直した。

「敵の動きは特になかったと聞いたが、何かアクションはなかったか？」

浩志はゆったりとした口調で尋ねた。電話で尋ねてもよかったのだが、リラックスした状態で尋ねたかったのだ。

「バイクの男が、食事を調達するために一度だけ外出しました。二十分ほどで大きな保冷保温バッグを背に戻ってきたので、特に報告していませんでした。すみません」

改めて聞かれ、村瀬ははっとした様子で言った。軍事的な活動ではないため、彼らは見逃したのだろう。

「その場所は、加藤が把握しているな？」

浩志は咎めることなく尋ねた。

リベンジャーズにとっての最大の目的は、ギャラガーを見つけ出して殺害することだった。それを達成したために誰しも気が緩んでいるに違いない。また、浩志の任務への取り組み方が中途半端なため、全員に悪影響を与えているのだろう。いずれにせよ、指揮官の怠慢が原因である。

「もちろんです」

村瀬は頷くと、すぐさま自分のスマートフォンで加藤に電話を掛けた。

「分かりました。38番アベニューの〝中国菜館〟というレストランです」

村瀬は引き締まった顔で報告した。

「了解」

浩志は親指を立てて頷いた。

6

フラッシング、38番アベニュー、午前十時四十分。

ダウンの防寒着を着た夏樹はメイン・ストリートでタクシーを降りると、38番アベニューに入った。

ホテルは、フラッシングの外れの127番ストリート沿いにある〝尚点酒店（ホテル・デ・ポイント）〟にチェックインしている。リベンジャーズが監視をしている元建材会社にも近い場所にあった。

梁羽は空港で分かれて別行動を取り、ニューヨークを離れた。中央統戦部が活動中のニューヨークにいては後々面倒なことになると判断したようだ。行き先は聞かなかったが、ワシントンD.C.あたりにいるのだろう。

二階建ての建物内に様々な業種の店が並ぶ38番アベニューも、漢字の看板で溢れかえっている。中国人というのは自国の文化が世界で一番優れていると思っているため、他国の文化を尊重しない。白人の街を支配すれば、あっという間に中華街に書き換えてしまう。

数軒先にある〝中国菜館〟という店の前で夏樹は立ち止まった。看板には十時半開店と書いてある。この店に、元建材会社から出てきたバイクの男が立ち寄ったらしい。尾行したリベンジャーズの加藤が、バイクの男は大きな保冷保温バッグを背負って店から出てきたと報告したようだ。

加藤らは単純に弁当でも購入し、持ち帰っただけと思い込んだらしい。普通ならその判断はおかしくはないだろう。だが、報告を聞いた浩志が不審に思い、夏樹に知らせてきた。バイクの男が弁当を買いに行ったとしても、保冷保温バッグまで店側が貸すはずがないからである。限りなく怪しいのだ。

夏樹は、「準備中」の看板が掛けられた店のガラスドアを開けた。

「まだ、準備中だ！」

途端に怒鳴り声が浴びせられた。

「十時四十分だ」

平然と言い返した夏樹は店内を見回し、店の中央にある赤い丸テーブルに載せてある木製の椅子を勝手に下ろして座った。三十平米ほどの広さのフロアに、四人掛けのテーブル席が六つある。奥にカウンターがあり、その向こうが厨房だ。壁には「北京料理」と記載されたメニューも貼られているので、普通に中華レストランとして営業しているらしい。

「開店は、オーナーの俺次第なんだ」

厨房からスキンヘッドの中年の男が、睨みつけていた。その後ろで、数人の男が働いているが、薄笑いを浮かべている。客である夏樹を挑発し、怒らせようとしているのだろう。あえて評判を落とし、一般人が寄りつかないようにしているのかもしれない。

「客商売だろう。さっさと北京ダックを出せよ」

夏樹は立ち上がってスキンヘッドの男に近付き、カウンターを叩いた。

「おまえのような生意気な客はいらないんだ！」

スキンヘッドの男は、包丁を握りしめた。

「分かった。分かった。出ていくよ。中華料理を食べさせる店は、他にもたくさんあるからな」

夏樹はさりげなくカウンターの下に盗聴器を貼り付けると、両手を上げた。

「なんだと、出て行け！」

スキンヘッドの男は、包丁を振り被った。

「なっ、なんて店だ。二度と来るか！」

夏樹は捨て台詞を吐くと、逃げ出すかのように走って店を出た。振り返ったが誰も追いかけてはこない。周囲を見渡し、二軒隣りにある美容室の雨樋の後ろに掌サイズの機器を取り付けるとメイン通りに向かった。

店のカウンターに仕掛けた盗聴器が発する電波の中継器である。このサイズで近くのWi-Fi基地局と接続し、インターネット経由で盗聴音を専用のアプリを使ってスマートフォンで聞くことができるという優れものである。モット・ストリートの〝大世界薬房〟で仕入れた〝小道具〟に入っていた盗聴器セットをさっそく使用しているのだ。

歩きながらブルートゥースイヤホンを耳に差し込み、スマートフォンのアプリを立ち上げて盗聴器が拾っている音を聞いた。アプリは参謀本部の技術開発部が開設しているサイトからダウンロードした。特殊なサイトだが、中国人諜報員である楊豹のIDとパスワードでログインできる。

――念のために、さっきの男の映像を顔認証システムに掛けておくんだ。

スキンヘッドの男の太い特徴的な声である。店のどこかに監視カメラがあったらしい。

調理場も含めて店にパソコンは見当たらなかったが、二階にパソコンで作業する部屋があるのだろう。

——それにしても、一人で店に入って来るなんて、いい度胸していますね。

厨房にいる部下なのだろう。

——ＦＢＩじゃないでしょうね。

別の男の声である。

——この店に、今は何も置いていない。ＦＢＩが踏み込んできても、心配はないだろう。支局の発送センターに過ぎないからな。

スキンヘッドの男の声と笑い声が聞こえる。

盗聴音はクリアである。問題ない。さすが、参謀本部の技術開発部が開発しただけのことはある。

ポケットから別のスマートフォンを出し、浩志に電話を掛けた。

「私だ」

——どうだった？

浩志の抑揚のない声が響く。傭兵という職業柄か、この男は感情を表さない。そういう意味では夏樹の業界に通じるものがある。

「やはり、そうだった」

夏樹はいつものごとく、素っ気なく答えた。

――その店も監視する必要があるな。

「手が回るほど人員があればの話だが」

夜になれば人数が増えることは聞いているが、今は手が足りないはずだ。

――正直言って、手がいっぱいだ。人数が増えても刑事じゃないからな。それに例の施設に十人以上潜伏している。もし、ばらばらに行動されたら、今の人数でも対処できるか分からない。

例の施設とは、元建材会社の建物のことである。浩志のスマートフォンも暗号化されて盗聴の心配はないはずだが、それでも気を遣っているらしい。できる男は用心深く細部まで気を配れるものだ。

「それなら、音声だけで今は充分だろう。私が見てきた施設は、君らが監視している施設の受付のような存在らしい。責任者らしき男は、〝発送センター〟と表現している。外部からの物資を一旦そこで受け取り、そちらに運ぶようだ。また、その逆もあるのだろう」

無人の廃墟と思われている元建材会社宛に、直接荷物を送りつけることはできない。その点、中華レストランである〝中国菜館〟を経由させれば、極端な話だがピザの配達をしても怪しまれることはない。
——音声？　ほお、仕掛けたのか？
浩志が感心したらしい。むろん、盗聴だと分かったようだ。
「店内の音声は拾えるようにした。音声の監視役を頼めるか？」
ド先のメールを送る。そちらでも確認できるように、専用アプリのダウンロ
他にもやりたいことがある。盗聴器にかかりっきりになれないのだ。
——分かった。
通話を切ると、メイン通りに出てタクシーを止めた。

浩志は夏樹との通話を終えると、スマートフォンをポケットに仕舞った。

古いアパートメントの最上階の一室にいる。

壁際で椅子に座った辰也が、長テーブルに載せたノートPCの画面を見ていた。机と椅子は他の部屋に置き去りにされていた物を集めてきた。そのため、作戦室らしく見える。

ノートPCの画面には四分割された映像が映っていた。いずれも撮影場所が違う元建材会社の敷地内の映像だ。

「針の穴、一番と二番はオーケーだ。七番と八番をよろしく」

辰也が、無線で宮坂に連絡をした。

傭兵代理店で監視カメラを購入してきた宮坂が、村瀬とともに設置している。カメラは屋上に二台、その他にも元建材会社の敷地を囲むように南北と西側にそれぞれ二台ずつ、計八台設置する。

加藤と柊真は、その間も交代で待機していた。また、バイクも二台体制にするように手配ずみだ。

「ハリケーン、三番と四番を確認した。五番と六番も急いでくれ」

辰也は村瀬にも連絡をした。

ちなみに監視カメラは通し番号で、古いアパートメントの屋上を起点として時計回りに一番から八番までの番号が振られている。

また、敷地内の様子を上空から見るために、東京の傭兵代理店の友恵と岩渕麻衣が軍事衛星で監視している。その上あらゆる角度から見られるように小型のドローンも用意した。頻繁に飛ばす必要はないが、人の出入りがあった際に使用するつもりである。周囲八方向からの監視カメラと上空からのドローンで、死角はない。

ちなみにドローンの撮影で、建物の陰に隠れるように停められていた車も発見している。計四台の車が駐車しており、すべてフォード・エコノラインだった。

「辰也、作業を続けながら聞いてくれ。影山から連絡があった。〝中国菜館〟も中央統戦部のアジトらしい」

浩志もノートPCの画面を見ながら言った。

「アジトは二箇所になりましたか。今は無理ですが、監視カメラを八台とも設置したら中華レストランの方にも人員を割けるんじゃないですか？」

辰也は画面から視線を外さずに答えた。

「ワットたちが合流すれば考えよう」

浩志は渋い表情で頷いた。

追跡

1

127番ストリート、〝尚点酒店〟、午前十一時三十分。

三つ星ホテルだが、フラッシングにあるホテルよりは設備は整っている。それに清潔感があった。

自室に戻った夏樹は、洗面所で特殊メイクのパーツを剝ぎ取り、石鹸で顔を洗った。

〝中国菜館〟で、中央統戦部の工作員に鍾徳華としての顔を見られ、監視カメラにも撮影されてしまった。工作員のリーダーらしきスキンヘッドの男は、顔認証にも掛けると言っていたが、顔自体は作り物なので引っかかることはない。

だが、撮影された顔は、そのまま中国のデータベースに登録されてしまうので、これから新たにマークされることになる。鍾徳華としての顔とパスポートも、これで使えなくなった。

アタッシェケースの二重底には、五つの偽造パスポートがある。すでに使ったスペイン国籍のパスポートは顔のパーツがないため、使えない。残り四つということだ。

「どうしたものか」

しばし悩んだ夏樹は、米国の紺色のパスポートをアタッシェケースから取り出し、IDページを開いた。

王偉（おうい）、一九六七年生まれ。写真には、オールバックに黒縁眼鏡（くろぶちめがね）を掛けたどこにでもいそうな真面目そうな男が写っている。架空の人物だが、政府のサーバーをハッキングし、納税者番号も持っている。米国華僑の輸入業者という設定で名刺のデータも用意してあった。

夏樹は公安調査庁を辞職してから数年の間、練馬でコーヒーの専門店と輸入雑貨店を経営し、隠遁（いんとん）生活を送っていた。だが、趣味と実益を兼ねていたことが功を奏したのか評判になったため、もはや隠遁生活とは言えず、身内とも言える友人に店は任せてある。

輸入業者は好きなキャラクターの一つだ。他人に扮装するにはなり切る必要があるため職種の候補にいつも挙げている。だが、今回の任務では輸入業者の出る幕はなさそうだ。

アタッシェケースからポーチを出し、王偉の顔のパーツが貼り付けてあるシートを取り出した。中国人は肌の色が同じため、今回もさほど手間が掛からない。鏡で顔を見ながらフォームラテックスのパーツを額と目の下に貼り付けて特殊なファンデーションで馴染ませる。最後にシャワーで白髪の染料を落とし、元の黒髪に戻った。

「いいだろう」

我ながら納得の出来栄えだ。人間の印象は目元で大きく変わる。さらに顔の造作を変えることもできるが、これで充分だ。

アタッシェケースから黒縁眼鏡を取り出して掛け、パスポートの写真と相違ないことを確かめた。度は入っていないが、ただの伊達眼鏡ではない。ＣＩＡの備品である顔認証妨害眼鏡である。レンズに特殊なフィルターが貼ってあるのだ。

スーツに着替えた夏樹は〝小道具〟が入ったアタッシェケースに、変装道具や偽造パスポートなどを隠した。手荷物は最低限にしたいのだ。

アタッシェケースを手にすると、部屋を出て一階に下りた。フロントは夏樹を見て首を傾げているが、呼び止めることはなかった。どこから見ても普通のビジネスマンだからだろう。

「おっと、失礼」

エントランスから出る直前、フロントを窺(うかが)っていた男にわざとぶつかった。

「気を付けろ」

男は夏樹を睨(にら)みつけると、首を振った。〝中国菜館〟の厨房(ちゅうぼう)にいた男である。夏樹が店を出た直後に、スキンヘッドの男に命じられて尾行してきたのだろう。店の表口からではなく、裏口から出たのかもしれない。ホテルに到着する前に尾行に気が付いたものの、どうせ別人になるからと放っておいたのだ。

「すまない」

夏樹は肩を竦(すく)め、エントランス前に停車しているタクシーに乗り込んだ。男は再びエントランスからフロントを監視している。わざとぶつかって顔をしっかりと見させたのは、変装の出来栄えを確認する意図もあった。

「ミッドタウン、ウエスト・42番ストリート」

夏樹は運転手に行き先を告げると、バックミラーでホテルのエントランスを確認した。さきほどの男はまだフロントを窺っている。応援を要請したのかもしれない。部屋には、空(から)のアタッシェケースがあるだけだ。指紋も拭(ふ)き取ってあるので、たとえ踏み込まれても問題ない。

「渋滞していないから、クイーンズ・ミッドタウン・トンネル経由で行きますよ。それとも、観光がてらクイーンズボロ橋経由で行きますか？」

運転手はバックミラーで夏樹の顔色を窺った。イースト川を渡るのにトンネルか橋かと親切に聞いているのだ。観光客なら少々遠回りでもクイーンズボロ橋と答えるだろう。黒人男性で、六十代のベテランらしい。

「仕事なんだ」

夏樹は素っ気なく答えた。この手の運転手は観光客や話し好きにはいいだろう。だが、夏樹には面倒なだけだ。

「一日から仕事かい。まったく何て仕事をしているんだ。それは大変だな。おっと、俺もそうだった」

運転手はわざと舌打ちしたあと、大声で笑いながら車を出した。

夏樹はアタッシェケースの底から高さと幅が五センチ、奥行きは六センチの超小型モバイルプリンターを出した。まだ世の中に出回っていないが、二〇一九年中に量産されて市販されるプリンターである。

スマートフォンやパソコンからＷｉ－Ｆｉで印刷データをアップし、紙だけでなく金属やプラスチックにもプリントできるという代物である。だが、手にしているのは純正の製品ではなく、参謀本部の中国製で、すでにコピーして諜報員に持たせているらしい。〝小道具〟に入っているものはどれも小型だが、最新の技術の粋を集めたものばかりである。

スマートフォンに、小型プリンターの専用印刷アプリを立ち上げた。あらかじめ用意してあった名刺用のデータの名前を王偉、肩書きを輸入業者から金融アドバイザーと書き換え、プリンターにデータを送る。最後に白地の名刺カードを取り出し、アタッシェケースの上に載せると、プリンターでなぞった。

「うーむ」

夏樹は印刷された名刺を見て、思わず唸った。タクシーで移動中に作成したとは思えない出来栄えである。

二十分後、タクシーはウエスト・37番ストリートを経由し、ウエスト・42番ストリートに入った。

「交差点の手前で停めてくれ」

夏樹は12番アベニューとの交差点手前でタクシーを停めた。

2

午後十二時二十分、ウエスト・42番ストリート。

12番アベニューとの交差点角に十八階建てのビルがある。

「今日は閉館ですよ」

ビルのエントランスの前に立った夏樹に、警備員が右手を前に突き出した。

「知っている。だが、私は中国の大使館員と約束をしたんだ。総領事館に連絡してみてくれないか？」

夏樹は肩を竦めた。

目の前のビルには、中国の総領事館が入っている。ここに向かう途中で中国の駐在武官に極秘情報を入手したためと言って、面会のアポイントメントを取ってあった。

「そう言われても、困ったなあ。今日は一月一日なんですよ」

警備員は頭を掻いている。総領事館に出入りできるのは大使館員と関係者だけだと聞いていたのだが、あえて尋ねたのだ。押し問答の様子は、エントランスの監視カメラが捉えているはずである。電話に出た大使館員は、総領事館に来て欲しいとだけ言ったのだ。何か魂胆があるに違いない。

「あっ、ちょっと待ってください」

警備員が左耳に入れてあるイヤホンに手を当てた。無線連絡が入ったようだ。さっそく反応したらしい。

「えっ、はっ、はい、分かりました」

警備員は戸惑った様子で、夏樹を見ながら頷いている。誰からの連絡かは、見当が付く。アポイントメントを取った駐在武官である容軍に違いない。

「すみません。今、大使館の方から、道路を渡ってまっすぐ進んだところにハドソン川が見える場所があるので、そこでお待ちくださいという指示がありました」

警備員は西の方角に顔を向けて言った。

「ありがとう」

右手を軽く上げて礼を言った夏樹は、12番アベニューを横断し、並行するハドソン・リバー・グリーンウェイも渡ってハドソン川の遊歩道に出た。

正面にキャンプ場にあるようなテーブル席が、河岸に沿っていくつも並んでいる。晴れてはいるが、気温は十度、朝方よりも下がっていた。眺めのいいテーブル席だが、使っているのは数人である。

右手の五十メートルほど先に、ハドソン川の観光クルーズ客船の桟橋がある。今日は運行していないのか、人気はない。

左手には、八十メートルほど先にフィッシュバーがある桟橋が見える。シャッターが下ろされており、営業していないらしい。

「ミスター・王偉、こっち、こっち」

数メートルほど離れたテーブル席に座っていた中年の男が、手を振っている。容軍である。事前に調べた資料の顔写真と同じだ。分かっていたが、わざときょろきょろと見回していた。この場所から総領事館が入っているビルのエントランスを見ることができる。監視カメラではなく、肉眼で夏樹の様子を見て警備員に連絡したのだろう。

「はっ、はい」

夏樹は首を傾げて、容軍に近付いた。

「私が容軍です。ミスター・王偉、こちらにお座りください。いい眺めですよ。総領事館の窮屈(きゅうくつ)な会議室でお話を聞くよりも、何倍もいいですから」

容軍は立ち上がると少々癖のある英語を話し、満面の笑みで握手を求めてきた。駐在武官は諸外国でいう中佐クラスに相当する中校のはずだが、妙に愛想(あいそ)がいい。

梁羽にニューヨークにいる中央統戦部の大物を教えて欲しいと頼んでおいた。すると、容軍を教えられたのだ。彼は米国の現場で働く中央統戦部のトップらしい。大物だけに、元建材会社にいるような小物の工作員と違って所在はすぐに分かったようだ。

「王偉です。すみません。年明け早々、本当に会っていただけるとは思っていませんでした。ありがとうございます」

夏樹も笑顔で握手に応えた。

「何をおっしゃいます。我が国民の不正を教えていただけるとお聞きしました。時間を選ぶようなことはしませんよ」

容軍は夏樹にハドソン川が見える席を勧め、自分は川を背に座った。

「ここは私も好きな場所ですよ。若い頃、父親に連れられてハドソンリバーの観光クルーズ船に乗ったこともありますが……」

夏樹は話の途中からわざと落ち着きのない素振りをして座った。両隣りのテーブル席は使われていないが、一つおいて左右のテーブルにはサングラスを掛けた中国人らしき男が座っている。容軍の部下だろう。座る際に気付いたという設定である。

「大丈夫です。心配ありません。私の部下です。あなたに危害を加える者はここにはいませんから、具体的にお話ししていただけますか？」

容軍はテーブルの上に両手を組んだ。

「私は、大企業や資産家の方に節税対策などを指導するコンサルタントをしています。一口に節税と言いましてもいろいろありますが、運用次第で、百万ドル単位の税金を節約することが可能になります」

夏樹は黒縁の眼鏡のズレを直しながら話し始めた。

「なるほど、なるほど」

容軍は節税と聞いてすでに食いついている。

「そのため、仕事柄オフショアの国々ともお付き合いがあります。失礼、オフショアとは、タックスヘイブンのことで所得税や相続税や贈与税などが極端に安いということです」

愛想笑いを浮かべながら夏樹は、饒舌に話す。

「前置きはそれぐらいで、本題に入ってもらえますか？」

容軍は苛立ってきたらしい。それも狙いである。

「実は米国のある銀行を調べていたところ、とある中国人の方にケイマン諸島の金融機関経由で多額の振り込みがあることに偶然気が付きました。ご存じの通り、ケイマン諸島の金融機関を経由すると振り込みの依頼人はまったく知られることはありません。ただ、私のような金融のプロですと、逆にそこが怪しいと考えます」

夏樹は、相手に見えないようにポケットのスマートフォンを操作している。

「なるほど、不正入金を見つけたということですね。それで、金を受け取ったのは誰なんですか？　わざわざ教えていただけるということは、その男は政府の関係者なんでしょう？」

身を乗り出した容軍は、声を潜めた。

「お察しがいい。しかし、重要人物かどうかを決めるのは、私ではありません」

夏樹はゆっくりと頭を左右に振った。

「確かにそうだ。君は頭がいいなあ。それにしても、どうして私に連絡してきたんだね。大使館員は他にも大勢いる」

容軍は笑みを浮かべたまま睨みつけてきた。なかなかの曲者らしい。

「米国大使館に勤める友人から話を聞いたことがあるんです。どこの国の大使館職員も外交官とそうでない顔を持つと。だけど、そんなことは公にはできません。唯一、情報を堂々とやりとりすることを許されているのは、駐在武官だそうです。FBIに持ち込んでも良かったのですが、何の得にもなりません。わざわざあなたにお知らせした理由はお分かりいただけますよね？」

夏樹は口を歪め、狡そうに笑った。

「もちろんです。我国は金持ちですから、あなたの希望に添えると思いますよ」

容軍は何度も頷いてみせた。

「陳威という科学者です。その銀行の口座開設の記録を調べてみたら、北京大学出身で、中国疾病預防控制中心に勤務する研究員でした。現在、開設時の住所はマンハッタンの高級アパートメントでしたが、そこにはお住まいになっていませんでした」

陳威のことは誠治を介して情報が入っている。今もジュリオ・サントスというＣＩＡの職員が尋問を続けているらしい。また、陳威を陥れるために、ケイマン諸島の金融機関を通じて米国の陳威名義の銀行口座に五十万ドルも振り込んだようだ。彼は遠からず中国側に殺害されるだろう。振り込んだ資金と用意された高級アパートメントは、その後回収されるらしい。実にＣＩＡらしい手口である。

「陳威？」

容軍はぴくりと眉を吊り上げた。陳威を知っているということだ。

「これが、口座の振り込み明細とアパートメントの住所です」

夏樹はデータをプリントアウトした紙を渡した。

「ミスター・王偉、ありがとうございました。大変参考になりました」

容軍は笑みを崩すこともなく立ち上がった。だが、目は笑っていない。むしろ怒っているようだ。

夏樹は机の下でスマートフォンの画面を見た。容軍のスマートフォンのペアリングに成功したようだ。これで、容軍のスマートフォンを自由に操作できる。むろん、彼のスマートフォンで盗聴盗撮も可能となる。容軍のスマートフォンにペアリングするため、陳威の情報を餌にしたのだ。

「これが、私の銀行口座です」

夏樹はさきほど作った名刺の裏に、銀行口座をボールペンで書いて渡した。

3

カレッジ・ポイント・ブールバード、午後十一時二十分。

古いアパートメントの脇道に、黒のフォード・エクスプローラーが停まった。

「ニューヨークは冷えるな」

助手席から降りたワットが、白い息を吐いた。

気温は四度まで下がっている。ハドソン川を吹き抜ける冷たい北東の風のため、体感温度はさらに低い。

「南米の温もりが懐かしい」

運転席からマリアノが、後部座席から鮫沼と田中が現れた。

四人はジョン・F・ケネディ国際空港に五十分ほど前に到着し、傭兵代理店が用意していたエクスプローラーで空港からここまで来たのだ。

「お疲れ様です」

背後の暗闇から加藤が、いきなり顔を出した。

「脅かすなよ」

ワットはぎょっとした表情で言った。

「お疲れ様です」

暗闇に停めてあるフォード・フォーカスから柊真が降りてきた。

加藤と柊真はバイク組で、車の陰に置いてある二台のバイクでいつでも追跡できるように待機している。もっとも、日が暮れてから一気に気温が下がったため、二人とも車の中で出番を待っているのだ。

「俺たちが最後か？」

ワットは加藤に尋ねた。

「そうです。入口はこっちです。正面玄関は目立ちますから」

加藤はカレッジ・ポイント・ブールバードの交差点とは、反対方向に歩いて行く。

数メートル戻った場所の金網のフェンスが外されていた。

「あとは自分で行く。最上階だろう。聞いてきたんだ」

ワットは人差し指で四階を指すと、他の三人を引き連れてフェンスを抜けた。建物の壁に沿って歩き、避難梯子で四階まで上がり、窓から廊下に入る。

この建物にエレベーターはなく、廊下の中央に階段があった。ワットは階段近くの部屋のドアを開けた。照明を点けると、勝手に使っていることがばれてしまうため、室内は暗いがノートPCのモニターが照明代わりになっている。

「すばらしい。作戦本部になっているじゃないか」

ワットは室内を見回し、手を叩いた。

壁際に並べられた長テーブルに三台のノートPCが載せられ、その前に辰也と宮坂、村瀬の三人が椅子に座っている。ワットらに気が付くと笑顔で手を振ってみせた。

また、部屋の反対側にある大きなダイニングテーブルの周りに、椅子が八脚も並べてあり、浩志の前に柊真のチームのメンバーであるセルジオ、フェルナンド、それにマットの三人が座っている。打ち合わせをしていたようだ。

「ご苦労さん。ちょうど、彼らにこれまでの経緯を説明していたところだ。これから、チーム分けをするからこっちに来てくれ」

浩志はワットらに手招きをした。

「そうだと思った。いつだってタイミングいいだろう?」

ワットらは空いている席に座った。

「敵が分散してアジトから出た場合を考えて、チームを四つに分ける。Aチームは、俺、加藤、村瀬、Bチームはワット、マリアノ、鮫沼、Cチームは辰也、宮坂、田中、Dチームは柊真のチームの四人だ。それから、残りの一人は、本人の希望で俺のチームになる」

浩志はワットを見てにやりとした。

「残りって、これで全員じゃないのか？　瀬川じゃないし、ひょっとしてクレイジードッグのことか？」

ワットは部屋を見回し、首を傾げた。外で待機している加藤と柊真を除いた全員が揃っているからである。また、クレイジードッグとは、夏樹が中国や北朝鮮で〝冷たい狂犬〟と呼ばれているのを、ワットが茶化したのだ。ちなみにCIAでのコードネームは、〝クールドッグ〟らしい。

「私の存在を忘れていない？」

隣りの部屋から黒髪の女性が現れた。

「えっ！　どうして！」

両眼（りょうめ）を見開いたワットが、腰を浮かせた。彼の女房であるペダノワだった。しかも、金髪を黒に染めている。彼女曰く、戦闘モードにしたらしい。

「自宅からここまで、二時間で来られるのよ」

ペダノワは腕を組んで不敵に笑った。自宅があるフォートブラッグに程近いファイエットビル地域空港から日に四便だが、ジョン・F・ケネディ国際空港への直行便が出ている。搭乗時間は一時間二十五分である。二人の子供は、基地内の友人宅に預けてあるそうだ。

「なんだ。サプライズか。確かに驚かされたよ。それに黒髪もセクシーでいいね」

ワットは大袈裟に胸を摩りながら笑った。

「驚かせるつもりはないわ。あなたに何度も電話かけたけど、通じなかっただけ」

ペダノワが肩を竦めてみせると、ワットは苦笑してスキンヘッドの頭を叩いた。

「それじゃ、続きだ。ターゲット1が動いた場合、加藤か柊真がバイクでバグを追跡する。彼らのサポートにそれぞれA、Dチームが付く。B、Cチームは、A、Dチームが出払った際に出番となる。場合によっては、ターゲット1を攻撃する場合もあるが、その際はターゲット2に対しても同時に攻撃を仕掛ける。だが、それは最終手段だ」

車もワットらが乗ってきたエクスプローラー以外に三台用意されていた。

ターゲット1は元建材会社、ターゲット2は〝中国菜館〟、バグとは中国人の工作員のことである。

「武器は、俺たちの分もあるよな？」

ワットが尋ねた。

「グロック17C、それにサプレッサーと暗視スコープを装着したM4、SPCSに予備の弾丸と無線機も人数分揃えてある。だが、ニューヨークで銃撃戦はできるだけ避けたい」

一方的に制圧できればいいが、反撃された場合は銃撃音を聞きつけた住民に通報されてしまうだろう。その場合、交戦中でも退却するつもりだ。FBIや市警との衝突を避けるためであり、また彼らの世話にもなりたくないからである。

ちなみにSPCSは米陸軍が採用しており、セラミックプレートを挿入することでライフル弾を阻止できるタイプ3のボディーアーマーだ。

また、無線機は従来のものではなく、IP無線機を使っている。IP無線機はインターネット回線を使用するため、距離に関係なく通じる。軍事衛星で浩志らをサポートする友恵らと、リアルタイムで通話するために必要なアイテムである。

「そうだな。銃撃戦は避けたい」

ワットは渋い表情で頷いた。

「もし、敵がウィルスを所持していた場合は、俺と柊真が対処する。監視カメラの見張りは、B、Cチーム、ターゲット2の盗聴はA、Dが行う。一時間交代とする。以上だ。質問は？」

浩志は椅子に座っている十名の男たちの顔を見た。それ以外の仲間にはすでに内容は伝えてある。

「ちょっといいかしら。バイクチームは、二人じゃ可哀想。私もバイクは得意よ。厳しい訓練も受けたことがあるから、追跡も自信がある。Dチームにバイク乗りは他にはいないの？」

少し離れた場所に立っていたペダノワが、質問をした。バイクの担当が二人だけというのは浩志も気になっていた。監視が長期に亘れば、彼らの体力にも問題が出てくる。辰也に指摘されたとおり、この任務に本腰を入れていないと思われても仕方がない。

「俺はモトクロスが好きだから、バイクは得意だけど……」

マットが戸惑いながらも手を上げ、他の仲間と顔を見合わせた。ペダノワが紹介されていないからだ。いきなり、長身の美人が現れて驚いているのだろう。

「すまない。紹介がまだだったな。エレーナ・ペダノワ・ワットだ。彼女は元軍人で、諜報活動の経験もある。それと、ワットの女房だ」

浩志が紹介すると、セルジオらは全員立ち上がり、ペダノワに会釈してみせた。

「それなら、ペダノワとマットもバイク追跡チームに入ってくれ。チームでの活動は二三三〇時からだ」

二人一組で行動できれば、加藤と柊真への負担も軽減される。

全員の顔を順番に見て言ったが、質問はないらしい。

「解散！」

浩志は勢いよく席を立った。気合の入れ直しである。

4

ベネズエラ、サンゴルキ郊外。

ＣＩＡセーフハウスの地下室。

ジュリオ・サントスは顎（あご）から滴（したた）り落ちる汗を首に巻いたタオルで拭（ふ）くと、折り畳み椅子に腰を下ろした。

「こんな時間か」

腕時計を見て舌打ちをしたサントスは、鉄製の椅子に縛られてぐったりとしている半裸の陳威に視線を移した。午後十一時五十分になっている。

サントスは二十四時間近く、一人でこの男を尋問していた。むろん休憩や食事はとったが、一睡もしていない。尋問される人間を眠らせないことが大事だからだ。

尋問は二十四時間が限度とされていた。午前零時になれば、一階の食堂で待機しているCIA職員が陳威を連れ去ることになっている。彼は明日の朝にはバハマの高級ホテルのベッドで眠っているだろう。だが、彼が生きて目覚めるかどうかは疑問である。

誠治の話では彼の銀行口座には五十万ドルが振り込まれており、その情報をフリーのエージェントを通じて中国側にリークさせたそうだ。金が振り込まれたせいで、拉致されたのではなく、逃走したと見られるだろう。

「あと十分。どうしたものか」

サントスは、椅子の背もたれに掛けてあるジャケットのポケットから煙草を出して火を点けた。

この二十四時間で陳威から得られた情報は、彼の所属とグアイリャバンバの実験施設での役割だけである。中央統戦部の計画などは一言も漏らしていない。科学者の割には強情であるが、国家からの粛清を恐れているのだろう。

陳威は疲れて眠っている。外見的には変わりはない。よくテレビや映画で、顔の形が変わるまで殴る拷問シーンがある。昔はそういうこともあったし、今でもそんな原始的な尋問をする者もいる。

だが、サントスは違った。足の指の爪の隙間や脇の下など、目立たないところに針を通すのだ。殴られるよりも苦痛かもしれない。サントスはその道のプロで、太さや形も違う様々な種類の針を使いこなす。

ズボンの後ろポケットに入れてあるスマートフォンが鳴った。

「サントスです」

サントスはスマートフォンの画面を見ると、すぐさま電話に出た。

――まもなく、時間切れだが、男の進展は？

誠治からの電話である。

「進展なしです」

サントスは暗い声で答えた。

――その男は、中国政府が引き渡しを要求してくると、思っているのだろう。それじゃ、中央統戦部の〝ツークー〟が動いたと教えてやれ。発音を間違えるなよ。〝ツークー〟だ。

「〝ツークー〟ですね。分かりました」

通話を終えたサントスは、傍に置いてあったバケツの水を陳威の頭から浴びせた。

「目を覚ませ、陳威」

サントスは陳威の頰(ほお)を軽く叩いた。

「……うう」

陳威は呻き声を発して目を覚ました。

「いい知らせと、悪い知らせがある。どちらを先に聞きたい？」

サントスは嬉しそうに尋ねる。

陳威は鼻を鳴らしてそっぽを向いた。

「映画やテレビで見たことがないのか？　尋問されているやつが質問されるシーンだ。いい知らせと、悪い知らせがある。どちらを先に聞きたいのか、ってな」

サントスは指を二本立てた。

「……どちらも聞きたくない」

陳威は気怠そうに左右に首を振った。

「それじゃ、いい知らせから教えよう。実は、君の知らない間に米国の大手銀行に口座を作っておいた。そこに、君へのプレゼントとして、五十万ドル振り込んだ。五十万ドルだぞ」

サントスは五本の指を立てると、大袈裟にのけぞった。

「馬鹿馬鹿しい。私名義の口座に、いきなり五十万ドルも振り込まれたら、誰が見ても私を陥れるために作ったと見るはずだ。財務の達人でなくても、そんな馬鹿げたトリックは見抜ける」

陳威は笑ってみせた。この男は痛みに強いようだ。もしくは長時間苦痛に晒されて、麻痺しているのかもしれない。

「口座は一年前に作られ、この一年間のおまえの生活費はそこから引き落とされたことになっている。銀行のデータを過去一年間遡って改竄するのは、わけもないことだ。科学者は世間に疎いから困る」

サントスは大袈裟に溜息を吐いた。

「そっ、そんな……」

陳威はようやく事態が飲み込めたらしい。

「いいニュースは、話したぞ。それじゃ、悪いニュースだ。中央統戦部の〝ツークー〟が動いた」

サントスは意味はわからないが、誠治に教えられた通りに発音した。

「ツークー！」

陳威は立ち上がろうとして椅子を倒して床に転がった。

「そんなに驚くことなのか？」

頭を掻いたサントスは、スマートフォンの音声翻訳アプリを立ち上げて〝ツークー〟と発音する。中国人が驚くのだから、中国語にセットした。

「〝ツークー〟は、中国語でヒットマンの意味か」

サントスは感心すると、陳威を椅子ごと持ち上げて元に戻した。

「わっ、私は殺される」

陳威はようやくまともな口をきいた。

「そのようだな。中国政府は、おまえを助けるより、殺した方が手っ取り早いと判断したようだ。隠していることを話せば、命は保証する。米国籍と安全な住居、それに生活に困らない資産。もし、心配なら整形手術も手配するぞ」

サントスは優しく言った。

「うっ、嘘だ。話せば、殺す気だろう」

陳威は、両眼を異常に見開いた。パニックになっているらしい。

「嘘はつかない。殺すつもりなら、もっと残忍な方法で拷問した。顔を殴らなかったのは、解放する前提で尋問したのだ。胸の奥に仕舞い込んだ秘密を話してくれれば、君は新しい人生を米国ではじめることができる。むろん、米国の協力者としてな。悪い話じゃないだろう？」

「協力者か……。分かった。話す、なんでも話すから助けてくれ」

陳威は涙を流しながら何度も頷いた。

「だが、まずい。すぐに話せ。あと五分で時間切れだ。零時になったら、おまえは連れて行かれるぞ」

腕時計で時間を確認したサントスは、陳威の両肩を摑んで揺さぶった。

「新型エボラウィルスが、中国に向けて運び出される」

陳威は甲高い声で答えた。

「本当か！」

サントスは両眉を吊り上げた。

「ニューヨークのアジトにウィルス培養実験室がある。そこで、最終的にパッケージングされたウィルスが、移送されるのだ！」

陳威は口から泡を飛ばしながら白状した。

「いつ運び出されるんだ？」

サントスは陳威の胸ぐらを摑んだ。

「おそらく今夜。遅くとも、明日までに運び出される。私が行方不明になったことで、急いで行動するはずだ」

陳威はサントスから視線を外さずに答えた。

「何！　たっ、大変だ！」

サントスは陳威から両手を離し、後ずさった。

5

カレッジ・ポイント・ブールバード、午前零時十分。

古いアパートメントの四階の一室は、今やリベンジャーズの司令室になっている。

辰也と宮坂が、ノートPCの四分割された監視映像を見ている。

浩志は二人の背後で、スマートフォンの盗聴アプリの音声をブルートゥースイヤホンで聴いていた。浩志はワット同様、中国語が堪能だからだ。

「うん？」

浩志は右眉をぴくりとさせた。それまで〝中国菜館〟の厨房は静かだったのだが、足音が響き、急に騒がしくなってきたのだ。二階から大勢の男たちが下りてきたようだ。店は十時に閉店しており、十時半には静かになっていた。翌日の仕込みをするにはまだ早い。

――行くぞ。

野太い男の声が響く。〝中国菜館〟の工作員たちが出かけるらしい。

「まいったな」

浩志は舌打ちした。元建材会社の見張りだけで手一杯ということもあるが、〝中国菜館〟は動かないと思っていたため、見張りを置いていない。だが、いまさらチームを派遣したところで、遅すぎる。

スマートフォンが振動し始めた。電話である。

――バラクーダだ。ターゲット2が動いた。

夏樹からである。彼には敵に割り当てた簡単なコードネームを教えておいた。

「そのようだな」

――二台のフォード・エコノラインだ。バグを追って、西に向かっている。そっちに行くかもな。

「了解」

浩志が返事をすると、夏樹は通話を切った。

数分後、夏樹が予測したとおり、ノートPCの監視映像を見ていた辰也と宮坂が二台のエコノラインを確認した。

「ターゲット1に二台のエコノラインが入ります」

辰也が画面を見たまま報告した。

「ドローンを飛ばすか？　用意してあるぞ」

椅子に座ってチョコバーをかじっていたワットが、尋ねてきた。ドローンは、休憩中の者が扱うことになっていた。

「頼む」

振り向いた浩志は、浮かない顔で頷いた。

「どうした？」

ワットはドローンのコントローラーの電源を入れながら尋ねた。

「車は六台になった。だが、全部、フォードのエコノラインだ」

浩志は渋い表情で答えた。

「見分けがつかないということか。やっかいだな」

ワットは口を尖らせながらも、窓からドローンを飛ばした。ドローンは特殊部隊でも使われるマイクロ静音タイプのため、音もなく道路を横切り、元建材会社の上空に達する。

「車が建物の裏手に停まったぞ」

ワットはパッドPCの画面を見ながら、鼻歌まじりでドローンを操縦している。リベンジャーズの仲間は、時間を見つけては新しい武器とも言えるドローンの操縦を学んだ。もっとも、彼らは自分で購入した小型のドローンで金をかけて競技し、いつの間にか高度な技術を身につけていた。

浩志はワットの脇に立ってパッドPCの画面を覗き込んだ。暗視モードになっているため、画面は青みがかったモノトーンだが、鮮明に見える。

車から八人の男が降りてきた。夏樹から聞いていたスキンヘッドの男もいる。

「全員建物に入ったようだな……。だが、照明を灯さないらしい」

ワットはドローンの高度を下げ、建物の二階の窓に近付けた。

「建物に照明が点かないのは、変ね。ひょっとしたら、地下室があるんじゃない？」

監視映像を見ていたペダノワが首を傾げた。

「そう考えるのが、妥当だろう」

浩志は小さく頷いた。

スマートフォンが振動し、再び電話の着信を知らせる。

着信画面を見て、通話ボタンをタップした。

――私だ。現場は変わらないか？

誠治の渋い声である。

「今さっき、ターゲット1に二台の車が入った」

――やはり、そうか。実は例の男が口を割った。君らが監視している施設に、ウイルス培養実験室があるらしい。敵はウィルスを運び出すぞ。国外に持ち出されたら、大変なことになる。阻止してくれ。

ベネズエラのセーフハウスで、サントスが尋問していた陳威が白状したらしい。

「言われなくても、そうする」

——特別行動部が、ニューヨーク市内で対テロ特殊任務に就いているとＦＢＩにも話は通してある。もし、ＦＢＩの協力が必要なら、いつでも要請できる。ニューヨークなら五分前後でどこにでも、チームが駆けつけてくるはずだ。

「ＣＩＡは、国内では活動できないはずだろう。よくＦＢＩが納得したな」

——ＣＩＡとＦＢＩの境界は建前だ。ＣＩＡも国内で働くこともあるし、ＦＢＩが国外で任務に就くこともある。むろんＣＩＡの国内での活動は、いい顔はされないがね。

「だが、緊急時にあんたを介して要請はできないだろう」

紛争地ならＣＩＡとＦＢＩの手助けはいらない。だが、ニューヨークで一旦警察沙汰になれば、逃げ場はなくなるだろう。

——君のスマートフォンにＦＢＩ副局長のフランク・コリンズの連絡先を送っておいた。彼が責任者だ。それから、ＣＤＣの例の二人も待機している。彼らがチームを編成して駆けつけるはずだ。だが、知っての通り、モグラに知られたら、敵を逃すことになるだろう。できるだけ、君たちだけで対処してくれ。後始末は、私が責任を持つ。

「了解」

通話を切った浩志は、両手で頬を叩き立ち上がった。

「みんな聞いてくれ。たった今連絡が入った。敵はウィルスを国外に持ち出すつもりらしい」

浩志は部屋の中央に移動し、仲間を見ながら告げた。

「なんてこった。ウィルスは米国に持ち込まれていたのか」

ワットは、ドローンを操縦しながら舌打ちをした。

「ウィルス培養実験室があるらしい。おそらく元建材会社の地下に大きな施設があるのだろう」

浩志は険しい表情で答えた。

「ぐずぐずしてはいられない。すぐにでも襲撃しよう」

ワットは、拳を握りしめて言った。

「そのつもりだ。やつらを一歩も外に出させない。全員攻撃の準備をしろ」

浩志は声を張り上げた。

6

午前零時二十分、ＳＰＣＳを着用した男たちは、黙々と銃の点検をしている。加藤と柊真の二人は、バイクチームとして待機させていた。こちらが攻撃準備をしている隙に逃げられる可能性があるからだ。また、二人の装備は車の中に用意してあるので戻る必要もなかった。

仲間が準備をしている間、先に装備を整えた浩志とワットが、腕を組んでパッドＰＣに表示させた周辺地図を見ていた。

「やはり、この住宅には銃撃音は聞こえるだろうな。それに、北側の部屋から元建材会社の正門が見えるはずだ。正面からの攻撃は、見られていないことを祈るしかないな」

ワットは地図を拡大すると、指差しながら言った。作戦の事前確認である。仲間が銃の点検をしているのは、浩志とワットが打ち合わせをしているからで、紛争地でないために慎重にならざるを得ないのだ。

元建材会社の敷地は交差点角にあり、幅が百四十メートル、奥行きが百十メートルと広い。北側は中古車販売業で夜間は無人、正門のある東側は浩志らがいる取り壊し予定のアパートメント、西側は八十メートルの緑地帯を隔ててフラッシング川が流れているため、気にする必要はない。

　だが、道路を挟んで南側は一階がバーで上階がアパートメントになっている三階建てのビル、また、交差点の斜め向かいは、四階建ての古いアパートメントが建っていた。ワットが指摘したのは、この三階建てと四階建てのアパートメントの住人である。通報されれば、五分でパトカーに取り囲まれるだろう。

「Aチームは正門、時計回りにBチームは南、Cチームは西、Dチームは北から同時に侵入する。時計を合わせろ。現在〇〇二五時だ」

　浩志は腕組みをしたまま言った。敷地内は赤外線センサーと監視カメラでセキュリティーはかなり厳しいと加藤から報告を受けている。四方から同時に攻撃をするか、一方向から先に攻める陽動作戦を取るかの、どちらかである。

「上空は手薄だ。パラシュート降下で一挙に攻略するのはどうだ？」

　ワットは真面目な顔で言った。いつもの冗談だが、これ以上策を練っても仕方がないということである。

「面白い作戦だ。出撃するか」

　苦笑した浩志が振り返ると、装備を整えた仲間が出番を待っていた。打ち合わせは、時間切れだと言いたそうな顔をしている。

「まずい！　建物から大勢出てきた」

監視映像を見ていた辰也が声を上げた。

「作戦変更だ。こちら、リベンジャー、トレーサーマン、応答せよ」

浩志はすぐさま無線で加藤を呼び出した。

——こちらトレーサーマンです。

「バグが動き出す」

——すでに待機しています。

加藤はスタンバイできているらしい。浩志が攻撃の準備を命じたために車から出て待機していたようだ。

「二台の車に、乗り込みました」

辰也が監視映像を見ながら言った。

「トレーサーマン、行け」

——了解！

加藤はいつになく張り切った声で答えた。

「また、二台の車に人が乗り込みました」

辰也が首を捻りながら報告した。

「分散作戦かもしれないぞ」

浩志は舌打ちした。六台の車は二台ずつ、三チームに分かれて行動する可能性が出てきた。最悪行き先も違う可能性もある。

「作戦変更。ABチーム、出撃。Cチーム待機、最後の二台が動いたら、行動しろ。Dチームはバルムンクと合流し、指示を受けろ。司令部は傭兵代理店に移す」

浩志は簡単に命じるとワットの肩を叩き、走って部屋を出た。すぐ後ろに村瀬とペダノワ、それにワットらBチームのメンバーが従っている。Dチームも司令室としている部屋を出たら、情報を集めて総合的に指示をすることができなくなる。そのため、傭兵代理店の友恵と麻衣にその役目を任せるのだ。

「モッキンバード、聞いているか？」

浩志は無線機で日本にいる友恵を呼び出した。

――こちらモッキンバード、どの車を追跡しますか？

友恵はすでに状況を把握しているようだ。彼女の声はクリアに聞こえる。IP無線機は携帯電話会社の通信網を使うため、山間部よりも都心部の方が適している。

「最初の二台は、トレーサーマンが追っている。三台目以降を追跡してくれ」

——了解です。

友恵は麻衣に軍事衛星のハッキング方法を伝授したそうだ。そのため、彼女たちは同時に別々の衛星を使うことも可能らしい。

「こちらリベンジャー、バルムンク、応答せよ」

浩志はバイクチームとして外でまだ待機している柊真に連絡した。

——バルムンクです、どうぞ。

「敵は三チームに分かれて行動するらしい。六台の車が出払ったら、おまえたちのチームは施設に潜入し、残存兵がいないか確認してくれ」

——地下の実験室は破壊しなくていいですか？

「その手柄は、ＦＢＩに残してやれ。俺たちの仕事じゃない。クリアしたら、他のチームのサポートに付いてくれ」

浩志は窓から出て非常階段を降りながら、柊真に命じた。建物の外に出た後でも打ち合わせは可能だが、その時間も惜しんでのことである。

——了解。

柊真が歯切れのいい返事をした。

フェンスの外に出ると、みぞれが降っていた。気温は氷点下まで下がっている。

浩志が脇道に置いてあるフォード・フォーカスの運転席に乗り込んでエンジンを掛けると、ペダノワが村瀬を押し除(の)けて助手席に座り、村瀬は渋々後部座席に収まった。

ワットらBチームは、フォード・エクスプローラーに、辰也らCチームは残りのフォード・フォーカスに乗り込む。

——こちらトレーサーマン。バグ1は、ノーザン・ブールバードに左折しました。

加藤から無線連絡である。

「了解！」

浩志はアクセルを踏み込んだ。

追撃

1

午前零時三十五分、浩志がハンドルを握るフォード・フォーカスは、クイーン・ミッドタウン・エクスプレスウェイ（高速道路）を疾走していた。

浩志が予測した通り、敵は二台ずつ三つの班に分かれて行動している。

二番目に元建材会社から出発した連中を追うワットらBチームは、バン・ウィック・エクスプレスウェイを南に向かっていた。このまま進むのなら、ジョン・F・ケネディ国際空港に行くのかもしれない。

また、五台目、六台目の車を追跡する辰也らCチームは、ブルックリン・クイーンズ・エクスプレスウェイで西に向かって走っている。イースト川の港湾施設とすれば、貨物船が目的かもしれない。

　追跡している順に、Ａチームが追っているのはバグ１、Ｂチームはバグ２、Ｃチームはバグ３というコードネームで分けている。

「三つのルートのうち、どれが本物かしら？」

　助手席のペダノワが、尋ねてきた。

「もし連中が、我々の監視活動に気が付いていたのなら、囮（おとり）を入れている可能性もある。だが、もし、そうじゃないとしたら、ウィルスをパッケージした容器が単純に三つあるということだ」

　浩志はダッシュボードの上に載せてある自分のスマートフォンの画面を時折気にしながら運転している。画面にはニューヨークの地図が表示されており、その上で赤い点が高速で移動していた。加藤の所持している偽造パスポートに内蔵されているＧＰＳ発信機の信号である。

　友恵が開発したＧＰＳ信号表示アプリは、登録されたＧＰＳ発信機の信号を一斉に表示することもできるし、個別に表示することもできる。今は、加藤の信号だけ表示させているので、追跡するのに便利なのだ。仲間の位置を知られてしまうため、第三者に使われないように、このアプリを立ち上げるには指紋認証だけでなく顔認証も必要となる。

また、友恵の手作業にはなるが、クロノスの工作員が発するＧＰＳ信号も表示させることができるため、〝追跡アプリ〟と呼んでいる。

「国外に持ち出すには、空か海にせよ、税関で調べられる可能性はある。三つに分けて持ち出せば、安全ということね」

ペダノワは頷くと、にやりとした。

「ウィルスは体外でも二、三日は生きていられるそうだ。極端なことを言えば、ウィルスが付着した物をビニール袋に入れて持ち運ぶことも可能だが、それでは安全性は保証できない。研究用のウィルス株の輸送の場合は試験管などに入れ、低温保存された状態で持ち運ぶだろう。試験管自体は小さな容器だと思うが、衝撃や温度変化を防ぐ容器にパッケージされるはずだ」

誠治からは、どのような形態で運ばれるのかという情報は得られていない。

「ポケットに入るような大きさなのか、コンテナに入れて運ぶのか、運び屋となっている連中を全員拘束しないと分からないわね」

ペダノワは頭を左右に振った。

「アイスクリームの容器に入れて運ぶという手もあるんじゃないですか？」

後部座席の村瀬が身を乗り出して言った。

「可能性がないこともないな。航空機に持ち込むのにドライアイスは、確か二・五キロ以下なら大丈夫だ。ドライアイスを入れたアイスクリームのパッケージにウィルス入りの試験管を忍ばせれば、十数時間のフライトも問題ない」

浩志はバックミラーで村瀬を見て頷いた。

「それも手軽でいいけど、アイスクリームならどこでも買えるわ。わざわざ国際線で運ぶ馬鹿もいないでしょう。かえって疑われるわよ。それよりも、薬品のコンテナだと書類を偽造すれば簡単に税関は抜けられるはずよ。密輸は入国には厳しいけど、出国は緩いから」

ペダノワは鼻先で笑った。一理あるが、相変わらず口調は辛辣である。

「輸送手段はどうにでもなる。一つ言えることは、空港や港に持ち込まれたら、探す手段がなくなる可能性があるということだな」

浩志は渋い表情になった。元建材会社は街中にあることもあり、慎重に行動した。それ自体は間違っていたとは思わないが、あと一分でも早く出ていれば連中を外に出すことはなかったのだ。先発として、Aチームだけでも門を固めておけばよかった。

バグ1は、クイーンズ・ミッドタウン・トンネルに入った。トンネルはイースト川の下を通り、換気塔があるマンハッタンのロバート・モーゼス・プレイグランドの下で大きく左にカーブし、イースト・37番ストリート沿いの出口から地上に出る。

バグ1を追跡している加藤のシグナルは、地上を出たことを示している。

「うん？」

スマートフォンの画面を見た浩志は首を捻った。

加藤のシグナルはトンネル・エグジット・ストリートに右折し、２ブロック先の交差点を右折し、イースト川に戻る形で向かっているからだ。さらに交差点から３ブロック進み、１番街を左折した。

――こちらトレーサーマン。バグ１が国連本部ビルのゲート前で停まりました。

「何！」

浩志は右眉を吊り上げた。空港か港に向かうものだと思っていたが、予測が大きく外れたからだ。

――今、ゲートを通過しました。私はこれ以上追跡できません。

加藤が悔しそうな声で言った。国際連合本部ビルの周囲は高い柵で囲まれ、入場ゲートは厳しいチェックを受ける。特に正面ゲートは、車止めがあった。鋼鉄製の巨大な爪がアスファルトの下から突き出しており、強行突破することは不可能である。

「モッキンバード、緊急事態だ」

浩志はバグ2の追跡をサポートしている友恵に連絡した。

——こちらモッキンバード。なんでしょうか？

「バグ1が国連ビルに入った。俺たちが入場できるようにできないか？」

——本当だ。Aチームのメンバーは、リベンジャー、トレーサーマン、ハリケーンの三名でいいですね。

友恵は三人のGPSシグナルを自分で確認したようだ。

「それに、ヴァーザだ」

ペダノワは、ロシア語で花瓶を意味する〝ヴァーザ〟というコードネームを持つ特殊部隊の指揮官だった。彼女はそれを誇らしく思っているようで、自分のコードネームに使っている。

——三分ください。でもどんな理由にしましょうか？

友恵は慌てることなく答えた。国連本部のサーバーをハッキングするつもりなのだろう。キーボードを叩く音が聞こえるので、すでにはじめているようだ。

「警備員の補充で充分だ。DSS（国際連合安全保安局）の警備責任者に呼び出されたことにすればいい」

国連の警備は、DSS、別称国連警備隊と呼ばれる保安機関が行っている。

――なるほど。了解です。

「頼んだぞ」

浩志は1番街には出ないで、イースト・45番ストリートの交差点手前で車を停め、加藤を呼び寄せた。一人だけバイクで入場するのはおかしいからだ。

――事務手続き上はおかしくないようにしましたが、問題があるようでしたらご連絡ください。

友恵は二分ほどで連絡を寄越してきた。

「助かった」

車を出した浩志は交差点で左折し、七十メートルほど進んで国連本部の正面ゲート前で停まる。

「身分証明書を見せてください」

運転席の側に警備員が近寄り、ハンドライトの光を浩志の顔に当てた。

浩志は今回使っているパスポートを差し出した。

「はい、どうぞ」

助手席からペダノワが加藤と村瀬のパスポートをまとめて、他の警備員に渡した。

「ミスター・賢一(けんいち)・藤田(ふじた)、あなたが日本人であることは、パスポートを見れば分かります。さきほど局長からの指令が届き、四人の補充員が本部まで来ることになっています。パスポートではなく、あなた方のＤＳＳの身分証明書を見せて欲しいのです」

警備員はそう言うと、浩志のパスポートを返してきた。

「俺たちは特殊部隊に所属していた。そこで、特別にＤＳＳにヘッドハンティングされたのだ。ＤＳＳの身分証明書はこれから支給されるんだ。今持っているわけがない。局長から届いた俺たちのリストとパスポートを照合すれば分かるはずだ。それとも、局長の命令を無視するつもりか！」

浩志は警備員を睨みつけて凄んだ。

「わっ、分かりました。今、ゲートを開けます」

警備員は慌ててゲートボックスの同僚に鋼鉄製の車止めを下げさせた。

「分かればいいんだ」

浩志は顔色を変えずに頷くと、車を出した。

2

午前零時五十分、国際連合本部。

浩志らは、地下一階にある警備員ルームで制服を揃(そろ)えた。ペダノワはウエストサイズが合わず、ベルトを締めてなんとか取り繕っている。

浩志は加藤と村瀬とペダノワの三人を廊下に残し、警備員ルームの隣りにあるセキュリティールームに入った。

十数台のモニターが壁面に並んでおり、二人の職員がモニターを見つめている。二人とも三十代、深夜にもかかわらず真面目に仕事をしているようだ。

「どうした?」

浩志に気付いた手前の男が尋ねてきた。この男はアイルランド系で三十代後半、もう一人はアフリカ系で三十代前半と若い。

「俺は、賢一・藤田だ。不審者が侵入したという情報を得て本部から派遣された。モニターを見せてくれ」

「本当か?」

アイルランド系の男が首を傾(かし)げ、訝(いぶか)しげに浩志を見た。

「中国人の工作員だ。人数は、五人。中国の大使館職員と名乗って侵入したらしい。テロ行為をする可能性がある」

浩志は正面ゲートの警備員から、先に入場した男たちのことを聞き出していた。だが、彼らの証明書や書類に不備はなかったらしい。彼らの目的は、国連ビルの中でウィルスのパッケージを第三者に渡すことかもしれない。というのも、国連大使など大物の政治家クラスに渡せば、空港でのチェックはほとんど受けないで済むからだ。だが、テロの危険性を第一に考え、最悪の場合を想定した上で対処しなければならない。

「そういえば、五人の男が、事務局の中国人スタッフのオフィスに向かうという連絡をもらっている」

ゲートから連絡が入っていたようだ。

「こんな時間におかしいだろう。今どこにいるんだ？」

浩志は険しい表情で尋ねた。

「夜間でも働いている関係者は、日頃からいる。まあ、年明け早々というのは確かにおかしいけどな。今どこにいるんだ？　なんせこの事務局ビルは三十九階建てだからな」

アイルランド系の男は、隣りのアフリカ系の男に目配せして監視モニターを切り替えて中国人工作員を捜し始めた。だが、二人に緊迫感はない。敷地はあまりにも広く、追跡のプロである加藤も手掛かりもなく動くことはできない。頼りは、内部の監視モニターの映像なのだ。

国連本部は、敷地のほぼ中央に位置する四階建ての総会議場ビル、その南側に位置する三十九階建ての事務局ビル、事務局ビルの東側でイースト川に面する四階建ての理事会議場ビル、敷地の一番南側にある図書館の四つのビルで構成されている。

「我々は、男たちが新型エボラウィルスを所持しているという情報に基づいて派遣されている。使用されたら、敷地内の人間は確実に死ぬんだぞ」

　浩志は口調を強めた。

「ほっ、本当か！　警備隊を出動させる」

　アイルランド系の男は、無線機のマイクを手に取った。

「待て！　闇雲(やみくも)に出動させても意味がないぞ。犯人を刺激するだけだ」

　浩志は男の腕を掴んだ。

「だったら、どうしろというのだ」

「各ビルの要所に警備員を配置し、侵入者の動きを知ることだ」

「知る？　何を生ぬるいことを言っているのだ。見つけ次第包囲し、場合によっては射殺するべきだろう！」

　男は鼻先で笑った。

「俺たちが対処する。ウィルスを撒(ま)かれたら、どうするつもりだ。そもそもウィルスに対処できるのか？」

「いっ、いや、それは無理だが、君たちはできるのか？」

アイルランド系の男は質問で返してきた。

「俺はウィルスの抗体を持っているから派遣された。それに、ＣＤＣの感染対策室に連絡しておいた。まずは、中国の工作員を見つけることが先だ」

浩志は監視モニターを指差して言った。


国連本部事務局ビルに侵入した武石と四人の部下は連絡通路を通り、監視カメラの死角となっている理事会議場ビルの地下にある倉庫の前にいた。会議がないため人気はなく、警備も手薄ということで身を隠すにはいい場所である。そもそも、地下室の存在はセキュリティー上公開されていない。

「なんてことだ」

武石はスマートフォンに送られてきたメッセージを見て、手を震わせている。

「どうしたんですか？　この場所で事務局スタッフの劉傑にパッケージを渡すんじゃないのですか？」

部下の一人が怪訝な表情で尋ねてきた。

「そう命じられてきた。だが、たった今、容軍司令官から新たな命令が出たのだ」

「新たな命令、ですか？」

部下たちは不安げな表情で、顔を見合わせた。

「明日の午前九時に、常任理事国の代表が集まる新年の顔合わせが、食事会形式でこのビルの最上階にあるダイニングルームで行われるそうだ。そこで、ウィルスを散布するように命じられた」

武石は大きな溜息（ためいき）とともに言った。

「そんなことをしたら、我国の代表も感染してしまいますよ」

部下は、声は小さいが口調を荒らげた。

「我国の代表は、直前でキャンセルするそうだ。米国、英国、フランスの三カ国の代表が座る椅子（いす）にウィルスを付着させる。シートのクッションに染（し）み込ませれば、大丈夫だそうだ」

「ロシア代表は、友好国のために標的にしないんですね」

部下は小さく頷いた。

「そうじゃない。我国だけ欠席すれば、怪しまれる。ロシアの代表がその場に居合わせて感染しなければ、むしろ疑われるのは彼だ」

武石は苦笑した。

「さすが、容軍司令官は策士ですね。しかし、どうやって散布するんですか？　素手で扱うことはできませんよね」

部下たちは怯えた表情になった。ウィルスを扱う作業にかかわりたくないのだろう。

「実はパッケージの他にも荷物を預かっていた」

武石は手に提げていたアタッシェケースから、黒い袋を出した。中身は防護服にマスクとゴーグルなどが入っている。

「防護服のセットが一つだけある。これを私が身につけて散布する。作業は簡単に済むはずだ」

「最初から、我々の使命はウィルス散布だったんですね。チーフは騙されたんじゃないですか」

さきほどの部下が上目遣いで武石を見た。

「上の悪口は許されない。二度と言うな。命令は、実行するのみだ」

武石は厳しい表情で部下を叱責した。

3

午前零時五十二分、ワットらが乗り込んだフォード・エクスプローラーは、バン・ウィック・エクスプレスウェイからインターチェンジを下りて、ジョン・F・ケネディ国際空港の東側を通るノース・サービス・ロードに入った。

右手は路面電車の線路、左手は空港の敷地が広がり、周囲にある建物は空港内の無骨な格納庫程度である。深夜だけに行き交う車もほとんどない。

「車間を目一杯詰めるんだ」

助手席のワットは、ハンドルを握るマリアノに言った。

「気付かれますよ」

マリアノは肩を竦めたが、ヘッドライトを消してアクセルを強めに踏んだ。

追跡しているフォード・エコノラインは、前方二百メートル先を走っていた。ここまでくれば、彼らの目的はウィルスの移送に航空機を使うことで間違いないだろう。

「飛行場に入る前に決着をつけるんだ。浩志の現場に人手がいるらしい」

ワットは他のチームの状況を友恵から聞いている。浩志のAチームは、国際連合本部ビル内でバグ1を見失ったそうだ。また、辰也らが追跡しているバグ3は、まだ逃走中らしい。

「了解。どうしますか？」

マリアノは大きく頷いた。

「見ろ、ここならウィルスをぶちまけても誰にも迷惑は掛からない。何のためにエクスプローラーに乗っていると思っているんだ。ブラボー作戦だ！」

ワットは右拳(こぶし)を突き上げた。

「ブラボー作戦！　やったぜ。了解！」

マリアノは奇声を上げて右手を前に突き出し、アクセルを床まで踏んだ。

「すみません。ブラボー作戦って、なんですか？」

後部座席の鮫沼が、前のシートに手を掛けて尋ねてきた。

米軍では無線通話などで正確に伝達するため、NATOフォネティックコードを使う。Aはアルファー、Bはブラボー、Cはチャーリーと、アルファベットをすべて単語に置き換えて表現するのだ。ブラボー作戦とは、B作戦ということである。

「見ていれば、分かる。銃を構えろ」

ワットが股間(こかん)に立てかけてあったM4を手にした。

「銃撃するんですか！　ちょっと、ちょっと！」

鮫沼は叫ぶように尋ねた。前を行くエコノラインとの差がみるみる縮まっていく。

次の瞬間、エクスプローラーは、エコノラインのバックパネルに激突した。

「わあ！」

後部座席の鮫沼が叫び声を上げる。

エコノラインは激しく尻を振ったが、運転を立て直すと後部座席から銃撃してきた。

「ほお、生きがいいなあ」

マリアノは慌てることなく、車をエコノラインの真後ろに付ける。

すかさずワットはＭ４を真正面に構え、フロントガラス越しに銃撃した。

フロントガラスを突き破った銃弾は後部座席を破壊し、血飛沫を上げる。反撃はない。

ワットは、銃弾を運転席に集めた。

エコノラインは歩道に乗り上げ、街路樹に衝突して止まった。

マリアノは、エクスプローラーをエコノラインの五メートル後ろに停める。まだ反撃してくる可能性があるため、これ以上近付けないのだ。

「マリアノ、三分で済ませるぞ。鮫沼、運転席に移れ」

ワットはＭ４を助手席に残し、グロックを手に車を飛び出した。

マリアノもグロックを提げて車から降りると、援護するためワットのすぐ脇を進む。

助手席から銃口が覗く。

ワットは助手席の黒い影に三発撃ち込み、身を伏せた。

マリアノは銃を構えながら車に近付き、左手にハンドライトを握り、車内を照らした。

後部座席に三人、運転席と助手席の男たちもぐったりとしている。全員頭を撃ち抜かれていた。

マリアノは運転席のドアを開け、トランクオープナーレバーを引いた。

エコノラインの後部に立っていたワットは、トランクのドアを開け、青いクーラーボックスを見つけた。中を確認すると、円筒形の金属の容器がバスタオルに包まれて入っている。

「ビンゴか？」

容器を手にしたワットは、他にも何かないかトランクの内部を調べた。

「車内は、クリア！」

マリアノは車内を調べ、ワットに親指を立てて合図をした。

「他にはなさそうだ。トランクを狙わなくて正解だったぜ。こいつがウィルスのパッケージなんだろう。撤収だ」

　ワットは容器を青いクーラーボックスに戻すとマリアノに渡し、エクスプローラーの助手席に乗り込んだ。

「作戦室に戻りますか？」

　運転席の鮫沼は、マリアノが後部座席に乗るのをバックミラーで確認すると、車を出した。

「国際連合本部ビルに行ってくれ」

「了解！　ところでブラボー作戦って、車をぶつけて攻撃することなんですか？」

　鮫沼はUターンすると、ワットに尋ねた。

「ブラボー作戦は、緻密に計算し尽くされた作戦だ。鮫沼には相談しなかったが、様々な場面を想定している。種を明かせば、マリアノと事前に打ち合わせをしてあったんだ」

　ワットは自慢げに答えてにやりとした。

「すごい。さすがデルタフォースは違いますね」

　鮫沼は口笛を吹いた。

「冗談を真に受けるな。ブラボー作戦は、俺たちの間では好きにやれという意味なんだ」

　マリアノは笑いながら答えた。

「そうだっけ。急げ、鮫沼！」

ワットは上機嫌で声を上げた。

4

カレッジ・ポイント・ブールバード、午前零時五十六分。

みぞれは、雪になった。気温は氷点下四度。

M4を手にした柊真は、フラッシング川沿いの緑地帯を歩いている。

「いつになく、慎重だな」

すぐ後ろを歩くセルジオが、周囲を警戒しながら言った。

最後のエコノラインが元建材会社の敷地から出て二十分ほど経っている。浩志からは、六台の車が出払ったら元建材会社の施設に潜入し、残存兵を確認するように言われていた。

柊真はフェルナンドとマットに赤外線センサーと監視カメラの電源を探して切断するように命じている。施設内にまだ残っている一味が、監視システムで柊真らの侵入に気が付いた場合のことを心配しているのだ。

待ち伏せされるのも嫌なことだが、エコノラインで出て行った仲間に連絡されて浩志らの追跡が探知されるのを何より恐れているのだ。

「そりゃあ、慎重になるだろう。ここはニューヨークで、アフガニスタンじゃないからな」

柊真は雑木林を抜けて、元建材会社の西側のフェンスに近付いた。

「少なくともパリよりも、大都会だからな」

セルジオは鼻息を漏らして笑った。

——こちらジガンテ、バルムンク、応答願います。

フェルナンドからの無線連絡である。

「バルムンクだ」

柊真は無線に答えると、フェルナンドの答えを予測してM4を肩に掛けた。

——監視システムを無効にした。地下ケーブルの電源を探すのに苦労したよ。

「了解。潜入する」

振り返った柊真はセルジオに手を振って合図した。

セルジオは柊真と並んで、一・八メートルほどのフェンスに両手で摑まり、左足を掛けた。柊真は二歩の助走でジャンプし、右手をフェンスのトップに掛けて軽々と飛び越した。

「いつものことだが、同じ人間とは思えないな。なんでオリンピックに出なかったんだ？」

フェンスをよじ上ってきたセルジオは、苦笑した。

「いくぞ」

柊真はＭ４を構え、元建材会社の裏口まで走る。セルジオが隣りに並び、遅れてフェルナンドとマットが到着した。

車はなくなっているが、バイクのニンジャ２５０が停めてある。ドライバーは六台の車とともに出かけた可能性もあるが、まだ建物の内部にいるのかもしれない。

柊真はドアノブを回してみた。鍵は掛かっていない。フェルナンドとマットを指差して援護を指示すると、柊真はセルジオに頷いて音を立てないようにドアを開けて潜入する。

中は赤い非常灯が点いていた。がらんとした空間が広がり、目の前に地下に通じる階段があった。だが、二階に上がる階段はないようだ。地上の建物は偽装らしい。

柊真は右手を前に振って階段を下りる。驚いたことに階段に踊り場があり、折り返して地下に下りた。それだけ、地下の天井が高いということだ。

長い廊下があり、左右にドアが五つずつある。三十人近い男が、潜んでいたことを考えると、地下に宿泊施設があったに違いない。

柊真がドアを開けるとセルジオが突入し、柊真はドア口で援護をする。その間、フェルナンドとマットは、廊下を見張るのだ。

十二畳ほどの倉庫のようなコンクリート打ちっぱなしの部屋に二段ベッドが二つあった。家具類はなく、私物も置いてない。

「クリア!」

セルジオが部屋をチェックして出てきた。

廊下の反対側の部屋を今度はフェルナンドとマットが、確認する。柊真とセルジオは廊下を警戒する番だ。単純な作業だが、手順を踏まなければ命に関わることになる。

「クリア!」

突入したフェルナンドが、すぐに出てきた。

四人は次々と部屋をチェックし、最後に突き当たりの部屋が残った。

ドアはカードキーで解錠する電子ロックがされている。

「このドアは、爆薬を使わないと無理だな」

ドアを調べたセルジオは首を振った。

「この向こうが実験室なんだろうな」

腕を組んだ柊真は、ドアを見つめた。爆薬は携帯していない。だが、持っていても使えば、すぐに警察が駆けつけてくるだけだ。

「どうする？」

セルジオがカードリーダーをＭ４のストックで叩きつけて壊した。この手のタイプは外部のカードリーダーを破壊してもドアを開けることはできないはずだ。

「やっぱり、コントロール装置は、部屋のなかのようだ。外からは、電子キーにハッキングしない限り開かない」

セルジオは舌打ちをした。彼は機械に強いので彼が駄目と言うのなら諦める他ない。

「撤収する。ドアの前にバリケードを築こう。俺は作戦室と連絡するから、地上に出る。外の見張りもするからセルジオも来てくれ」

柊真は仲間に二段ベッドを分解してドアの前に置くように指示をした。ドアを塞げば、中からは出てこられなくなるだろう。また、脱出路を確保する上でも、はやく外の状況を摑むべきである。

「いいアイデアだ」

フェルナンドが手を叩いて頷くと、マットとともにこれまで確認した部屋に入って行った。

「こちら、バルムンク。モッキンバード、応答願います」

柊真は地上への階段を上がりながら、友恵に無線連絡した。時刻は午前一時十分になっている。

——こちらモッキンバード。連絡を待っていました。

友恵の声に張りがある。他のチームの仲間に異常はないらしい。

「ターゲット1を制圧しました。ただし、実験室と思われる部屋のロックを解除できなかったために封鎖し、撤収します。他のチームの状況を教えてください」

——了解です。Aチームは、国連ビルでバグ1を捜索中、Bチームは敵を殲滅してポッドも回収し、Aチームの応援に向かっています。Cチームはバグ3を追ってアッパー湾に面したレッド・フックを移動中です。

「レッド・フック？　位置を教えてください」

——座標を送ります。ガバナース島の南の対岸よ。

「イーストリバーの河口ですね。とすれば、我々が応援に行くのなら、Cチームかもしれませんね。ありがとうございました」

通信を終えた柊真は、建物から出てハッと立ち止まった。

柊真はグロックを構え、無言でセルジオに警戒するように指示を出す。

建物のすぐ脇に停めてあったはずのカワサキのニンジャ250がなくなっているのだ。

「どういうことだ？」

セルジオも気が付いたらしく、Ｍ４を構えた。

「地下室に別の地上への出入口があるのか、建物の二階に潜んでいたのかもしれないぞ」

柊真は苦々しい表情で言った。

「迂闊だったな。確かに二階は階段がなかったから、調べることもなかった。上に潜んでいた奴が、ロープで下りたのかもしれないな」

セルジオは建物の二階を見上げた。

「こちら、バルムンク。モッキンバード、応答願いします」

再び友恵を呼び出した。

――はい、モッキンバード。

友恵の声が弾んでいる。張り切っているようだ。

「ターゲット１に停められていたバイクがなくなっています。衛星で確認できませんか？」

無理を承知で聞いてみた。

――衛星は無理ね。でも、そのバイクならトレーサーマンがＧＰＳ発信機を取り付けたはずよ。ちょっと待って。……今確認したわ。一分前にそこから移動している。今、追跡アプリに信号情報を追加したわよ。20という数字を割り振ったから、それで追跡して。

キーボードを叩く音が聞こえると、すぐさま友恵から返事がきた。

「了解。ありがとう」

柊真は通話を終えると、走り出した。

「どこに行く？」

セルジオも一緒に走りながら聞いてきた。

「追跡アプリで20番を表示させて、それを追うんだ。俺はバイクで先に行く。セルジオは車で仲間を拾って追跡してくれ」

「了解！」

「頼んだ！」

セルジオの返事を背中で聞いた柊真はフェンスを軽々と飛び越し、外の歩道に降りた。

5

午前一時十五分。バグ3を追ってブルックリン・クイーンズ・エクスプレスウェイを疾走していた辰也らCチームは、レッド・フックで一般道に出た。

「一般道に出たということは、目的地に近いということかな」

助手席の辰也はスマートフォンの地図を見ながら言った。

「かもしれないぞ。港が近いな。貨物船にでも乗るのか？」

後部座席の宮坂も、自問するように呟（つぶや）いた。

「この辺りはブルックリンでも不便な場所で、開発が遅れているんだ。住宅よりも倉庫やコンビナートや港湾施設が多いよ。別のアジトに行く可能性もあるぞ」

運転席の田中は、百五十メートル先を走るエコノラインを見ながらハンドルを右に切った。エコノラインは、レッドフック公園を抜けるベイ・ストリートに入ったのだ。幅は広くはないが、両面通行の道でまっすぐと続いている。

「やけに詳しいじゃないか。どうでもいいが、寂しそうな場所だな」

辰也はウィンドウに顔を近付けて周囲の景色を見た。公園の途中に煉瓦（れんが）造りの古い倉庫のような建物がある。いずれにせよ、住宅はないらしい。

「襲撃するには都合がいいんじゃないのか？」

宮坂も左右のウィンドウから外の景色を眺めている。

「ワットたちは空港の近くで襲撃して、金属製のポッドを回収したそうだ。この辺りならパトカーもいなさそうだ。やるか」

辰也は振り返って宮坂を見た。

「賛成！」

運転をしている田中が、左手を上げた。

「いつでもいいぞ」

宮坂がバックミラーに映るようにＭ４を見せた。

「前の車を追い越すんだ。宮坂、頼んだぞ」

辰也はバックミラー越しに宮坂に言った。彼なら前を走るフォード・エコノラインを抜き去る瞬間に、乗車している人間を全員射殺することは可能だろう。

「任せろ」

宮坂は右のウィンドウを下ろし、Ｍ４を向けて構えた。

田中がヘッドライトを消してアクセルを踏んだ。エコノラインに接近する。

「ちっ」

田中が舌打ちをした。

エコノラインが左折したのだ。四十メートル後方を走る田中もハンドルを左に切り、コロンビア・ストリートに入った。

「どっちだ？」

田中が首を傾げた。七十メートル先で道が左右に分かれている。

エコノラインは左に曲がり、そのままコロンビア・ストリートに進んだ。右手にコンビナート、左手はフェンスが続いている。

「よし、真っ直ぐな道になったぞ！」

興奮した辰也が、声を上げた。

「あっ！」

アクセルを踏んだ田中が、慌ててブレーキを掛けてスピードを落とし、ヘッドライトを点灯させた。

正面からパトカーが走って来たのだ。

「危ねえ」

宮坂は慌ててM４を床に置き、ウィンドウを上げた。

「まずいぞ。この防潮堤の先に警察署がある」

地図を見ていた辰也が叫んだ。

エコノラインが左折した。

「停めるんだ」

辰也はバックミラーでパトカーを見送る。

ろした。
田中はサイドミラーで三叉路の向こうにパトカーが消えるのを確認すると、胸を撫で下ろした。

「やばかったな」

「俺が偵察に行く。宮坂、援護してくれ」

辰也はグロックをズボンに差し込むと、二十メートルほどフェンスに沿って進み、簡易な門を抜けて港湾施設に入った。地図で確認したが、ゴーワヌス・ベイ・ターミナルと記載があった。

出入口のすぐ右手に事務所と思われるプレハブの建物があるが、この時間は無人らしい。高波に備えているのか、プレハブの建物は一・五メートルほどのコンクリートブロックの土台の上に建てられている。ガントリークレーンはないが、正門から二百四十メートルほど先に栈橋があり、二隻の貨物船が停泊していた。

エコノラインは駐車場の一番奥に停められている。バッグを担いだ五人の男たちが車から降りて、栈橋に向かって行くところだ。貨物船に乗り込まれたら攻撃の難易度は格段に上がるだろう。たった三人で攻めることはできない。

「頼んだぞ」

辰也は振り返って事務所によじ上っている宮坂を見ると、猛然と走った。

五人の男たちが足音に気付き、振り返る。

「おまえたち、ちょっと待ってくれ」

辰也は手を振って男たちに近付いた。

「なんだ？　おまえは？」

背の高い男が、辰也の前に立ち塞がった。身長は辰也とさほど変わらない。だが、一番若そうなので男たちのリーダーではなさそうだ。

「ちょっと、聞きたいことがあるんだ。質問を二、三するから答えてくれ」

辰也は笑顔で答えた。

「頭がおかしいんじゃないのか？」

背の高い男は防寒ジャケットの下からハンドガンを出して、辰也に向けた。

「死にたくなかったら、やめておいた方がいい。俺には特殊能力があるんだ」

辰也は右手を銃の形にして、男の顔面を指した。

「何の真似（まね）だ。死ぬのはおまえだ」

背の高い男は、銃口を辰也の額（ひたい）に合わせる。

「バンッ！」

辰也が口で破裂音を出すと、背の高い男の眉間（みけん）が撃ち抜かれた。

宮坂が事務所の屋根に上って狙撃したのだ。距離は二百メートルほどで、辰也の動きに合わせて狙撃するのは、彼にとっては朝飯前である。M４にはサプレッサーを取り付けてあるため、銃声が響くことはない。

「動くな！　分かったな！」

辰也は銃の形にした手を、目を見開いて茫然としている男たちに向けながら怒鳴った。男たちは銃も持たない男に撃たれたという現実が、受け入れられずに戸惑っているようだ。

「冗談だろう？　手の中に銃を隠しているのか？」

髪の短い年配の男が恐る恐る前に出て、頰を引き攣らせながらも尋ねてきた。この男に隠れるように隣りにいた男が、ゆっくりと懐に手を入れている。

「おまえ！　動くな！」

辰也が男に指先を向けた。

「馬鹿馬鹿しい。俺のは、本物だ」

男が懐から銃を抜いて笑った瞬間、血飛沫を上げて眉間に穴が開いた。

「これで分かったか。俺の質問に正直に答えれば、死なずに済む」

「わっ、分かった。抵抗しない」

残った三人の男たちは、首をがくがくと上下に振った。辰也が手の中に銃を隠し持っていると確信したらしく、指先を向けると後退り（あとずさり）した。

「新型エボラウィルスを運んでいるんだろう？　正直に言いな」

辰也は肩を竦めて、笑った。

「えっ！」

男たちは顔を見合わせている。

「金属製の筒型のパッケージだ。死にたくなかったら、出せよ」

辰也は男たちに指先を向けた。

「移送パッケージは持っていない。本当だ。俺たちは、貨物船でカナダに行けと命令されただけだ」

男たちは両手と首を激しく振って否定した。

「こちら、爆弾グマ。ヘリボーイ、応援を頼む」

――了解。

田中に応援を要請すると、フォークカスが猛スピードで敷地に進入し、辰也の目の前で急停車した。

「何やっているんだ？　遊んでいるのか？」

車から降りてきた田中が、辰也のポーズを見て苦笑している。

「これか？　一度やってみたかったんだ。念力で銃弾が飛び出すんだ。こいつらを見張っているから、銃を取り上げてやつらのバッグを調べてくれ」

辰也はズボンに挟み込んでいたグロックを抜くと、男たちに向けた。

「了解」

田中は男たちの身体検査をして彼らから銃を奪うと、バッグを調べ始めた。

「空港に行った連中以外も、ウィルスを運んでいるのか？」

辰也は改めて男たちに尋ねた。

「三つのチームに分かれて行動している。命令は、それぞれのチームごとに受けたから他のチームのことは知らないんだ」

髪の短い男が答えた。この男がリーダーなのだろう。

「どこにも金属製の容器はない」

全員のバッグを調べた田中は、首を振った。

「それじゃ、最後の質問だ。ウィルスのパッケージはいくつある。それぐらい答えろよ」

辰也はリーダーらしき髪の短い男のこめかみに、銃口を突きつけた。

「さっ、三個だ」

男は震えながら答えたが、辰也からは視線を外さなかった。

「どうやら、本当のようだな」

辰也は溜息を吐くと、男の後頭部をグロックの銃底で殴った。すかさず田中が、気絶した男の手足を樹脂製の結束バンドで縛った。

「動くなよ」

田中は他の二人の男たちの手足も結束バンドで縛り上げると、地面に転がした。

「撤収しよう」

辰也がフォーカスの助手席に収まると、田中が運転席に乗り込んだ。出入口近くで宮坂を拾うと、田中は車を走らせた。

「どうなっている。ウィルスの移送パッケージは、三個あるらしいが、俺たちが追っていた連中は持っていなかった。国連ビルに消えたチームが二個持っているのかもしれないな。とりあえず、応援に行くか」

辰也は腕を組んで首を傾げた。

「ちょっと待て、友恵に聞いてみる。こちら、針の穴、モッキンバード、応答せよ」

宮坂は無線機で友恵に連絡をはじめた。

――モッキンバードです。

「バグ3は処理したが、何も持っていなかった。だが、ウィルスを運ぶパッケージは、全部で三つあるそうだ」

——やはり、そうでしたか。実はさきほど、バルムンクから連絡が入りました。

友恵は柊真が元建材会社から逃走したバイクを、追跡アプリで追いかけていることを報告した。

「本当か！」

宮坂は目を見開いた。

「そいつが、ウィルスを運んでいる可能性もあるということか？」

無線を聞いていた辰也は、身を乗り出して尋ねた。

——リベンジャーもそう考えているようです。そのため、Cチームはバグ3を処理したら、Dチームの応援に向かうように要請されています。バイクは追跡アプリの20番で確認できます。

「了解。ヘリボーイ、急いでくれ」

辰也は、スマートフォンの追跡アプリを立ち上げた。

6

午前一時三十分、国際連合本部。

中央のゲートを通過した五台のシボレーのエクスプレス・パッセンジャーが次々と入場し、事務局ビル前のロータリーに停車した。

ボディーにはCDCのロゴと鳥をイメージしたマークがある。浩志が感染対策室のドナヒューに要請したところ、チームを編成してやってきたのだ。

先頭車両のサイドドアが開き、防護服を身につけたサラ・ハンコックが降りてきた。

エントランスで待機していた浩志は、軽く右手を上げて彼女に近付いた。助手席には防護服姿のドナヒューが座っている。

加藤と村瀬とペダノワをセキュリティールームに残し、監視カメラの映像をチェックさせている。敷地内の各ビルの要所に警備員を配置したために、中国人工作員が見つかるのも時間の問題だろう。

「いつの間に国連の警備員になったの？」

サラが鼻先で笑った。

「荷物は受け取ったか？」

浩志は表情もなく尋ねた。彼女を嫌っているわけではないが、冗談に付き合う時間が惜しいだけだ。

「ええ、後部座席よ」

サラは頰を膨らませて返事をすると、後部ドアを開けて顎で示した。

浩志が後部座席を覗くと、防護服を来たワットとマリアノと鮫沼の三人が、二列目と三列目のシートに座っている。ワットらが使っていた車は、フロントガラスが大破するなど、まともな状態ではないらしい。彼らを入場させるのにCDCを利用したのだ。CDCは先に到着できたが1番街に待たせ、ワットらをピックアップさせた。彼らは入場ゲートで怪しまれないように、車内で防護服に着替えたようだ。

「CDC最強の特殊部隊の参上だ」

ワットがM4を気取って構えると、他の二人は右手を軽く上げて笑ってみせた。ワットだけゴーグルを嵌めている。いつもながらこの男の緊張感のなさは、見上げたものだ。

「面白い。例のポッドを見せてくれ」

浩志は冷めた表情で言った。

「おまえに面白いと言われると、妙に腹が立つ。これだ」

苦笑したワットは青いクーラーボックスを提げて車から降りると、中から金属製の容器を出した。

「中を調べたか？」

浩志は容器を受け取ると、外側を慎重に見た。シンプルな形をしている。

「留め金を外せば、蓋を外すことができるだろう。多分、蓋を開けても、中身が飛び出す心配はないはずだ。だが、中身を安全に出すことができない場所では開けない方がいいと判断した。それに、ただの保管ケースじゃないことは、俺でも分かる。蓋の上部にあるLEDランプが、今は緑になっている。内部のバッテリーや保冷剤の状態を示すものだろう」

ワットは真剣な表情で答えた。中身がウィルスだけに、触らないようにしたのだろう。賢明な判断である。

「ちょっと、それって、中国のウィルス移送ポッドじゃない」

後ろに立っていたサラが、声を上げた。

「中国の工作員から苦労して取り上げたんだ。見たことがあるのか？」

ワットは嬉しそうに言った。自慢が入っているようだ。

「噂には聞いたことがあるわ。見せて」

サラは右手を伸ばすと、ワットを睨みつけた。ワットらをピックアップした際に、報告を受けなかったことを咎めているらしい。

「CDCに渡すつもりだったんだ。家に持ち帰ってもいいことないからな」

ワットは肩を竦めた。

「やはり、あったわ」

サラは容器の底を見て舌打ちをした。

「何が、あったんだ？」

ワットが手を出すと、サラは容器を取られないように引っ込めた。

「容器の底に小さな穴があるのが、見える？　リセットボタンじゃないわよ」

サラは容器を裏返して、浩志とワットに見せた。

「見えるが、何なんだ？　もったいぶるなよ」

ワットは頭を掻いた。

「このポッドは、保冷剤として液体酸素を使って超低温状態にするの。シンプルな形をしているけど、特殊なステンレス合金を使った、まさに中国の最新技術の粋を集めたような装置よ。だけどただの移送用の容器じゃなく、中に木炭とアルミニウムの粉末も入っているの。この穴をピンで刺すと、内部のスイッチが働き、液体酸素が木炭とアルミニウムの粉末に混じり合い、数秒後に電気的な火花が出る」

「なんだと、そんなことをしたら爆発するぞ。たとえ、火花がなくても、衝撃を与えればドカーンだ」

ワットはサラの話を遮った。

「その通り。針のような物で刺すだけで、液体酸素爆薬に早変わり。中のウィルスを、近くにいる人間ごと消し去るという凶悪な代物よ」

サラは首を横に振った。爆弾と言っても、木炭とアルミニウムの粉末に液体酸素が染み込むのに最低でも数秒掛かるだろう。針を刺してからすぐには爆発しないはずだ。

「爆発の威力は？」

険しい表情になったワットは尋ねた。

「容器の内側に五ミリ角の切れ目が入っているそうよ。蓋の留め金がしてある状態で、威力はM67と同等か、それ以上とも聞いてるわ」

M67とは、通称〝アップル〟と呼ばれる米軍が使用する手榴弾のことだ。十五メートル範囲で殺傷能力があり、破片は二百メートル以上飛ぶこともある。

「運ぶ人間は、それが爆弾にもなることを知っているのか？」

眉間に皺を寄せた浩志は、首を捻った。

「別の噂も聞いている。このポッドを渡される際に、工作員は証拠隠滅のためにこの穴にピンを刺すように命じられるそうよ。液体酸素が外に流出し、中のウィルスは死滅すると説明を受けるらしいの。むろん爆発するなんて教えられないわ」

サラは険しい表情で言った。

「自爆するということか。こいつが使われる前に拘束しないとな」

浩志は小さく頷いた。

——こちらトレーサーマン、バグ1、発見。バグ1を発見しました。

加藤からの無線連絡だ。中国人工作員を発見したようだ。

「すぐに行く。場所はどこだ」

——理事会議場ビルの非常階段を移動中です。

「分かった。すぐにチームで行く。警備員の小隊はなるべく近寄らせるな。おまえとハリケーンとヴァーザは、現場に急行してくれ」

浩志は無線で命じながら、ワットらにハンドシグナルを送った。

ワットはM4を手に、マリアノと鮫沼を連れて車を降りて来た。

「行くぞ」

浩志はワットらを引き連れて事務局ビルに入った。連絡通路から隣接する理事会議場ビルに入るのが一番近道なのだ。

理事会議場ビルに到着し、非常階段のドアを開けた。

銃撃音！

――こちらトレーサーマン、警備員を見た工作員がいきなり発砲してきました。というか、警備員が近付き過ぎたのです。銃撃戦になりました。

「今そっちに行く。警備員を下がらせろ！　やつらは爆弾を持っている。自爆する可能性がある。二十メートル以上離れるんだ」

――了解！

「急げ！」

浩志は非常階段を駆け上がった。

――こちらトレーサーマン、警備員を後退させました。

銃撃音は収まった。警備員も爆弾と聞いて素直に従ったのだろう。

「あとは俺たちが対処する」

三階の踊り場まで上がったところで右拳を上げて立ち止まると、グロックを抜いた。

「どうする？　相手は爆弾を持っている。しかも爆弾と知らずに使う可能性もあるんだ」

ワットが尋ねてきた。

「本当のことを教えてやるのが一番だ」

浩志は答えると、階段を上った。

「待て、中国語なら俺の方が堪能だ。それに説得も得意なんだ」

ワットが浩志の肩を掴んで引き止めると、先に階段を上り始めた。

「任せる」

浩志は頷くとワットの背中を叩いた。

「犯人に告ぐ。すぐに降伏しろ。完全に包囲されている。おまえたちが所持しているウィルス移送ポッドは、扱い方を間違えると大爆発するんだ」

ワットは中国語で大声を張り上げた。

「いいか。死にたくなかったら降伏し……」

轟音がワットの声をかき消し、辺りに白い煙が立ち込めた。工作員が移送ポッドに針を刺したに違いない。

——こちらトレーサーマンです。犯人が自爆しました。

加藤が悔しそうな声で報告してきた。

「説得は得意だったよな」

浩志は呆然としているワットに言った。

「俺もそう聞きました」

　マリアノが苦笑を漏らした。

「そうだっけ？」

　ワットは肩を竦めた。

「撤収！」

　首を振った浩志は、仲間に無線で命じた。

7

　ニューヨーク、ウエストチェスター郡、午前二時。

　ヤマハ・トリッカーを駆る柊真は、元建材会社から逃走しているカワサキ・ニンジャ250を追っていた。

　バイクのハンドルに、専用スタンドでスマートフォンを固定してある。追跡アプリで、ニンジャ250に割り当てられた20番の信号を追跡しているのだ。ニンジャ250はホワイトストーン・ブリッジでイースト川を渡り、ハッチンソン・リバー・パークウェイをひたすら北上している。

気温は氷点下三度、雪は小ぶりになっているが、スピードを落とすつもりはない。おかげで、四十五キロ走って距離を三キロ縮めている。

だが、体が芯から冷え切り、手の感覚もなくなってきた。どこかで暖を取りたい。一番簡単なのは、バイクを停めて後続のセルジオらと合流することである。問題は、セルジオらが乗るフォード・フォーカスが六キロも後方のため、時間のロスが大きいことだ。

「おっ」

柊真の顔が綻んだ。20番の信号が、二キロ先の出口から高速道路を下りたのだ。目的地は、ウエストチェスター・カウンティ空港のようだ。

信号は空港の北側にある駐車場で停止した。

柊真も高速道路を下りて、エアポート・ロードに入った。バイクのライトを消してスピードを落とし、大きく右にカーブして三百メートル進んだところで停めた。近くに右に曲がる小道があり、角に長期駐車場という看板が出ているのだ。20番の信号はその先で停止している。

柊真はバイクを駐車場の出入口近くに置き、ヘルメットをミラーに掛けるとスマートフォンをポケットに仕舞った。

駐車場に続く道を百メートルほど進んだところに、ニンジャ２５０が置かれているのが見える。夜間灯がほとんどない薄暗い駐車場だが、柊真は目立たないように近くにある建物の陰に隠れた。

「こちら、バルムンク、モッキンバード、応答願います」

柊真は囁くような声で友恵に無線連絡をした。

――モッキンバードです。位置は確認しています。

友恵は柊真と20番の信号もモニターしていたのだろう。

「話が早い。この空港のことを調べてもらえませんか。簡単でいいんです。規模からいって地域空港だと思います。だとしたら、この時間に離着陸する飛行機はないはずです」

ニンジャ250に乗って来た男の目的を知りたいのだ。

――もう調べてありますよ。国内線だけの地域空港です。南北に二千メートルのメイン滑走路があり、東西には横風用の千三百五十メートルの滑走路があります。出発の初便は朝五時五十一分、終便は二十時四十三分、到着便の初便は八時三十五分、終便は二十三時五十五分です。

友恵は淀みなく答えた。追跡アプリで目的地を予測して先に調べたのだろう。

「さすがです」

国内線でどこかの国際空港に移動するにしても、この時間に便はないということだ。

――あっ、それから、長期駐車場のすぐ近くにある建物は警察署だから、派手に暴れるとすぐに警官が駆けつけてくるわよ。

「私がいるところは、警察署の建物ですか。飛行機は駐機されていますか？」

柊真は背中に黒いビニールのゴミ袋を巻きつけたM４を背負っており、腰にはグロックを携帯している。誰が見ても不審者にもかかわらず、警察署の建物とも知らずに隠れていたのだから苦笑するほかない。

もし、国内線以外に乗るとしたら、プライベートジェットだろう。

――今、駐機されている飛行機はありません。もし、格納庫に駐機されていたら、上空からは確認できません。人間の熱反応は、見る限りでは、バルムンク以外は確認できません。建物の中にいるため と思われます。

「ありがとう。助かりました」

柊真は通話を終えると、追跡アプリを立ち上げ、セルジオが所持するＧＰＳ発信機の番号を選択した。今回の作戦に参加するために、柊真の仲間にもＧＰＳ発信機が配られている。セルジオらは、まだハッチンソン・リバー・パークウェイを移動中だが、あと五分ほどで到着できるだろう。彼らも柊真と20番の両方の信号を追っているはずだ。

「さて、捜すとするか」

独り言を呟いた柊真は、南に向かって歩き出した。空港ビルは七百メートルほど南にあり、その間に、飛行機の格納庫らしき建物が三つある。地域空港とはいえ、二千メートルの滑走路があるだけに広い。どこにでも隠れることはできそうだ。

風切り音。

「……！」

斜め前方に転がり、駐車している車の陰に飛び込んだ。

銃声はなかったが、間違いなく銃弾が空気を切り裂く音である。

柊真は背中に掛けていたＭ４を下ろし、巻きつけていたゴミ袋を引き剝がした。ゴミ袋を丸めてＭ４のストックに巻きつけて頭の大きさにして縛り、車から出した。途端に車のボディーに銃弾が当たった。

車のウィンドウ越しにだが、周囲にマズルフラッシュは見えなかった。暗視スコープが装着されているかは分からないが、敵は少なくともサプレッサーを取り付けたライフルを使っているに違いない。

「こちら、バルムンク、モッキンバード、応答せよ」

――モッキンバード、どうしましたか？

「狙撃されました。熱反応を調べてください」

屋内から狙撃されることはないはずだ。

――調べたけど、熱反応はないわ。使っている軍事衛星が古くて精度が落ちることもあるけど、体が冷え切っている可能性もあるわね。バルムンクの熱反応も弱いから。

まだ雪が降っており、体は濡れているため、熱反応が拾えないようだ。

「了解です」

溜息を吐いた柊真は、再びM４のストックを車から出した。

風切り音とともに、今度はビニール袋の端に当たる。正確な位置は分からないが、南の方角から撃たれたようだ。

――こちらブレット、間もなく到着する。バルムンク、応答せよ。

セルジオからの無線連絡である。

「バルムンクだ。銃撃された。敵の位置が摑めないが、長期駐車場から百メートル以上南にいるはずだ」

――了解。駐車場に車を入れて、援護する。Ｃチームは二十分後に到着するだろう。その前に片付けようぜ。

「敵の狙撃の腕は確かだ。慌てると怪我をするぞ！」

怪我ですめばいい。戦地でないため、セルジオらは油断しているのかもしれない。

——了解！

セルジオの声が引き締まった。

柊真はストックからビニール袋を外し、周囲を見渡した。薄暗いといっても要所に夜間灯はある。周囲を闇にするには、最低でも近辺の三つの夜間灯を破壊しないとだめだろう。

車の陰から二つの夜間灯を狙撃した。奥にある夜間灯は、車の陰からは狙えない。だが、かなり周囲の闇は深くなった。

——こちらブレット、バルムンクの後方五十メートルの位置に散開した。

「了解。今から、移動する。敵の位置を確認してくれ」

柊真は車の陰から飛び出し、全力で走った。

銃弾が耳元を抜けていく。

四十メートル走り、格納庫の陰に転がり込んだ。

——こちらブレット、狙撃手、発見。南西二百メートルの位置、ギリースーツを着て滑走路近くの芝生(しばふ)に紛れている。

ギリースーツは狙撃手がカモフラージュする際に、頭から被(かぶ)る迷彩(めいさい)の網のような服だ。

バイクの男が、そこまで用意できるとは思えない。狙撃手はあらかじめ空港で待機し、バイクの男の尾行を確認していたに違いない。

——こちらジガンテ、俺の位置なら狙える。対処していいか？

フェルナンドは、狙撃を得意とする。

「頼む」

——こちらジガンテ。対処した。

間髪を容れずにフェルナンドから連絡があった。

「敵はまだいるはずだ。油断するな」

柊真は短く息を吐き出した。

8

ウエストチェスター・カウンティ空港、午前二時十分。

柊真はＭ４の暗視スコープで周囲を窺った。だが、新たな敵を見つけることはできない。

「こちらバルムンク。囮になる。敵を捜してくれ」

——了解。

三人の仲間からほぼ同時に返事が届いた。

「うん！」

柊真は眉を吊り上げた。

滑走路の誘導灯が突然灯ったのだ。夜間飛行をしていない地域空港のため、誘導灯の数は極端に少ない。だが、離着陸するには充分だろう。どうやら、空港は管制塔も含めて施設は制圧されているようだ。

柊真は夜空を見上げた。北西の方角から航空機のエンジン音が聞こえたのだ。星空から抜けてきたライトが滑走路に近づき、白い小型機が着陸した。チャレンジャー600である。ボゴタの北部にあるグアイマラル空港から飛び立った機体に違いない。チャレンジャー600は滑走路の反対側で停まるとゆっくりと反転し、離陸できる姿勢になった。

「まずい。こちらバルムンク、誰も飛行機に乗せるな！」

柊真は叫ぶと、長期駐車場に向かって走り、出入口付近に停めてある自分のバイクに跨った。

——バルムンク！　何をするつもりだ。

セルジオの声だ。

「飛行機のところまで行く。援護を頼む」

――分かった。無茶はするなよ。

マットの声が聞こえる。

柊真は駐車場の段差を越えるとスロットを全開にし、スピードをあげた。フェンス際を走り抜け、置かれていた資材を上ってフェンスを飛び越した。芝生に着地すると、誘導路を横切り、滑走路に進入する。

バイクの目の前の滑走路に火花が散った。銃撃されたのだ。

前方の左手上を見た。狙撃手が空港ビルに近い格納庫の屋根の上にいる。だが、セルジオらからは、狙えない位置だ。

柊真はスロットを開き、スピードを上げた。

チャレンジャー600の前方ハッチが開き、タラップが下りる。

滑走路の南端の二百メートル脇にある雑木林の闇から、ピックアップが抜け出した。空港を占拠している連中の車だろう。

「くっ!」

バイクのヘッドライトが銃撃されると同時に左肩に激痛を覚えた。

狙撃手は単射では当たらないので、連射してきたのだ。

ハンドルを取られそうになったが、なんとか立て直した。

ピックアップがチャレンジャー600の脇で停車し、助手席から現れた小型のバッグを手にした男がタラップに向かう。別の男が運転席から降りてくると、柊真に向かって銃撃してきた。距離は百メートルを切っている。

柊真は両手を離してM4を構えると男に銃弾を浴びせ、M4を投げ出してバイクから飛び降りた。バイクはピックアップに激突し、柊真は受け身を取って滑走路を転がった。

チャレンジャー600のタラップが閉まり始めた。

立ち上がった柊真は、閉まりかけたハッチの隙間（すきま）からジャンプして機内に飛び込んだ。

「貴様！」

出入口近くにいた男が、殴りかかってきた。

柊真は右手で男のパンチを受け流しながらその腕を摑んで捻り、左手で男の後首を押さえてタラップの角に打ち付けた。狭い空間を利用した攻撃である。

タラップと一体になっているハッチが閉じた。同時にエンジン音が高くなる。

「動くな！」

通路の奥に立つ二人の男が、銃を向けていた。左の男は年配ではじめて見る顔だ。だが、右側の男は、ボゴタのトルカ変電所と変電所近くにあったグアイマラル空港の格納庫でも見ている。名前は部下から羅と呼ばれていた男だ。

羅の脇の座席に先ほど見た小型のバッグが置かれている。この男がバイクに乗っていたようだ。しかも、バッグの中身は、ウィルス移送容器なのだろう。男を追跡している途中で、浩志から無線で現状を聞いている。

リベンジャーズのA、B、Cの三つのチームは、すべて任務を完了させていた。一つは爆発したもののウィルス移送容器を二つ確認しており、まだ一つあるという。最後の一個を運び出したのは、羅なのだろう。彼が持っているバッグに入っているに違いない。

咄嗟に、出入口近くの座席の後ろに隠れた。途端、座席の背に体が押しつけられる。チャレンジャー600が離陸したのだ。

「うん？」

座席の下に、救命胴衣と小型のパラシュートが収められていることに気が付いた。通路を隔てて別の座席も同じ仕様だ。この飛行機がただのビジネスジェット機でないことは明白である。

柊真はにやりとするとパラシュートを座席の下から抜き取った。座席の隙間から後方を覗くと、二人の男は銃を構えてまだ立っている。自分たちが有利だと思っているのだろう。

だ。

「降伏しろ！」

羅が銃を突き出し、大声で怒鳴った。だが、飛行中の機内で銃を使う勇気はないはずだ。

柊真はパラシュートを背負ってハーネスの肩と胸ベルトを締めた。短く息を吐き出すとグロックを抜いて通路から身を乗り出し、羅の座席に載せられているバッグを連射した。

「ばっ、馬鹿な！」

「大変だ！」

男たちが中国語で喚いている。

轟音と衝撃。

機内に激しい突風が吹き荒れる。柊真は座席にしがみついた。

ウィルス移送容器に銃弾が命中して穴が開き、中の液体酸素が木炭とアルミニウムに混じり合った衝撃で爆発したのだ。

後部の天井が吹き飛んでいる。羅ともう一人の男の姿はない。爆発で吹き飛ばされた天井と一緒に機外に放り出されたのだろう。

「うっ！」

柊真は立ち上がろうとした瞬間、通路を転がって後部の壁に叩きつけられた。

チャレンジャー600が、急降下している。墜落は免れないだろう。

壁に摑まりながら天井の穴から身を乗り出すと、両手で頭を抱えて機外に飛び出した。

「まずい！」

叫んだ柊真は、リップコードを引いてパラシュートを開いた。思いの外高度が低かったのだ。

急降下したチャレンジャー600が、墜落炎上した。

「任務完了」

呟いた柊真は、額に浮いた汗を拭った。

エピローグ

ニューヨーク・フォーシーズンズホテル、二〇一九年六月八日、午後九時五十五分。

スーツを着た浩志は三十二階でエレベーターを下りて廊下を進むと、とある部屋のドアをノックした。

ドアが開き、中年の東洋系の男が顔を覗かせた。前回会った時と顔の造作は違っているが、梁羽である。彼に緊急の用事があると呼び出されていたのだ。

「よく来たな」

梁羽の声は沈んでいる。

浩志は部屋に足を踏み入れた。

三百三十四平方メートル、２ベッドルーム、リビングルーム、それにバルコニーもあるロイヤルスイーツである。

まるでラウンジのような空間が広がり、窓からはニューヨークの美しい夜景が見える。

リビング奥の楕円(だえん)のテーブルに五脚の椅子(いす)があり、奥の中央は空(あ)いていた。その左の椅子に誠治、反対側の右の椅子に素顔に近い夏樹が座っている。

夏樹が立って軽い会釈(えしゃく)をすると、隣りの椅子を引いた。

テーブルの中央に白酒(パイチュウ)である貴州茅台酒(きしゅうマオタイしゅ)とサントリー響(ひびき)の三十年もの、それにワイルドターキーの十七年もののボトルが置かれ、その周りに五つのグラスが並べられている。

「久しぶりだな」

浩志は誠治と夏樹に頷(うなず)くと、椅子に腰を下ろした。

ドアがノックされた。

「すみません。遅くなりました」

最後に顔を見せたのは、柊真である。

浩志は隣りの椅子を引いた。

柊真は全員に頭を下げながら、浩志の隣りに座った。

「新型エボラウィルスの事件から半年が過ぎて、はじめて全員の顔ぶれが揃(そろ)ったな。好きな酒を飲んでくれ」

梁羽は笑顔で貴州茅台酒を自分のグラスに注(つ)いだ。誠治も貴州茅台酒を、浩志と柊真はターキー、夏樹は響でグラスを満たした。世界情勢が厳しくなるため直接説明したいと言われて来たのだが、好みの酒を勧めて場を和ませたいのだろう。

五人の男たちは無言で乾杯し、グラスの酒を口にした。

「君らの働きで新型エボラウィルスの拡散を防ぐことができた。また、藤堂君と明石君の協力で、抗ウィルス製剤も完成し、新型エボラウィルスはもはや脅威ではなくなった」

梁羽は浩志と柊真を見て頭を軽く下げた。二人は血液をＣＤＣに提供していたのだ。

「私は役に立たなかったが、柊真君の活躍には、驚かされたよ」

夏樹がグラスをテーブルに置くと、柊真を見て僅かに口角を上げた。

「たいしたことはしていませんよ」

柊真は照れて、グラスのウィスキーを一気に飲み干した。

彼は三つ目のウィルス移送容器を破壊し、墜落する飛行機から脱出している。また、その事故で、羅と同乗していた中央統戦部の責任者だった容軍も命を落とした。その働きは目を見張るものがあった。

チャレンジャー６００は、クラランス・ファウネストック州立公園に墜落し、柊真もその近くの森の中に降下した。真冬だけに、何も装備がない状態では生存率が極めて低い場所である。だが、田中が操縦するヘリコプターで、一時間後に救出されていた。

柊真がチャレンジャー600に乗り込んだ十分後に到着した辰也らCチームは、墜落したことを知り、ウエストチェスター・カウンティ空港の格納庫からベル412ヘリコプターを盗み出したのだ。

「だが、残念なことに、君たちの働きの裏で、カナダの国立微生物研究所からコロナウィルスとニパウィルスが盗み出され、まんまと武漢の中国科学院武漢病毒研究所に送られてしまった。今から考えると、新型エボラウィルスの奪取と移送は、我々を欺く陽動作戦だったのかもしれない」

梁羽は苦々しい表情で言った。

「私は、カナダの情報局には、中国人研究者を生物兵器に繋がるような研究に使わないように再三警告していた。だが、聞き入れられずに、中国人諜報員に出し抜かれたよ。首謀者はまもなく逮捕されるそうだが、彼らは蜥蜴の尻尾と同じだ。結局ウィルスを盗まれてしまった。今後、中国はそれらのウィルス株を使って研究を進めるだろう」

誠治も険しい表情になり、グラスを傾けた。

——後日、二〇一九年七月十四日、カナダの国立微生物研究所で働いていた中国人のウィルス学者である邱香果とその夫である研究者の成克定、それに中国人留学生を重大な規約違反で逮捕したとカナダのメディアは報じている。だが、実際の罪状は誠治が言ったようにウィルスの不正持ち出しと中国への不正移送であることは間違いない。

「もし、新型のウィルスを使われたら、パンデミックは避けられない。世界はかつてないほど大打撃を受けるだろう」

誠治は深い溜息を漏らした。

「そして米国と中国の闘いが、世界を疾病と貧困に導くのだ」

梁羽は悔しそうに言うと、空になったグラスに白酒を注いだ。

「だが、俺たちは、闘い続けるしかない。違うか？」

浩志はグラスを持って立ち上がった。

男たちは大きく頷くと席を立ち、互いのグラスを当てた。

この作品はフィクションであり、登場する人物および
団体はすべて実在するものといっさい関係ありません。

一〇〇字書評

死者の復活

切り取り線

購買動機（新聞、雑誌名を記入するか、あるいは○をつけてください）	
□（　　　　　　　　　　　　　　）の広告を見て	
□（　　　　　　　　　　　　　　）の書評を見て	
□ 知人のすすめで	□ タイトルに惹かれて
□ カバーが良かったから	□ 内容が面白そうだから
□ 好きな作家だから	□ 好きな分野の本だから

・最近、最も感銘を受けた作品名をお書き下さい

・あなたのお好きな作家名をお書き下さい

・その他、ご要望がありましたらお書き下さい

住所	〒				
氏名		職業		年齢	
Eメール	※携帯には配信できません	新刊情報等のメール配信を 希望する・しない			

この本の感想を、編集部までお寄せいただけたらありがたく存じます。今後の企画の参考にさせていただきます。Eメールでも結構です。

いただいた「一〇〇字書評」は、新聞・雑誌等に紹介させていただくことがあります。その場合はお礼として特製図書カードを差し上げます。

前ページの原稿用紙に書評をお書きの上、切り取り、左記までお送り下さい。宛先の住所は不要です。

なお、ご記入いただいたお名前、ご住所等は、書評紹介の事前了解、謝礼のお届けのためだけに利用し、そのほかの目的のために利用することはありません。

〒一〇一－八七〇一
祥伝社文庫編集長　坂口芳和
電話　〇三（三二六五）二〇八〇

祥伝社ホームページの「ブックレビュー」からも、書き込めます。

www.shodensha.co.jp/bookreview

祥伝社文庫

死者の復活　傭兵代理店・改

令和 2 年 5 月 20 日　初版第 1 刷発行

著　者　渡辺裕之

発行者　辻　浩明

発行所　祥伝社

東京都千代田区神田神保町 3-3
〒 101-8701
電話　03（3265）2081（販売部）
電話　03（3265）2080（編集部）
電話　03（3265）3622（業務部）
www.shodensha.co.jp

印刷所　萩原印刷
製本所　ナショナル製本
カバーフォーマットデザイン　芥 陽子

Printed in Japan ©2020, Hiroyuki Watanabe ISBN978-4-396-34625-6 C0193

祥伝社文庫の好評既刊

渡辺裕之
傭兵代理店
「映像化されたら、必ず出演したい。比類なきアクション大作である」――同姓同名の俳優・渡辺裕之氏も激賞！

渡辺裕之
悪魔の旅団（デビルズ・ブリゲード）
傭兵代理店

大戦下、ドイツ軍を恐怖に陥れたという伝説の軍団再来か？ 孤高の傭兵・藤堂浩志（こうじ）が立ち向かう！

渡辺裕之
復讐者たち（リベンジャーズ）
傭兵代理店

イラク戦争で生まれた狂気が日本を襲う！ 藤堂浩志率いる傭兵部隊が、米陸軍最強部隊を迎え撃つ。

渡辺裕之
継承者（けいしょうしゃ）の印（しるし）
傭兵代理店

ミャンマー軍、国際犯罪組織が関わるかつてない規模の戦いに、藤堂率いる傭兵部隊が挑む！

渡辺裕之
謀略（ぼうりゃく）の海域（かいいき）
傭兵代理店

海賊対策としてソマリアに派遣された藤堂。渦中のソマリアを舞台に、大国の謀略が錯綜する！

渡辺裕之
死線（しせん）の魔物（まもの）
傭兵代理店

「死線の魔物を止めてくれ」――悉（ことごと）く殺される関係者。近づく韓国大統領の訪日。死線の魔物の狙いとは!?

祥伝社文庫の好評既刊

祥伝社文庫の好評既刊

柴田哲孝　秋霧(あきぎり)の街　私立探偵 神山健介

奴らを、叩きのめせ――新潟で猟奇的殺人事件を追う神山の前に現われた謎の美女。背後に蠢(うごめ)くのは港町の闇！

柴田哲孝　漂流者たち　私立探偵 神山健介

東日本大震災発生。議員秘書の同僚を殺害、大金を奪い逃亡中の男の車も流された。神山は、その足取りを追う。

柴田哲孝　Mの暗号

推定総額30兆円。戦後、軍から消えた莫大な資産〈M資金〉の謎。奇妙な暗号文から〈獅子〉が守りし金塊を探せ！

柴田哲孝　Dの遺言

戦後、日銀から消えた二〇万カラットのダイヤモンドの行方を追え！『Mの暗号』に続く昭和史ミステリー第二弾。

柴田哲孝　KAPPA

何かが、いる……。河童伝説の残る牛久沼で、釣り人の惨殺死体が発見された。はたして犯人は河童なのか⁉

柴田哲孝　RYU(りゅう)

沖縄で発生した不可解な連続失踪事件。米兵を喰ったのは、巨大生物なのか？『KAPPA』に続く有賀シリーズ第二弾。